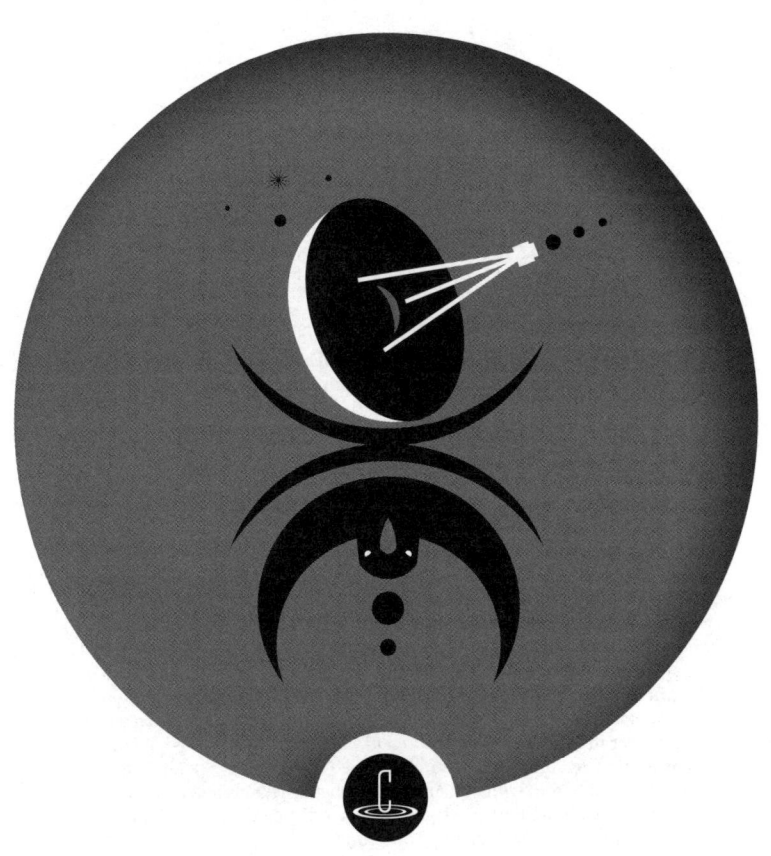

SAMUEL R. DELANY

BABEL-17

Aus dem
amerikanischen Englisch
neu übersetzt von
Jakob Schmidt

Titel der Originalausgabe: *Babel-17*
Erstmals erschienen 1966 bei Ace Books in New York

Deutscher Übersetzerfonds

Die Arbeit des Übersetzers am vorliegenden Text wurde vom Deutschen Übersetzerfonds gefördert.

Published in agreement with the author, c/o BAROR INTERNATIONAL, INC., Armonk, New York, U.S.A. // Die deutsche Erstausgabe erschien, übersetzt von Walter Brumm, 1975 als TERRA TASCHENBUCH 260 bei Pabel in Rastatt // Eine Neuübersetzung von Barbara Heidkamp erschien 1982 bei Bastei Lübbe in Bergisch Gladbach und wurde 1997 bei Goldmann in München neu aufgelegt // Die vorliegende Übersetzung folgt der 2001 bei Vintage Books in New York erschienenen, vom Autor durchgesehenen Ausgabe // Alle Motti in *Babel-17* entstammen den Gedichten von Marilyn Hacker; die meisten davon wurden später in ihre Sammlungen *Presentation Pieces* (New York: Viking Press, 1974) und *Separations* (New York: Alfred A. Knopf, 1976) aufgenommen; einige Verse sind hier in früheren Fassungen abgedruckt als jene, die sich in den Sammelbänden finden // Verlag und Übersetzer danken dem Deutschen Übersetzerfonds für die großzügige Förderung

Carcosa Verlag ist ein verschwistertes Imprint von
Memoranda Verlag | Hardy Kettlitz | Ilsenhof 12 | 12553 Berlin
www.carcosa-verlag.de | www.memoranda.eu

Lektorat: Hannes Riffel
Redaktion: Kai U. Jürgens
Korrektorat: Christian W. Winkelmann

Umschlaggestaltung: s.BENeš [www.benswerk.com]
Layout & Satz: Hardy Kettlitz
Druck und Bindung: Finidr s.r.o.

ISBN: 978-3-910914-02-5 (Buchausgabe)
ISBN: 978-3-910914-03-2 (E-Book)

– Dieses Buch ist nun endlich für Bob Folsom,
um zumindest einen kleinen Teil
des vergangenen Jahres zu erklären –

Teil 1

Rydra Wong

… Dies ist die Nabe der Ambiguität.
Elektrische Spektren ergießen sich über die Straße.
Mehrdeutigkeit verknotet die verschatteten Gesichter
von Jungen, die keine Jungen sind; eine Laune der Dunkelheit
lässt einen vollen Mund zu Senilität verschrumpeln
oder rasiermesserscharf hervortreten, gießt Säure
über eine bernsteinfarbene Wange, greift
in einen Schritt oder zertrümmert einen Beckengürtel
und lässt dunkel Geronnenes aus einem Brustkorb quellen,
durch eine Bewegung zerstreut oder durch ein aufblitzendes Licht,
das die Lippen schwellen lässt und sie beträufelt mit Blut.
Es heißt, die Strichjungen malen ihre Lippen an mit Blut.
Es heißt, die gleiche Menschenmasse strömt die Straße hinauf
und wieder hinab, wie Treibholz, das
die Gezeiten ans Ufer und wieder aufs Meer tragen,
nur damit sie erneut auf den Sand klatschen
und erneut trudelnd davongerissen werden.
Treibholz; die schmalen Hüften, die feuchten Augen,
die ausladenden Schultern und die rauen Hände,
Schakale, die mit grauen Gesichtern vor ihrer Beute knien.
Die Farben verschwinden bei Tagesanbruch,
wenn die Nachzügler, unterwegs zum westlichen Flusshafen,
auf junge Seeleute treffen, die schiffwärts dahinschlendern …

Aus *Prisma und Linse*

1

Es ist eine Hafenstadt.

Hier rostet der Himmel, dachte der General. Industrieabgase
ließen den Abend erglühen: orange-, lachs- und purpurfarben,
mit zu viel Rot darin. Im Westen wurden die Wolken von auf-
steigenden und herabsinkenden Fähren zerstoben, die mit ihrer
Fracht zwischen Stellarzentren und Trabanten pendelten. Und
eine verdammt arme Stadt ist es, dachte der General und bog auf
dem von Abfall übersäten Gehsteig um die Ecke.

Seit der Invasion hatten sechs ruinöse Embargos dieser Stadt,
deren Herz der interstellare Handel war, monatelang die Luft
abgedrückt. Wie sollte diese Stadt, abgeschnitten von der Außen-
welt, fortbestehen? Sechsmal hatte er sich diese Frage innerhalb
von zwanzig Jahren bereits gestellt. Und die Antwort? Es war
unmöglich.

Panik, Unruhen, Brände, in zwei Fällen Kannibalismus ...

Der Blick des Generals glitt vom Schattenriss der Lade-
türme, die hinter der klapprigen Magnetbahn aufragten, zu den
heruntergekommenen Gebäuden. Die Straßen wurden schmaler, und hier drängten sich Transportarbeiter, Schauerleute und
ein paar Sternenfahrer in grünen Uniformen neben der Masse
blasser, anständiger Männer und Frauen, die sich um das ver-
trackte Gewebe der Zollverwaltung kümmerten. Jetzt sind sie
still, wollen nur nach Hause oder zur Arbeit, dachte der General.
Und doch haben all diese Menschen zwei Jahrzehnte lang im

Schatten der Invasion gelebt. Während der Embargos haben sie
gehungert, haben Fenster eingeschlagen, Geschäfte geplündert,
sind schreiend vor Wasserwerfern davongelaufen und haben
mit verkümmerten Zähnen Fleisch aus dem Arm einer Leiche
gerissen.

Wer ist dieses Tier namens Mensch? Er stellte sich diese abstrakte Frage, um seine Erinnerungen zu verwischen. Für einen
General war es leichter, über das »Tier namens Mensch« nachzudenken, als über die Frau, die während des letzten Embargos mitten auf dem Gehsteig gesessen und ihr knochendürres
Kind an einem Bein festgehalten hatte, oder über die drei aus-
gemergelten Teenagermädchen, die ihn auf offener Straße mit
Rasierklingen angegriffen hatten (– mit zusammengebissenen
braunen Zähnen hatte sie ihn angezischt, während das Stahl-
blättchen gleißend auf seine Brust herabgefahren war: »Komm
her, du Hackfleisch! Los, komm doch, du Aufschnitt …« Er hatte
Karate angewandt –), oder über den Blinden, der kreischend die
Straße entlanggelaufen war.

Jetzt waren sie blasse und anständige Männer und Frauen, die
leise sprachen und immer einen Moment zögerten, bevor sie sich
auf einen Gesichtsausdruck festlegten, mit blassen, anständigen,
patriotischen Vorstellungen: dass man für den Sieg über die
Invasoren hart arbeiten musste; dass Alona Star und Kip Rhyak
in »Ferien unter den Sternen« großartig waren, Ronald Quar
aber der beste ernsthafte Schauspieler überhaupt. Sie hörten
die Musik von Hi Lite (aber hörten sie wirklich hin?, fragte sich
der General angesichts dieser langsamen Tänze, bei denen sich
keiner berührte). Eine Stelle beim Zoll war ein guter, sicherer
Job.

Die Arbeit im eigentlichen Transportwesen war, jedenfalls in
einem Film, bestimmt aufregender und lustiger; aber mal ehr-
lich, diese merkwürdigen Leute …

Die Intelligenteren und Kultivierteren unterhielten sich über
die Gedichte von Rydra Wong.

Oft sprachen sie auch über die Invasion, wobei sie um die hundert Wendungen benutzten, die nach zwanzigjähriger Wiederholung in den Nachrichten und Zeitungen fast schon sakrosankt geworden waren. Die Embargos erwähnten sie eher selten, und wenn, dann nur mit diesem einen Wort.

Pick dir einen von ihnen heraus, einen oder eine Million. Wer sind sie? Was wollen sie? Was würden sie sagen, wenn man ihnen die Gelegenheit gäbe, alles zu sagen?

Rydra Wong ist zur Stimme dieses Zeitalters geworden. Der General erinnerte sich an diese schön klingende Phrase aus einer überschwänglichen Rezension. Wie widersinnig: Er, ein hoher Militär mit einem militärischen Ziel, würde sich gleich mit Rydra Wong treffen.

Die Straßenlaternen gingen an, und sein durchscheinendes Bild erschien mit einem Mal auf der Fensterscheibe der Bar. Richtig, ich trage heute Abend gar nicht meine Uniform. Er sah einen hochgewachsenen, muskulösen Mann, aus dessen zerfurchten Gesichtszügen die Autorität eines halben Jahrhunderts sprach. In dem grauen Zivilanzug fühlte er sich unwohl. Bis er dreißig geworden war, hatte er bei den Leuten stets den Eindruck hinterlassen, »groß und tapsig« zu sein. Später – diese Veränderung hatte sich gleichzeitig mit der Invasion vollzogen – wurde daraus »kräftig und gebieterisch«.

Wäre Rydra Wong zu ihm ins Verwaltungshauptquartier der Allianz gekommen, dann hätte er sich sicher gefühlt. Stattdessen trug er nun Zivilkleidung, und nicht das Grün eines Sternenfahrers. Die Bar war für ihn neu. Und Rydra war die berühmteste Dichterin in fünf erforschten Galaxien. Zum ersten Mal seit langer Zeit kam er sich wieder tapsig vor.

Er ging hinein.

Und flüsterte: »Mein Gott, ist sie schön«, ohne sie zwischen den anderen Frauen auch nur suchen zu müssen. »Ich wusste nicht, dass sie so schön ist, nicht von den Bildern …«

Sie drehte sich zu ihm um (während die Gestalt im Spiegel

hinter der Theke ihn bemerkte und sich abwandte), erhob sich von ihrem Hocker, lächelte.

Er ging zu ihr, nahm ihre Hand, und die Worte *Guten Abend, Miss Wong* zitterten auf seiner Zunge, bis er sie unausgesprochen hinunterschluckte. Und jetzt würde sie gleich etwas sagen.

Sie trug kupferfarbenen Lippenstift, und ihre Pupillen sahen aus wie gehämmerte Kupferscheiben …

»Babel-17«, sagte sie. »Ich habe das Rätsel noch nicht gelöst, General Forester.«

Ein indigoblaues Strickkleid, und ihr Haar wie Wasser, das sich ihr bei Nacht über eine Schulter ergießt; er sagte: »Das überrascht uns nicht weiter, Miss Wong.«

Überraschung, dachte er. Sie legt eine Hand auf die Theke, sie lehnt sich auf dem Hocker zurück, ihre Hüften bewegen sich unter dem gestrickten Blau, und bei jeder Bewegung bin ich erstaunt, überrascht, verunsichert. Hat sie mich derart auf dem falschen Fuß erwischt, oder ist sie wirklich so …

»Aber ich bin weiter gekommen als ihre Leute beim Abschirmdienst.« Auf den sanften Schwung ihrer Lippen legte sich ein noch sanfteres Lachen.

»Nach den Erwartungen, die in mir geweckt wurden, Miss Wong, überrascht mich auch das nicht.« Wer ist sie?, dachte er. Er hatte diese Frage der abstrakten Bevölkerung gestellt. Er hatte sie seinem eigenen Spiegelbild gestellt. Jetzt stellte er sie ihr und dachte dabei: Niemand sonst ist von Bedeutung, aber über sie muss ich alles wissen. Das ist wichtig. Ich muss es wissen.

»Zuerst einmal, General«, sagte sie, »ist Babel-17 kein Code.«

Seine Gedanken schlitterten zurück zum eigentlichen Thema und verharrten am Rande des Abgrunds. »Kein Code? Aber ich dachte, die kryptografische Abteilung hätte zumindest festgestellt …« Er verstummte, weil er sich nicht sicher war, was die kryptografische Abteilung festgestellt hatte, und weil er noch einen Moment brauchte, um von den Klippen ihrer hohen Wangenknochen herabzusteigen, sich aus den Höhlen ihrer Augen zurückzuziehen. Er spannte seine Gesichtsmuskeln an und zwang sich, an Babel-17 zu denken. Die Invasion: Babel-17 mochte ein Schlüssel sein, um die Heimsuchungen der letzten zwanzig Jahre zu beenden. »Wollen Sie damit sagen, dass wir die ganze Zeit versucht haben, einen Haufen Unsinn zu entschlüsseln?«

»Es ist kein Code«, wiederholte sie. »Es ist eine Sprache.«

Der General runzelte die Stirn. »Tja, Sie können es nennen, wie Sie wollen, einen Code oder eine Sprache, wir müssen trotzdem herausfinden, was es bedeutet. Solange wir das nicht verstehen, sind wir verdammt weit weg von dem Punkt, an dem wir sein sollten.« Die Erschöpfung und der Druck der letzten Monate hatten sich in seinem Bauch eingenistet, ein Tier, das in seinem Rachen lauerte und seine Worte schroff klingen ließ.

Ihr Lächeln war verschwunden, und sie hatte beide Hände auf die Theke gelegt. Er hätte die Schroffheit gerne zurückgenommen. Sie sagte: »Sie stehen nicht unmittelbar in Verbindung mit der kryptografischen Abteilung.« Mit ruhiger, beruhigender Stimme.

Er schüttelte den Kopf.

»Dann will ich Ihnen Folgendes sagen. Im Grunde genommen, General Forester, gibt es zwei Arten von Codes – Chiffren und echte Codes. Bei der ersten werden Buchstaben, oder Symbole, die für Buchstaben stehen, gemäß einem Muster gemischt und durcheinandergeworfen. Bei der zweiten werden Buchstaben, Worte oder Wortgruppen durch andere Buchstaben, Symbole oder Worte ersetzt. Ein Code kann das eine oder das andere sein, oder eine Kombination davon. Aber beide haben eines gemeinsam: Wenn man erst einmal den Schlüssel gefunden hat, muss man ihn nur anwenden, um folgerichtige Sätze zu erhalten. Eine Sprache hingegen hat ihre eigene innere Logik, ihre eigene Grammatik, ihren eigenen Modus, Gedanken mit Worten in Zusammenhang zu bringen, die verschiedene Bedeutungsspektren abdecken. Es gibt keinen Schlüssel, der sich anwenden lässt, um die genaue Bedeutung von etwas zu erschließen. So gelangt man bestenfalls zu einer Annäherung.«

»Wollen Sie damit sagen, dass sich hinter dem Code von Babel-17 irgendeine andere Sprache verbirgt?«

»Ganz und gar nicht. Das ist das Erste, was ich überprüft habe. Wir können in Bezug auf mehrere Elemente Wahrscheinlichkeiten überprüfen und feststellen, ob sie mit anderen Sprachmustern übereinstimmen, selbst wenn diese Elemente unsortiert sind. Nein. Babel-17 ist eine eigene Sprache, die wir nicht verstehen.«

»Ich nehme an« – General Forester rang sich ein Lächeln ab – »Sie wollen mir damit sagen, dass wir genauso gut aufgeben können, weil es sich um eine fremde Sprache und nicht um einen Code handelt.« Falls sie endgültig geschlagen waren, wäre es beinahe eine Erleichterung, das von ihr zu erfahren.

Aber sie schüttelte den Kopf. »Ich fürchte, das wollte ich damit ganz und gar nicht sagen. Unbekannte Sprachen wurden schon wiederholt ohne Übersetzungen entziffert, zum Beispiel Linear B und das Hethitische. Aber wenn ich mit Babel-17 weiterkommen soll, muss ich eine ganze Menge mehr wissen.«

Der General hob die Brauen. »Was müssen Sie denn noch wissen? Wir haben Ihnen unsere sämtlichen Proben gegeben. Wenn wir weitere erhalten, werden wir mit Sicherheit …«

»General, ich muss alles über Babel-17 wissen – wo Sie darauf gestoßen sind, wann, unter welchen Umständen; alles, was mir einen Hinweis darauf bieten könnte, worum es geht.«

»Wir haben Ihnen alle Informationen gegeben, die wir …«

»Sie haben mir maschinengeschriebene Bruchstücke ausgehändigt, zehn Seiten mit doppeltem Zeilenabstand, die den Codenamen Babel-17 tragen. Und dann haben Sie mich gefragt, was es bedeutet. Auf dieser Grundlage kann ich Ihnen keine Antwort geben. Wenn ich mehr bekomme, vielleicht schon. So einfach ist das.«

Er dachte: Wenn es so einfach wäre, wenn es doch bloß so einfach wäre, dann hätten wir uns gar nicht erst an Sie gewandt, Rydra Wong.

Sie sagte: »Wenn es so einfach wäre, wenn es doch bloß so einfach wäre, dann hätten Sie sich gar nicht erst an mich gewandt, General Forester.«

Er zuckte zusammen, und für einen Moment war er absurderweise fest davon überzeugt, dass sie seine Gedanken gelesen hatte. Natürlich wusste sie das.

Aber woher?

»General Forester, hat Ihre kryptografische Abteilung überhaupt herausgefunden, dass es sich um eine Sprache handelt?«

»Wenn sie es herausgefunden hat, hat mir niemand etwas davon gesagt.«

»Ich bin mir ziemlich sicher, dass die das nicht wissen. Ich habe einige erste Erkenntnisse zur Struktur der Grammatik gesammelt. Hat man das dort geschafft?«

»Nein.«

»General, die Leute dort wissen vielleicht verdammt viel über Codes, aber sie wissen nichts über das Wesen der Sprache. Diese Art von Fachidiotentum ist einer der Gründe, weshalb ich seit sechs Jahren nicht mehr mit ihnen zusammenarbeite.«

Wer ist sie?, dachte er erneut. Heute Morgen war ihm ein Sicherheitsdossier ausgehändigt worden, aber er hatte es an seinen Adjutanten weitergegeben und lediglich später festgestellt, dass es als »genehmigt« abgestempelt war. Er hörte sich sagen: »Wenn Sie mir ein bisschen mehr über sich verraten würden, Miss Wong, dann könnte ich offener mit Ihnen sprechen.« Unlogisch, aber er hatte es in ruhigem, gemessenem Tonfall gesagt. War ihre Miene jetzt fragend geworden?

»Was möchten Sie wissen?«

»Was ich bereits weiß, ist Folgendes: Ihr Name, und dass Sie vor einiger Zeit für den Abschirmdienst gearbeitet haben. Obwohl Sie dort schon in jungen Jahren gekündigt haben, genügte allein Ihr Ruf, damit die Leute, die sich an Sie erinnern – nachdem sie sich einen Monat lang mit Babel-17 abgemüht hatten –, einstimmig meinten: ›Geht damit zu Rydra Wong.‹« Er hielt inne. »Und jetzt sagen Sie mir, dass Sie ein Stück weit vorangekommen sind. Also hatten diese Leute recht.«

»Trinken wir etwas«, sagte sie.

Der Barkeeper schlenderte herüber, schlenderte wieder davon, und vor ihnen standen zwei kleine Gläser mit rauchigem Grün. Sie trank einen Schluck und beobachtete ihn dabei. Ihre schräg stehenden Augen, dachte er, gleichen erstaunten Schwingen.

»Ich komme nicht von der Erde«, sagte sie. »Mein Vater war Kommunikationsingenieur im Stellarzentrum X-11-B, unmittelbar hinter dem Uranus. Meine Mutter hat für den Rat der äußeren Welten übersetzt. Bis zu meinem siebten Lebensjahr war ich das verwöhnte Gör des Stellarzentrums. Es gab dort nicht viele Kinder. '52 sind wir dann nach Uranus-XXVII umgezogen, auf festen Boden. Da war ich zwölf, beherrschte sieben irdische Sprachen und konnte mich in fünf außerirdischen verständigen. Ich eigne mir Sprachen so leicht an wie andere Leute die Texte populärer Songs. Während des zweiten Embargos habe ich beide Eltern verloren.«

»Waren Sie da auf dem Uranus?«

»Sie wissen, was geschehen ist?«

»Ich weiß, dass es die äußeren Planeten deutlich schlimmer erwischt hat als die inneren.«

»Dann haben Sie nicht die geringste Ahnung. Aber ja, so war es.« Sie holte tief Luft, als die Erinnerung sie überraschte. »Ein Drink reicht allerdings nicht, damit ich darüber rede. Als ich aus dem Krankenhaus kam, befürchtete man, mein Gehirn könnte Schaden genommen haben.«

»Ihr Gehirn …?«

»Von Unterernährung haben Sie wohl schon gehört. Jetzt nehmen Sie noch die ischiadische Seuche dazu.«

»Auch davon habe ich gehört.«

»Wie dem auch sei, ich bin auf die Erde gekommen, um hier bei einer Tante und einem Onkel zu wohnen und mich einer Neurotherapie zu unterziehen. Nur brauchte ich die nicht. Und ich weiß nicht, ob es etwas Psychologisches oder etwas Physiologisches war, jedenfalls hatte ich nach der ganzen Geschichte ein perfektes Sprachgedächtnis. Ich war schon mein ganzes Leben lang nah dran, deshalb hat mich das nicht besonders überrascht. Aber seitdem habe ich auch ein absolutes Gehör.«

»Geht das nicht normalerweise mit Blitzrechnen und einem eidetischen Gedächtnis einher? Ich könnte mir vorstellen, dass all das für eine Kryptografin von Vorteil ist.«

»Ich bin eine ganz gute Mathematikerin, aber keine Blitzrechnerin. In Sachen visuelle Auffassungsgabe und räumliches Vorstellungsvermögen habe ich gute Testergebnisse – ich träume in allen erdenklichen Farben –, aber mein perfektes Erinnerungsvermögen ist rein verbal. Damals hatte ich schon mit dem Schreiben begonnen. Im Sommer suchte ich mir einen Job als Übersetzerin bei der Regierung und fing an, Codierung zu büffeln. Nach einer Weile stellte ich fest, dass ich dafür … ein gewisses Talent hatte. Ich bin keine gute Kryptografin. Ich bringe nicht die nötige Geduld auf, um so hart an etwas Geschriebenem zu arbeiten, das ich nicht selbst verfasst habe. Ich bin ziemlich neurotisch – ein weiterer Grund dafür, dass ich die Kryptografie zugunsten der Dichtkunst aufgegeben habe. Aber mein ›Talent‹ hat mir ein bisschen Angst gemacht. Wenn meine Arbeit überhandnahm und ich eigentlich viel lieber anderswo gewesen wäre und befürchtete, mein Vorgesetzter könnte mir aufs Dach steigen, dann fügte sich plötzlich alles, was ich über Kommunikation wusste, in meinem Kopf zusammen, und es wurde einfacher, das, was ich vor mir hatte, zu lesen und zu sagen, was da stand, als sich zu fürchten und sich müde und elend zu fühlen.«

Sie betrachtete ihr Glas.

»Irgendwann gelangte ich an den Punkt, an dem ich das alles fast völlig unter Kontrolle hatte. Inzwischen war ich neunzehn und als das Mädchen bekannt, das alles knacken konnte. Ich denke mal, es hat etwas mit meinem Wissen über Sprachen zu tun, dass ich Muster so mühelos erkenne – sodass ich bei

Babel-17 zum Beispiel rein gefühlsmäßig zwischen grammatischer Ordnung und zufälliger Umgruppierung unterscheiden
kann.«

»Warum haben Sie dort aufgehört?«

»Zwei Gründe haben ich Ihnen bereits genannt. Ein dritter
besteht schlicht und einfach darin, dass ich mein Talent, nachdem ich es gemeistert hatte, für mich selbst nutzen wollte. Mit
neunzehn habe ich beim Abschirmdienst gekündigt und ... nun
ja, geheiratet und ernsthaft zu schreiben begonnen. Drei Jahre
später ist mein erstes Buch erschienen.« Sie zuckte mit den
Achseln, lächelte. »Für das, was danach kommt, müssen Sie die
Gedichte lesen. In denen steht alles drin.«

»Und auf den Welten von fünf Galaxien erforschen die Leute
nun Ihre Metaphorik und Ihre Ideen, um Antworten auf die
Fragen zu erhalten, die ihnen die Sprache, die Liebe und die Einsamkeit stellen.« Die drei Worte sprangen auf seinen Satz auf
wie Landstreicher auf einen Güterwaggon. Sie saß vor ihm, und
sie redete: Hier, abseits seines vertrauten militärischen Umfelds,
fühlte er sich hoffnungslos einsam, und er war hoffnungslos ...
Nein!

Das war unmöglich und lächerlich und viel zu einfach, um
das zu erklären, was sich hinter seinen Augen, in seinen Händen
regte, was dort pulsierte. »Noch einen Drink?« Er war unwillkürlich in die Defensive gegangen. Aber sie würde das als bloße Höflichkeit missverstehen. Oder doch nicht? Der Barkeeper kam,
ging.

»Die Welten von fünf Galaxien«, wiederholte sie. »Das ist
wirklich seltsam. Ich bin erst sechsundzwanzig.« Ihr Blick verlor
sich in dem Spiegel. Sie hatte ihren ersten Drink erst zur Hälfte
ausgetrunken.

»Als Keats in Ihrem Alter war, war er schon tot.«

Sie zuckte mit den Achseln. »Wir leben in einem merkwürdigen Zeitalter. Es nimmt sich seine Helden sehr plötzlich,
sehr jung, und lässt sie dann ebenso schnell wieder fallen.«

Er nickte und dachte dabei an ein halbes Dutzend Sängerin-
nen und Sänger, Schauspielerinnen und Schauspieler und sogar
Autorinnen und Autoren, die gegen Ende ihrer Teenagerjahre
oder mit Anfang zwanzig für ein, zwei oder drei Jahre als Genies
galten, nur um gleich wieder zu verschwinden. Rydra Wongs
Ruhm war ein Phänomen, das erst drei Jahre währte.

»Ich gehöre der Zeit an, in der ich lebe«, sagte sie. »Ich würde
gerne über sie hinausreichen, aber diese Zeit hat mich zu der
gemacht, die ich bin.« Ihre Hand zog sich über das Mahagoni von
ihrem Glas zurück. »Bei Ihnen im Militär dürfte das weitgehend
dasselbe sein.« Sie hob den Kopf. »Habe ich Ihnen gegeben, was
Sie sich erhofften?«

Er nickte. Mit einer Geste log es sich leichter als mit einem
Wort.

»Gut. Also, General Forester, was ist Babel-17?«

Er sah sich nach dem Barkeeper um, aber ein Leuchten ver-
anlasste ihn, sich wieder ihrem Gesicht zuzuwenden – bei dem
Leuchten handelte es sich lediglich um ihr Lächeln, aber aus
dem Augenwinkel hatte er es tatsächlich für ein Licht gehalten.
»Hier«, sagte sie und schob ihren zweiten Drink, den sie nicht
angerührt hatte, zu ihm hinüber. »Den trinke ich nicht.«

Er nahm ihn, nippte daran. »Die Invasion, Miss Wong … es
muss etwas mit der Invasion zu tun haben.«

Sie stützte sich auf einen Arm und lauschte mit zusammen-
gekniffenen Augen.

»Angefangen hat es mit einer Reihe von Unfällen – zumindest
hielten wir sie zunächst für Unfälle. Inzwischen sind wir uns
sicher, dass es sich um Sabotage handelt. Seit Dezember '68
ereignet sich dergleichen regelmäßig, überall in der Allianz.
Mal auf Kriegsschiffen, mal in den Werften der Raumflotte, und
meistens versagt irgendein wichtiges Gerät. Zweimal kamen
infolge von Explosionen wichtige Funktionsträger ums Leben.
Mehrere dieser ›Unfälle‹ haben sich in kriegswichtigen Fabrik-
anlagen ereignet.«

»Welche Verbindung besteht zwischen all diesen ›Unfällen‹, abgesehen davon, dass sie Auswirkungen auf den Krieg haben? So, wie unsere Wirtschaft im Moment aufgestellt ist, dürfte es schwer sein, einen größeren Industrieunfall zu finden, der keine Auswirkungen auf den Krieg hat.«

»Was sie alle miteinander verbindet, Miss Wong, ist Babel-17.« Er schaute zu, wie sie austrank und ihr Glas genau auf den nassen Kreis zurückstellte.

»Unmittelbar vor, während und nach jedem ›Unfall‹ wird das ganze Umfeld mit Funksprüchen aus unbekannten Quellen überschwemmt. Die meisten dieser Funkwellen reichen nur ein paar Hundert Meter weit. Aber dann und wann gibt es Entladungen auf hyperstatischen Kanälen, die ein paar Lichtjahre umfassen. Bei den letzten drei ›Unfällen‹ haben wir das alles transkribiert und mit dem Arbeitstitel Babel-17 versehen. Also. Können Sie damit etwas anfangen?«

»Ja. Es ist sehr wahrscheinlich, dass Sie Funksprüche empfangen, bei denen von irgendjemandem, der die ›Unfälle‹ steuert, Anweisungen zur Sabotage erteilt werden …«

»Aber wir finden einfach nichts!« Er konnte nicht mehr an sich halten. »Wir empfangen nichts außer diesem verdammten Hochgeschwindigkeitskauderwelsch! Irgendwann sind jemandem gewisse Wiederholungen in dem Muster aufgefallen, die auf einen Code hindeuten. Die kryptografische Abteilung hielt das anscheinend für eine vielversprechende Fährte, scheitert aber seit einem Monat daran, diesen Code zu knacken. Also hat man sich an Sie gewandt.«

Während er redete, schaute er ihr beim Nachdenken zu. Nun sagte sie: »General Forester, ich hätte gerne die Originalaufzeichnungen dieser Funksprüche, außerdem einen detaillierten Bericht über die Unfälle, nach Möglichkeit sekundengenau mit den Aufnahmen abgestimmt.«

»Ich weiß nicht, ob …«

»Wenn Sie keinen solchen Bericht haben, dann erstellen Sie

einen, sobald sich wieder ein derartiger ›Unfall‹ ereignet. Wenn dieses Funkchaos ein Gespräch darstellt, dann muss ich mitverfolgen können, worüber gesprochen wird. Es ist Ihnen vielleicht nicht aufgefallen, aber aus der Kopie, die mir die Kryptografie gegeben hat, lässt sich nicht ersehen, wer wann spricht. Kurz gesagt, im Moment arbeite ich mit der Transkription eines technisch anspruchsvollen Gesprächs, das ohne Satzzeichen oder auch nur Wortunterbrechungen ineinanderfließt.«

»Wahrscheinlich kann ich Ihnen alles, was Sie wollen, besorgen, mit Ausnahme der Originalaufzeichnungen …«

»Das müssen Sie aber. Ich muss meine eigene Transkription erstellen, mit aller Sorgfalt und mit meinen eigenen Geräten.«

»Wir erstellen eine neue, nach Ihren Vorgaben.«

Sie schüttelte den Kopf. »Das muss ich selbst machen, sonst kann ich überhaupt nichts versprechen. Allein schon wegen der Unterscheidungen zwischen Phonem und Allophon. Ihre Leute haben nicht einmal begriffen, dass es sich um eine Sprache handelt, deshalb sind sie auch nicht darauf gekommen –«

Jetzt unterbrach er sie. »*Was* für Unterscheidungen?«

»Sie wissen, dass manche Menschen aus dem Orient die Laute R und L verwechseln, wenn sie eine westliche Sprache sprechen? Das liegt daran, dass R und L in vielen östlichen Sprachen Allophone sind, was bedeutet, sie werden als *ein* Laut betrachtet. Sie werden gleich geschrieben und sogar gleich gehört – so wie das *O* in den Worten *Ort* und *Rose*.«

»Was ist denn der Unterschied zwischen dem *O* in *Ort* und in *Rose*?«

»Sagen Sie beide Worte noch mal, und hören Sie genau hin. Das erste ist geschlossen und das zweite offen, sie unterscheiden sich ebenso sehr wie E und Ä. Nur dass es Allophone sind – zumindest im Deutschen. Im britischen Englisch sind beispielsweise das *Th* in *they* und *theatre* Allophone, obwohl sie unterschiedlich klingen – das eine ist stimmhaft, das andere stimmlos. Briten hören sie trotzdem als das gleiche Phonem. Bei den Amerikanern hingegen gibt es natürlich das Minimalpaar *ether/either*, bei dem allein die Stimmhaftigkeit den semantischen Unterschied ausmacht.«

»Oh …«

»Sie sehen also, welche Probleme jemand ›Fremdes‹ dabei hat, eine Sprache zu transkribieren, die er nicht spricht. Vielleicht kommen bei ihm zu viele Lautunterscheidungen heraus, oder zu wenige.«

»Und wie wollen Sie das hinbekommen?«

»Mithilfe meines Wissens über die Lautsysteme zahlreicher anderer Sprachen, und nach Gefühl.«

»Ihr ›Talent‹ also wieder?«

Sie lächelte. »Ich nehme es an.«

Sie wartete darauf, dass er seine Einwilligung gab. Und was hätte er nicht für sie gegeben? Einen Moment lang hatte er sich von subtilen Untertönen in ihrer Stimme ablenken lassen. »Natürlich, Miss Wong«, sagte er. »Sie sind unsere Expertin. Kommen Sie morgen in die kryptografische Abteilung, dann erhalten Sie alles, was Sie brauchen.«

»Danke, General Forester. Ich werde meinen offiziellen Bericht mitbringen.«

Er erhob sich, in das statische Leuchten ihres Lächelns gehüllt. Ich muss jetzt gehen, dachte er verzweifelt. Oh, wenn ich doch nur noch etwas sagen könnte … »Gut, Miss Wong. Wir sprechen uns dann wieder.« Noch mehr, noch irgendetwas!

Er riss sich von ihr los. (Ich muss mich von ihr abwenden.) Eine Sache musst du noch sagen – danke, dass es dich gibt, ich liebe dich. Er ging zur Tür, und seine Gedanken wurden ruhiger: Wer ist sie? Oh, was hätte nicht alles gesagt werden sollen! Ich war brüsk, militärisch, effizient. Ach, welchen Überfluss von Gedanken und Worten hätte ich ihr nicht gerne geschenkt! Die Tür schwang auf, und der Abend strich ihm mit blauen Fingern über die Augen.

Großer Gott, dachte er, als ihm die Kühle ins Gesicht schlug, all das ist in mir, und sie weiß nichts davon! Ich habe ihr nichts von alledem mitgeteilt! Irgendwo in der Tiefe erklangen die Worte: *nichts von alledem, du bist also noch in Sicherheit.* An der Oberfläche jedoch war seine Wut über sein Schweigen stärker. Nichts von alledem habe ich ihr mitgeteilt …

Rydra erhob sich, die Hände auf die Theke gestützt, und blickte in den Spiegel. Der Barkeeper kam herbei, um die Gläser vor ihren Fingerspitzen einzusammeln. Als er nach ihnen griff, runzelte er die Stirn.

»Miss Wong?«

Ihr Gesicht war starr.

»Miss Wong, geht es Ihnen …«

Ihre Knöchel waren weiß, und vor den Augen des Barkeepers kroch das Weiß über ihre Hände, bis sie aussahen wie zitterndes Wachs.

»Stimmt irgendetwas nicht, Miss Wong?«

Mit einem Ruck wandte sie ihm das Gesicht zu. »Das ist Ihnen aufgefallen?« Ihre Stimme war ein heiseres Flüstern, schroff, sarkastisch, angespannt. Sie wirbelte herum und schritt Richtung Tür, hielt einmal inne, um zu husten, und eilte dann weiter.

2

»Mocky, hilf mir!«

»Rydra?« Dr. Markus T'mwarba stemmte sich in der Dunkelheit von seinem Kissen hoch. Ihr Gesicht erschien im rauchigen Licht über dem Bett. »Wo bist du?«

»Unten, Mocky. Bitte, ich m-muss mit dir reden.« Ihre aufgewühlten Gesichtszüge bewegten sich nach rechts, nach links, versuchten, seinem Blick auszuweichen.

Geblendet kniff er die Augen zusammen und öffnete sie langsam wieder. »Los, komm hoch.«

Ihr Gesicht verschwand.

Er wedelte mit der Hand über den Armaturen, und sanftes Licht erfüllte das luxuriös eingerichtete Schlafzimmer. Er schob die goldene Steppdecke beiseite, setzte die Füße auf den Pelzvorleger, nahm einen schwarzen Seidenhausmantel von einer knorrigen Bronzesäule, und als er ihn sich über die Schultern legte, zogen die Konturdrähte den Stoff automatisch über seiner Brust fest und die Schultern glatt. Er wischte ein weiteres Mal über die Induktionskonsole in dem Rokoko-Rahmen, und auf der Anrichte glitten Aluminiumklappen auf. Eine dampfende Kanne und eine Likörkaraffe rollten heraus.

Eine weitere Geste, und Sitzblasen stiegen aus dem Boden empor. Als Dr. T'mwarba sich dem Eingangskabinett zuwandte, knarrte es, Glimmerflügel glitten auseinander, und Rydra schnappte nach Luft.

»Kaffee?« Er versetzte der Kanne einen Stoß, und das Kraftfeld fing sie auf und trug sie sanft zu ihr. »Was treibst du so?«

»Mocky, es ... ich ...?«

»Trink deinen Kaffee.«

Sie schenkte sich ein und hob die Tasse halb an den Mund. »Keine Beruhigungsmittel?«

»Crème de Cacao oder Crème de Café?« Er hielt zwei kleine Gläser hoch. »Falls du nicht findest, dass Alkohol auch geschummelt ist. Ach, und vom Abendessen sind noch ein paar Frankfurter und Bohnen übrig. Ich hatte Gesellschaft.«

Sie schüttelte den Kopf. »Nur Cacao.«

Das winzige Glas folgte dem Kaffee über den Strahl. »Ich hatte einen absolut grauenhaften Tag.« Er legte die Hände ineinander. »Den ganzen Nachmittag über keine Arbeit, Gäste zum Abendessen, die diskutieren wollten, und dann eine Flut von Anrufen, kaum dass sie weg waren. Ich bin erst vor zehn Minuten ins Bett gegangen.« Er lächelte. »Wie war dein Abend?«

»Mocky, er ... er war schrecklich.«

Dr. T'mwarba nippte an seinem Likör. »Gut. Ansonsten hätte ich es dir nie verziehen, dass du mich geweckt hast.«

Unwillkürlich musste sie lächeln. »Ich kann ... kann m-mich immer auf dein M-Mitgefühl verlassen, Mocky.«

»Du kannst dich auf meinen gesunden Menschenverstand und meinen stichhaltigen psychiatrischen Rat verlassen. Mitgefühl? Tut mir leid, nicht nach halb zwölf. Setz dich. Was ist passiert?« Eine letzte Handbewegung ließ einen Stuhl hinter ihr emporsteigen. Die Kante berührte ihre Kniekehlen, und sie setzte sich. »Und jetzt hör auf rumzustottern und rede mit mir. Das hast du dir doch schon mit fünfzehn abgewöhnt.« Sein Tonfall klang nun sehr sanft und sehr sicher.

Sie trank einen weiteren Schluck Kaffee. »Der Code, erinnerst du dich an den C-Code, an dem ich gearbeitet habe?«

Dr. T'mwarba ließ sich auf einem breiten, ledernen Hängesessel nieder und strich sich durchs weiße Haar, das noch vom Schlaf zerzaust war. »Ich erinnere mich, dass man dich gebeten hat, an etwas für die Regierung zu arbeiten. Du hast dich ziemlich abfällig darüber geäußert.«

»Ja. Und ... tja, es geht nicht um den Code – der nebenbei bemerkt eine Sprache ist –, aber heute Abend ha-habe ich mit dem zuständigen General gesprochen, General Forester, und es ist passiert ... ich meine, es ist wieder passiert, und ich habe es gewusst!«

»Was hast du gewusst?«

»Genau wie beim letzten Mal. Ich habe gewusst, was er gedacht hat!«

»Du hast seine Gedanken gelesen?«

»Nein. Nein, es war genau wie beim letzten Mal! Ich habe sie ihm angemerkt, an dem, was er gemacht hat, was er gesagt hat ...«

»Du hast schon mal versucht, mir das zu erklären, aber ich verstehe es immer noch nicht, es sei denn, du sprichst von so etwas wie Telepathie.«

Sie schüttelte den Kopf, einmal und dann noch einmal.

Dr. T'mwarba verschränkte die Finger und lehnte sich zurück. Mit einem Mal sagte Rydra ausdruckslos: »*Ich habe eine ungefähre Vorstellung davon, was du mir mitzuteilen versuchst, meine Liebe, aber du musst es schon selbst in Worte fassen.* Das wolltest du doch gerade sagen, Mocky, oder?«

T'mwarba zog die weißen, buschigen Augenbrauen hoch. »Ja. Das wollte ich. Du sagst, dass du nicht meine Gedanken gelesen hast? Du hast mir das schon ein Dutzend Mal demonstriert …«

»Ich weiß, was *du* zu sagen versuchst; und du weißt nicht, was *ich* zu sagen versuche. Das ist ungerecht!« Sie fuhr fast von ihrem Sitz hoch.

Gleichzeitig sagten sie: »Darum bist du so eine gute Dichterin.« Rydra fuhr fort: »Ich weiß, Mocky. Ich muss alles gründlich durchdenken und in meinen Gedichten festhalten, damit die Leute es verstehen. Aber in den letzten zehn Jahren habe ich das nicht mehr gemacht. Weißt du, was ich mache? Ich höre anderen zu, stolpere mit ihren halb fertigen Gedanken und halb fertigen Sätzen und ihren unbeholfenen Gefühlen, die sie nicht zum Ausdruck bringen können, in meinem Kopf herum, und es tut weh. Also gehe ich nach Hause, poliere das Ganze auf und spanne es auf einen rhythmischen Rahmen, bis es nicht mehr wehtut; und das ist mein Gedicht. Ich weiß, was sie sagen wollen, und ich sage es für sie.«

»Die Stimme deines Zeitalters«, erwiderte T'mwarba.

Sie sagte etwas, das so nicht druckfähig gewesen wäre. Als sie fertig war, stiegen ihr die Tränen in die Augen. »Was *ich* sagen will, was ich ausdrücken will, das kann *ich* …« Erneut schüttelte sie den Kopf. »Ich kann es nicht sagen.«

»Wenn du dich als Dichterin weiterentwickeln möchtest, wirst du das aber müssen.«

Sie nickte. »Mocky, bis vor einem Jahr war mir noch nicht einmal klar, dass ich nur die Gedanken anderer Leute ausspreche. Ich dachte, es wären meine eigenen.«

»Alle jungen Schriftsteller, die etwas taugen, machen das durch. Genau dabei lernt ihr euer Handwerk.«

»Und jetzt habe ich Dinge zu sagen, die ganz allein von mir stammen. Nicht Dinge, die andere Leute schon mal gesagt haben und die ich nur in origineller Weise zum Ausdruck bringe. Und es sind auch keine gepfefferten Entgegnungen auf Dinge, die andere Leute schon mal gesagt haben, was aufs Gleiche raus- kommt. Es sind neue Gedanken, und ich habe eine Heiden- angst.«

»Alle jungen Schriftsteller müssen das durchmachen, wenn sie heranreifen.«

»Es ist leicht, etwas zu wiederholen, Mocky. Es ist schwer, zu sprechen.«

»Gut, dass du das jetzt lernst. Warum erklärst du mir nicht erst einmal ganz genau, wie diese … diese Sache mit deinen Ein- sichten funktioniert?«

Sie schwieg, während sich fünf Sekunden zu zehn dehnten. »Na schön. Ich versuche es noch einmal. Kurz bevor ich die Bar verlassen habe, stand ich da und schaute in den Spiegel. Da kam der Barkeeper und fragte mich, was mit mir los sei.«

»Hat er gespürt, dass du aufgewühlt warst?«

»Er hat überhaupt nichts ›gespürt‹. Er hat meine Hände betrachtet. Ich habe mich an der Theke festgeklammert, bis meine Knöchel weiß anliefen. Er musste kein Genie sein, um festzustellen, dass in meinem Kopf etwas Seltsames vorging.«

»Barkeeper sind ziemlich empfänglich für solche Signale. Das gehört zu ihrem Job.« Er trank seinen Kaffee aus. »Deine Finger sind weiß angelaufen? Na schön, was hat dieser General zu dir gesagt, oder was hat er nicht gesagt, wollte es aber sagen?«

Ein Muskel in ihrer Wange zuckte zweimal, und Dr. T'mwarba dachte: Sollte ich das jetzt genauer deuten können, als ihr daran nur ihre Nervosität anzumerken?

»Das war ein forscher Kerl, so effektiv wie ein Rammbock«, erklärte sie. »Wahrscheinlich unverheiratet, mit einer Militär- laufbahn und all den Unwägbarkeiten, die das mit sich bringt. Er war Mitte fünfzig und fühlte sich deshalb unwohl. Er ist in die Bar gekommen, in der wir verabredet waren, hat erst die Augen zusammengekniffen und sie dann wieder geöffnet, während seine Hand auf seinem Bein ruhte, und dann krümmten sich plötzlich seine Finger, wurden wieder gerade, er wurde erst langsamer, aber dann wieder schneller, nachdem er die ersten drei Schritte in meine Richtung zurückgelegt hatte, und dann schüttelte er mir die Hand, als hätte er Angst, sie zu zerbrechen.«

T'mwarbas Lächeln wurde zu lautem Gelächter. »Er hat sich in dich verliebt!«

Sie nickte.

»Aber warum um alles in der Welt bringt dich das auf? Du solltest geschmeichelt sein.«

»Oh, das war ich auch!« Sie beugte sich vor. »Ich *war* geschmeichelt. Und ich wusste genau, was ihm durch den Kopf ging. Einmal, als er versuchte, seine Gedanken wieder dem Code zuzuwenden, Babel-17, habe ich genau das gesagt, was er gedacht hat, nur um ihm zu zeigen, wie nahe ich ihm war. Ich habe beobachtet, wie er einen Moment lang dachte, dass ich vielleicht seine Gedanken lese …«

»Moment mal. Das verstehe ich jetzt nicht. Woher wusstest du, was genau er dachte?«

Sie hob die Hand ans Kinn. »Er hat es mir gesagt, hier. Ich hab ihm erklärt, dass ich mehr Informationen bräuchte, um die Sprache zu knacken. Er wollte sie mir nicht geben. Ich sagte, dass ich sie schlicht und einfach bräuchte, um in der Sache weiterzukommen. Er hob den Kopf nur ein winziges Stück – um ihn nicht zu schütteln. Wenn er den Kopf geschüttelt und dabei leicht die Lippen geschürzt hätte, was meinst du, was er damit wohl gesagt hätte?«

Dr. T'mwarba zuckte mit den Schultern. »Dass die Sache nicht so einfach war, wie du denkst?«

»Ja. Er hat also eine Geste gemacht, um genau das zu vermeiden. Was hatte das zu bedeuten?«

T'mwarba schüttelte den Kopf.

»Er hat die Geste vermieden, weil er den Umstand, dass es nicht so einfach war, mit meiner Anwesenheit in Verbindung gebracht hat. Also hat er stattdessen den Kopf gehoben.«

»Um zu sagen: Wenn es so einfach wäre, dann bräuchten wir Sie nicht«, schlug T'mwarba vor.

»Genau. Aber noch während er den Kopf hob, hat er kurz innegehalten. Begreifst du nicht, was dadurch noch hinzugekommen ist?«

»Nein.«

»Wenn es so einfach wäre – und jetzt die Pause – wenn es *doch bloß* so einfach wäre, hätten wir uns gar nicht erst an Sie gewandt.« Sie legte die Hände mit den Handflächen nach oben in den Schoß. »Und genau das habe ich ihm ins Gesicht gesagt. Daraufhin haben sich seine Kiefermuskeln verkrampft …«

»Vor Überraschung?«

»… Ja. Das war der Moment, in dem er sich kurz gefragt hat, ob ich seine Gedanken lesen könnte.«

Dr. T'mwarba schüttelte den Kopf. »Das ist zu präzise, Rydra. Was du beschreibst, ist die Fähigkeit, die Mimik eines anderen Menschen zu interpretieren, was ziemlich effektiv sein kann, vor allem dann, wenn man weiß, auf welchen logischen Bereich sich die Gedanken der betreffenden Person beziehen. Aber es ist trotzdem zu präzise. Komm noch mal darauf zurück, warum diese Angelegenheit dich so verstört hat. Hat dieser unkultivierte Sternenfahrer mit seiner Zudringlichkeit dein Schamgefühl verletzt?«

Ihre Antwort war weder schamhaft noch kultiviert.

Dr. T'mwarba biss sich von innen auf die Lippe und fragte sich, ob sie das bemerkte.

»Ich bin kein kleines Mädchen«, sagte sie. »Außerdem hat er überhaupt nichts Anzügliches gedacht. Wie gesagt, ich fühlte mich von der ganzen Sache geschmeichelt. Den kleinen Streich habe ich ihm nur gespielt, um ihn wissen zu lassen, wie sehr wir auf derselben Wellenlänge lagen. Ich fand ihn charmant. Und wenn er mich so klar hätte sehen können wie ich ihn, dann hätte er gewusst, dass ich ihm nichts als freundliche Gefühle entgegenbrachte. Erst als er gegangen ist …«

Dr. T'mwarba hörte, wie der raue Unterton in ihre Stimme zurückkehrte.

»… als er gegangen ist, war sein letzter Gedanke: ›Sie weiß nichts davon; ich habe ihr nichts von alledem mitgeteilt.‹«

Ihr Blick verfinsterte sich – nein, sie beugte sich leicht vor und ließ die Lider ein bisschen sinken, sodass ihre Augen dunkler aussahen. Das hatte er schon tausendmal gesehen, seit das dünne, fast autistische zwölfjährige Mädchen zu ihm in die Neurotherapie geschickt worden war, die sich zu einer Psychotherapie und dann zu einer Freundschaft entwickelt hatte. Es war das erste Mal, dass er die Funktionsweise verstand, die dem Effekt zugrunde lag. Ihre präzise Beobachtungsgabe hatte ihn schon früher dazu angeregt, andere genauer in den Blick zu nehmen. Erst nach dem offiziellen Abschluss ihrer Therapie hatte der Kreis sich geschlossen, und er hatte sich veranlasst gesehen, sie selbst genauer zu beobachten. Was bedeutete die Verdunkelung anderes als eine Veränderung? Er wusste, dass es an ihm zahlreiche Persönlichkeitsmerkmale gab, die sie wie mit dem Mikroskop untersuchte. Reich und weltgewandt, wie er war, hatte er schon viele Menschen kennengelernt, die ebenso berühmt waren wie sie. Berühmtheit flößte ihm keine Ehrfurcht ein. Sie selbst allerdings sehr wohl.

»Er dachte, ich hätte nichts verstanden. Er dachte, es habe keine Kommunikation stattgefunden. Und ich war wütend. Ich war verletzt. All die Missverständnisse, die die Welt in Fesseln legen und die Menschen voneinander fernhalten, standen mir auf einen Schlag zitternd vor Augen, warteten darauf, dass ich sie entwirrte, sie erklärte, und ich konnte es nicht. Mir fehlten die Worte dafür, die Grammatik, die Syntax. Und …«

Etwas geschah mit ihren orientalischen Gesichtszügen, etwas Neues, und er versuchte angestrengt, es zu begreifen. »Ja?«

»… Babel-17.«

»Die Sprache?«

»Weißt du noch, was ich immer als mein ›Talent‹ bezeichnet habe?«

»Du meinst, dass du die Sprache mit einem Mal verstanden hast?«

»Nun, General Forester hatte mir gerade gesagt, dass es sich bei dem, was mir vorlag, nicht um einen Monolog handelte, sondern um einen Dialog, was ich vorher nicht gewusst hatte. Das passte zu einigen anderen Sachen, die mir im Kopf herumgingen. Mir wurde klar, dass ich selbst erkennen konnte, an welchen Stellen die Stimmen einander abwechselten. Und dann …«

»Verstehst du sie?«

»Ich verstehe manches davon besser als noch heute Nachmittag. Etwas an dieser Sprache macht mir sogar noch mehr Angst als General Forester.«

Ein Ausdruck der Verwirrung trat auf T'mwarbas Gesicht. »An der Sprache?«

Sie nickte.

»Was?«

Der Muskel in ihrer Wange zuckte erneut. »Zum einen glaube ich, dass ich weiß, wo sich der nächste Unfall ereignen wird.«

»Unfall?«

»Ja. Der nächste Sabotageakt, den die Invasoren planen, wenn es denn die Invasoren sind. Dessen bin ich mir nicht sicher. Aber die Sprache selbst – sie ist … sie ist seltsam.«

»Inwiefern?«

»Klein«, sagte sie. »Sparsam. Dicht – darunter kannst du dir nichts vorstellen, was? Bei einer Sprache, meine ich?«

»Dass sie kompakt ist?«, fragte Dr. T'mwarba. »Ich würde denken, dass das für eine gesprochene Sprache eine gute Eigenschaft ist.«

»Ja.« Aus einem Zischlaut wurde ein Atemholen. »Mocky, ich habe Angst!«

»Warum?«

»Weil ich etwas versuchen werde, und ich weiß nicht, ob ich dazu fähig bin oder nicht.«

»Wenn es den Versuch wert ist, solltest du durchaus ein wenig Angst haben. Worum geht es?«

»Ich habe es mir in der Bar vorgenommen, und dann dachte ich mir, dass ich besser erst mal mit jemandem darüber rede. Und jemand heißt normalerweise du.«

»Raus damit.«

»Ich werde diese ganze Sache mit Babel-17 selbst aufklären.«

T'mwarba neigte den Kopf nach rechts.

»Weil ich herausfinden muss, wer diese Sprache spricht, wo sie herkommt und was sie mitteilen will.«

Sein Kopf neigte sich nach links.

»Warum? Nun, in den meisten Lehrbüchern heißt es, dass die Sprache ein Mechanismus ist, der dazu dient, Gedanken zum Ausdruck zu bringen. Aber Sprache *ist* Denken. Gedanken sind Gestalt gewordene Informationen. Die Gestalt ist Sprache. Und die Gestalt dieser Sprache ist … erstaunlich.«

»Was erstaunt dich daran so?«

»Mocky, wenn du eine neue Sprache lernst, dann lernst du, wie ein anderes Volk die Welt sieht, das Universum.«

Er nickte.

»Und wenn ich in diese Sprache hineinblicke … sehe ich all-mählich … zu viel.«

»Das klingt sehr poetisch.«

Sie lachte. »Das sagst du immer, wenn du mich auf den Boden der Tatsachen zurückholen willst.«

»Was nicht so oft nötig ist. Gute Dichter denken meistens praktisch und verabscheuen jeden Mystizismus.«

»Das hat etwas mit dem Versuch zu tun, die Wirklichkeit zu erfassen. Mach dir selbst einen Reim drauf«, sagte sie. »Aber da die Dichtung versucht, an etwas Wirkliches zu rühren, ist das jetzt vielleicht poetisch.«

»Na schön. Ich versteh's immer noch nicht. Aber wie willst du das Rätsel von Babel-17 lösen?«

»Möchtest du das wirklich wissen?« Ihre Hände sanken auf

ihre Knie herab. »Ich besorge mir ein Raumschiff, stelle eine Crew zusammen und fliege dorthin, wo sich der nächste Unfall ereignen wird.«

»Stimmt, du hast ja ein interstellares Kapitänspatent. Kannst du dir das leisten?«

»Es gibt einen Zuschuss von der Regierung.«

»Ach, gut. Aber warum?«

»Ich kenne ein halbes Dutzend Sprachen der Invasoren. Babel-17 gehört nicht dazu. Und es ist keine Sprache der Allianz. Ich will herausfinden, wer diese Sprache spricht – weil ich herausfinden will, wer oder was im Universum auf diese Weise denkt. Meinst du, das bekomme ich hin, Mocky?«

»Trink noch einen Kaffee.« Er griff hinter sich und ließ die Kanne wieder zu ihr segeln. »Eine gute Frage. Da gibt es eine Menge zu bedenken. Du bist nicht gerade besonders stabil. Um mit einer Raumschiffcrew fertigzuwerden, braucht es eine bestimmte psychische Verfasstheit – und die hast du. Wenn ich mich richtig erinnere, ist deine Lizenz das Ergebnis dieser seltsamen … äh, Ehe, die du vor ein paar Jahren eingegangen bist. Aber damals warst du mit einer rein automatischen Crew unterwegs. Wirst du auf einer so langen Reise nicht mit Transportlern klarkommen müssen?«

Sie nickt.

»Meistens habe ich mit Leuten vom Zoll zu tun. Du bist mehr oder weniger eine Zollerin.«

»Meine Eltern waren beide Transportler. Ich auch, jedenfalls bis das Embargo begann.«

»Das ist richtig. Angenommen ich sage: ›Ja, ich glaube, du bekommst das hin‹?«

»Dann würde ich mich bedanken und morgen abreisen.«

»Angenommen, ich sage, dass ich gerne eine Woche Zeit hätte, um deine psychischen Indikatoren genauer unter die Lupe zu nehmen, während du bei mir Urlaub machst, nicht unterrichtest, keine öffentlichen Lesungen hältst und Cocktailpartys meidest?«

»Dann würde ich mich bedanken. Und morgen abreisen.«

Er grinste. »Warum belästigst du mich dann damit?«

»Weil ...« Sie zuckte mit den Achseln. »Weil ich morgen verdammt viel zu tun habe ... und kaum die Zeit finden werde,
mich von dir zu verabschieden.«

»Ah.« Sein spöttisches Grinsen wurde zu einem Lächeln.

Und er musste wieder an den Beo denken.

Rydra, dünn, dreizehn Jahre alt und ungelenk, war mit diesem
neuen Etwas namens Lachen, von dem sie eben erst herausgefunden hatte, wie sie es mit ihrem Mund zustande brachte,
durch die Dreifachtür des Konservatoriums hereingeplatzt. Und
er hatte väterlichen Stolz empfunden, dass das, was vor sechs
Monaten, als man es ihm überantwortet hatte, kaum mehr als
eine Leiche gewesen war, sich jetzt wieder in ein Mädchen ver-
wandelt hatte, ein Mädchen mit jungenhaft kurzen Haaren, das
schmollte und Wutanfälle bekam und Fragen stellte und die
beiden Meerschweinchen liebkoste, die es Lamp und Lampchen
genannt hatte. Die Klimaanlage drückte das Strauchwerk an die
Glaswand, und die Sonne schien durch das transparente Dach.
Sie hatte gesagt: »Was ist denn das, Mocky?«

Und er hatte, von Sonnenlicht besprenkelt, in weißen Shorts
mit überflüssigen Hosenträgern, lächelnd erwidert: »Das ist ein
Beo. Er wird mit dir reden. Sag Hallo.«

Das schwarze Auge wirkte so tot wie eine Rosine, mit einem
stecknadelkopfgroßen Lebenslicht in einem Winkel. Die Federn
glänzten, und in dem spitzen Schnabel ruhte eine dicke Zunge.
Sie neigte den Kopf zur Seite, so wie der Vogel den Kopf zur Seite
neigte, und flüsterte: »Hallo?«

Dr. T'mwarba hatte, um sie zu überraschen, den Vogel zwei
Wochen lang mit frisch ausgegrabenen Regenwürmern dressiert.
Der Beo warf einen Blick über die linke Schulter und sagte mit
monotoner Stimme: »*Hallo Rydra, draußen ist wunderschönes
Wetter, und ich bin glücklich.*«

Kreischen.

Völlig unerwartet.

Er hatte gedacht, dass sie lachen würde. Aber stattdessen verzerrte sich ihr Gesicht zu einer Fratze, sie schlug um sich, taumelte rückwärts, fiel. Der Schrei drang krächzend aus beinahe kollabierten Lungen, wurde erstickt, erklang erneut. Er stürzte zu ihr, um ihren zappelnden, hysterischen Leib in die Arme zu nehmen, während die eintönige Stimme des Vogels über ihrem Heulen zu hören war: »*Draußen ist wunderschönes Wetter, und ich bin glücklich.*«

Er sah eine solche akute Panikattacke nicht zum ersten Mal. Aber es erschütterte ihn trotzdem. Als sie später darüber reden konnte, sagte sie nur – angespannt, mit weißen Lippen: »Er hat mir Angst gemacht!«

Und damit wäre die Sache erledigt gewesen, wäre der verdammte Vogel nicht drei Tage später ausgebüxt und in das Antennennetz geflogen, das er und Rydra zusammen aufgebaut hatten, damit sie mit ihrem Funk-Stasecrafter die hyperstatische Kommunikation der Transportschiffe in diesem Arm der Galaxis belauschen konnte. Er verfing sich mit einem Flügel und einem Bein und schlug immer wieder gegen einen der heißen Drähte, und die Funken waren selbst im Sonnenlicht zu erkennen. »Wir müssen ihn da rausholen!«, hatte Rydra gerufen. Sie hatte die Fingerspitzen an den Mund gelegt, doch während sie den Vogel betrachtete, sah er, wie ihr unter der gebräunten Haut die Farbe aus dem Gesicht wich. »Ich kümmere mich darum, Liebes«, sagte er. »Mach dir keine Sorgen.«

»Wenn er noch ein paarmal gegen den Draht prallt, ist er tot!«

Aber T'mwarba war bereits hineingegangen, um die Leiter zu holen. Als er wieder herauskam, blieb er wie angewurzelt stehen. Sie war das Abspannseil an dem schiefen Bohnenbaum, der die Hausecke überschattete, schon fast ganz hochgeklettert. Wenige Sekunden später sah er, wie sie die Hand nach dem flatternden Gefieder ausstreckte, sie zurückzog, sie wieder ausstreckte. Er wusste ganz genau, dass sie keine Angst vor dem heißen Draht hatte, sie hatte ihn selbst gespannt. Wieder die Funken. Also fasste sie einen Entschluss und packte zu. Kurz darauf kam sie über den Hof auf ihn zu, den zerzausten Vogel auf Armeslänge von sich gestreckt. Ihr Gesicht sah aus wie mit Kalkstaub gepudert.

»Nimm ihn, Mocky«, sagte sie, die Stimme hinter ihren zitternden Lippen ausdruckslos, »bevor er etwas sagt und ich wieder anfange herumzuschreien.«

Und jetzt, dreizehn Jahre später, sprach etwas anderes zu ihr, und sie sagte, dass sie sich fürchtete. Er wusste, wie groß ihre Angst sein konnte; er wusste auch, mit welchem Mut sie sich ihren Ängsten stellen konnte.

Er sagte: »Lebewohl. Ich bin froh, dass du mich geweckt hast. Ich wäre stinksauer gewesen, wenn du nicht gekommen wärst. Danke.«

»Ich habe dir zu danken, Mocky«, sagte sie. »Angst habe ich trotzdem noch.«

3

Danil D. Appleby, der von sich nur selten mit seinem Namen dachte – er war Zollbeamter –, starrte die Anordnung durch seine Drahtbrille an und rieb sich mit der Hand über den roten Bürstenhaarschnitt. »Tja, da steht, dass Sie das dürfen, wenn Sie wollen.«

»Und …?«

»Und es ist von General Forester unterzeichnet.«

»Dann erwarte ich, dass Sie kooperieren.«

»Aber ich muss das erst bewilligen …«

»Dann kommen Sie eben mit und bewilligen es an Ort und Stelle. Ich habe keine Zeit, Berichte zu schicken und zu warten, bis sie bearbeitet werden.«

»Aber das geht nicht …«

»Doch, das geht. Kommen Sie mit.«

»Aber Miss Wong, ich laufe nicht mitten in der Nacht in Transport Town herum.«

»Ich mach das gerne. Haben Sie Angst?«

»Nicht direkt. Aber …«

»Ich benötige bis morgen früh ein Schiff und eine Crew. Und General Forester hat das unterschrieben. Alles klar?«

»Ich denke, schon …«

»Dann kommen Sie. Ich muss mir meine Crew bewilligen lassen.«

Die eine beharrlich und der andere zögerlich, verließen Rydra und der Beamte das Gebäude aus Bronze und Glas.

Sie mussten beinahe sechs Minuten auf die Magnetbahn warten.

Als sie wieder vom Bahnsteig herunterkamen, waren die Straßen schmaler, und das unablässige Heulen der Transportschiffe brandete über den Himmel. Baufällige Behausungen und Wohnheime waren zwischen Lagerhäusern, Werkstätten und Geschäften eingezwängt. Eine breitere Straße mit brummenden Fahrzeugen, geschäftigen Schauerleuten und Sternenfahrern kreuzte ihren Weg. Sie kamen an Neonschildern vorbei, an Restaurants mit den Speisen zahlloser Welten, an Bars und Bordellen. Der Zollbeamte zog in dem Gedränge die Schultern ein und ging rascher, um mit der langbeinigen Rydra mitzuhalten.

»Wo wollen Sie hier …?«

»Meinen Piloten finden? Mit dem fangen wir an.« Sie hielt an der Ecke inne, steckte die Hände in die Taschen ihrer Lederhose und blickte sich um.

»Haben Sie jemand Bestimmten im Sinn?«

»Mir fallen da gleich mehrere ein. Hier entlang.« Sie bogen in eine schmalere Straße ein, die belebter und heller erleuchtet war. »Wo gehen wir hin? Kennen Sie diesen Abschnitt?«

Aber sie lachte, hakte sich bei ihm ein und führte ihn, ohne Druck auszuüben, wie eine Tänzerin zu einer eisernen Treppe.

»Da drin?«

»Waren Sie schon mal hier?«, fragte sie mit einem unschuldigen Eifer, der ihm für einen Moment das Gefühl vermittelte, mit ihr auszugehen.

Er schüttelte den Kopf.

Aus dem Eingang des Kellercafés löste sich ein schwarzer Schatten – ein Mann mit ebenholzfarbener Haut, dem rote und grüne Juwelen in Brust, Gesicht, Arme und Schenkel eingelassen waren. Feuchte Membranen, ebenfalls edelsteinbesetzt, hingen von seinen Armen herab und bauschten sich, als er die Treppe emporeilte, an dünnen Knochenfingern.

Rydra bekam ihn an der Schulter zu fassen. »He, Lome!«

»Captain Wong!« Seine Stimme war hoch, die weißen Zähne angespitzt. Mit ausgebreiteten Segeln wirbelte er zu ihr herum. »Was machst'n hier?«

»Lome, kämpft Brass heute Nacht?«

»Willst du ihn sehen? Aye, Skipper, mit Silberdrache, ein Kampf auf Augenhöhe. He, ich such dich auf Deneb. Dein Buch kauf ich auch. Kann nicht groß lesen, aber ich kauf's. Und dich find ich nicht. Wo warst du die sechs Monate?«

»Auf der Erde. Ich habe an der Universität unterrichtet. Aber jetzt fliege ich wieder los.«

»Du willst Brass als Pilot? Bist Richtung Spicelli unterwegs?«

»So ist es.«

Lome legte ihr den schwarzen Arm um die Schulter, und das Segel hüllte ihn wie ein schimmernder Umhang ein. »Wenn du Richtung Caesar unterwegs bist, holst du Lome als Pilot, jedes Mal. Kenne Caesar …« Er verzog das Gesicht und schüttelte den Kopf. »Keiner kennt besser.«

»Falls ich das vorhabe, mach ich das. Aber jetzt steht Spicelli an.«

»Dann ist Brass der Richtige. Hast schon mit ihm gearbeitet?«

»Wir haben uns mal zusammen betrunken, als wir beide eine Woche lang auf einem der Cygnet-Planetoiden in Quarantäne waren. Er schien zu wissen, wovon er redete.«

»Reden, reden, reden«, sagte Lome abfällig. »Ja, ich erinnere mich an dich. Captain, die redet. Schau dir an, wie dieser Hundesohn ringt, dann weißt du, ob er als Pilot was taugt.«

»Deshalb bin ich hier.« Rydra wandte sich dem Zollbeamten zu, der an das Eisengeländer zurückwich. (Himmel, dachte er, sie wird mich vorstellen!) Aber sie lächelte nur, neigte den Kopf leicht zur Seite und drehte sich wieder um. »Wir sehen uns, Lome, wenn ich nach Hause komme.«

»Jaja, das sagst du und sagst es wieder. Aber in sechs Monaten sehe ich dich nicht.« Er lachte. »Aber ich mag dich, werte Captain. Nimm mich mal mit nach Caesar, ich zeig's dir.«

»Wenn ich dorthin fliege, Lome, fliegst du mit.«

Ein nadelspitzes Grinsen. »Flieg, flieg, sagst du. Ich muss los. Wiedersehen, werte Captain« – er verbeugte sich und salutierte. »Captain Wong.« Und dann war er weg.

»Sie müssen keine Angst vor ihm haben«, erklärte Rydra dem Beamten.

»Aber er ist …« Während er nach dem richtigen Wort suchte, fragte er sich: Woher wusste sie das? »Bei den fünf Höllen, wo kommt der denn her?«

»Von der Erde. Allerdings glaube ich, dass er auf der Route von Arcturus zu einem der Centauris geboren wurde. Ich glaube, seine Mutter war eine Patronin, wenn er da nicht auch gelogen hat. Lome spinnt oft Seemannsgarn.«

»Wollen Sie damit sagen, dass er seinen Aufzug komplett kosmetischer Chirurgie verdankt?«

»M-hm.« Rydra ging die Treppe hinunter.

»Aber wieso zum Teufel tun die Leute sich so was an? Die sind alle echt seltsam. Deshalb wollen anständige Leute nichts mit ihnen zu tun haben.«

»Früher haben die Seeleute sich Tätowierungen stechen lassen. Außerdem hat Lome sonst nichts zu tun. Ich bezweifle, dass er in den letzten vierzig Jahren auch nur ein Raumschiff gesteuert hat.«

»Ist er kein guter Pilot? Was hatte es denn dann mit dem Gerede über den Caesar-Nebel auf sich?«

»Ich bin mir sicher, dass er sich dort bestens auskennt. Aber er ist mindestens hundertzwanzig Jahre alt. Ab achtzig lassen die Reflexe nach, und dann hat sich das mit der Pilotenlaufbahn. Er vagabundiert einfach von einer Hafenstadt zur nächsten, weiß alles, was irgendwem passiert ist, und kann immer mit Tratsch und guten Ratschlägen aufwarten.«

Sie betraten das Café über eine geschwungene Rampe. Zehn Meter unter ihnen saßen die Gäste an der Bar und an den Tischen und tranken. Schräg über ihnen schwebte eine Hohlkugel von fünfzehn Metern Durchmesser, die aus Rauch zu bestehen schien. Rydra blickte von der Kugel zu dem Zollbeamten. »Sie haben noch nicht angefangen.«

»Werden hier diese … diese *Kämpfe* veranstaltet?«

»So ist es.«

»Aber das ist doch illegal!«

»Das Gesetz wurde nie verabschiedet. Nach der Debatte darüber wurde es auf Eis gelegt.«

»Ach …«

Während sie inmitten der geselligen Transportarbeiter nach unten gingen, blinzelte der Zollbeamte. Bei den meisten handelte es sich um ganz gewöhnliche Männer und Frauen, aber es gab auch genug kosmetisch Veränderte, sodass sein Blick von einem zur anderen huschte. »In so einem Lokal war ich noch nie!«, flüsterte er. Amphibische oder reptilienartige Geschöpfe stritten sich und lachten mit Greifen und metallhäutigen Sphinxen.

»Wollt ihr eure Kleider hierlassen?«, fragte das Mädchen an der Garderobe lächelnd. Ihre nackte Haut war bonbongrün, ihre kolossale Frisur wie rosa Baumwolle aufgetürmt. Ihre Brüste, ihr Nabel und ihre Lippen funkelten.

»Ich denke, nicht«, sagte der Zollbeamte rasch.

»Ziehen Sie wenigstens Ihre Schuhe und Ihr Hemd aus«, sagte Rydra, während sie ihre Bluse abstreifte. »Sonst denken die

Leute, Sie sind komisch.« Sie beugte sich vor, erhob sich wieder und reichte ihre Sandalen über den Tresen. Sie war bereits dabei, die Schnalle an ihrer Hose zu öffnen, als sie seinen verzweifelten Blick bemerkte, lächelte und sie wieder schloss.

Vorsichtig zog er sich Jacke, Weste, Hemd und Unterhemd aus. Er wollte gerade seine Schnürsenkel öffnen, als ihn jemand am Arm packte. »He, Zoller!«

Er richtete sich auf und stand einem riesigen nackten Mann gegenüber. Das Stirnrunzeln auf dem pockennarbigen Gesicht des Hünen sah aus wie ein Riss in fauliger Baumrinde. Sein einziger Schmuck bestand aus Käferlämpchen, die in Mustern über seine Brust, seine Schultern, seine Beine und Arme schwärmten.

»Äh … Entschuldigung?«

»Was machst du denn hier, Zoller?«

»Sir, ich belästige Sie nicht.«

»Und ich belästige dich nicht. Trink was, Zoller. Ich bin nur nett zu dir.«

»Vielen Dank, aber mir wäre es lieber …«

»Ich bin nett. Du nicht. Wenn du nicht nett sein willst, Zoller, dann bin ich eben auch nicht nett.«

»Nun ja, ich bin mit …« Er warf Rydra einen hilflosen Blick zu.

»Na los. Dann trinkt ihr eben beide was. Geht auf mich. Echt nett, verdammt noch mal.« Seine andere Hand senkte sich auf Rydras Schulter, aber sie packte ihn am Handgelenk. Die Finger öffneten sich und gaben den Blick auf die Skalen des in seine Handfläche eingelassenen Stellarimeters frei. »Navigator?«

Er nickte, und sie ließ seine Hand los, die daraufhin auf der Schulter landete.

»Warum sind Sie denn heute Abend so ›nett‹?«

Der angetrunkene Hüne schüttelte den Kopf. Sein Haar war über dem linken Ohr zu einem steifen, schwarzen Zopf gebunden. »Ich bin nur nett zu dem Zoller da. Dich mag ich wirklich.«

»Danke. Spendieren Sie uns einen Drink, und ich spendiere Ihnen einen.«

Er nickte gewichtig und kniff dabei die Augen zusammen. Dann griff er ihr zwischen die Brüste und hob die goldene Scheibe an, die ihr an einer Kette um den Hals hing. »*Captain* Wong?«

Sie nickte.

»Dann lege ich mich mal lieber nicht mit Ihnen an.« Er lachte. »Kommen Sie schon, Captain, ich spendier Ihnen und dem Zoller was, das Sie aufmuntert.« Sie drängten sich zur Bar durch.

Das grüne Zeug, das in respektableren Etablissements in kleinen Gläsern serviert wurde, bekam man hier in Krügen vorgesetzt.

»Auf wen wetten Sie bei dem Kampf zwischen dem Drachen und Brass? Und wenn Sie jetzt Drache sagen, dann kipp ich Ihnen das hier ins Gesicht. War natürlich nur ein Witz, Captain.«

»Ich wette nicht«, sagte Rydra. »Ich suche nach einer Crew. Kennen Sie Brass?«

»War bei seiner letzten Reise Navigator. Bin vor einer Woche hier gelandet.«

»Sind Sie aus dem gleichen Grund nett, aus dem er kämpft?«

»Könnte man so sagen.«

Der Zollbeamte kratzte sich sichtlich verwirrt am Schlüsselbein.

»Brass' letzter Auftrag ist geplatzt«, erklärte ihm Rydra. »Die Crew ist arbeitslos. Brass wird hier heute Abend zur Schau gestellt.« Sie wandte sich wieder dem Navigator zu. »Werden viele Kapitäne auf ihn bieten?«

Er schob die Zunge unter die Oberlippe, kniff ein Auge zusammen und neigte den Kopf. Dann zuckte er mit den Achseln.

»Bin ich die einzige Kapitänin, die Ihnen über den Weg gelaufen ist?«

Ein Nicken, ein großer Schluck Schnaps.

»Wie heißen Sie?«

»Calli, Navigator-Zwei.«

»Wo sind Ihre Eins und Drei?«

»Drei ist irgendwo dort drüben und betrinkt sich. Eins war ein herzallerliebstes Mädchen namens Cathy O'Higgins. Sie ist tot.« Er trank aus und griff nach einem weiteren Krug.

»Der geht auf mich«, sagte Rydra. »Warum ist sie tot?«

»Trafen auf Invasoren. Die Einzigen, die nicht draufgingen, waren Brass, ich und Drei sowie unser Auge. Wir haben den ganzen Trupp verloren … und unseren Patron dazu. Und er war ein verdammt guter Patron. Captain, das war eine üble Reise. Unser Auge ist ohne Ohr und Nase völlig ausgerastet. Sie waren seit zehn Jahren zusammen körperlos. Ron, Cathy und ich, wir waren erst seit ein paar Monaten getripelt. Aber trotzdem …« Er schüttelte den Kopf. »Es war echt übel.«

»Rufen Sie Ihren Drei rüber«, sagte Rydra.

»Warum?«

»Ich suche eine ganze Mannschaft.«

Calli legte die Stirn in Falten.

»Wir haben keine Eins mehr.«

»Wollen Sie hier ewig schmollen? Dann gehen Sie eben in die Leichenhalle.«

Calli gab ein *Grmpf* von sich. »Wenn Sie meinen Drei sehen wollen, dann kommen Sie mit.« Rydra hob zustimmend die Schultern, und der Zollbeamte folgte ihnen.

»He, Blödmann, dreh dich um.«

Der Junge, der sich auf dem Barhocker herumdrehte, war vielleicht neunzehn. Der Zollbeamte musste an ein Gewirr von Metallbändern denken. Calli war ein massiger, gemütlicher Mann …

»Captain Wong, das ist Ron, der beste Drei hier im Sonnensystem.«

… aber Ron war klein, dünn, und seine Muskeln traten geradezu unheimlich scharf hervor: Brustmuskeln wie gekerbte Metallplatten unter straff gezogener, wächserner Haut; ein

Bauch wie ein geriffelter Schlauch, Arme wie geflochtene Kabel. Selbst seine Gesichtsmuskeln standen hinten am Kiefer hervor, dicht vor den sich deutlich abzeichnenden Strängen seines Halses. Er war ungekämmt und flachsblond und hatte saphirblaue Augen, aber seine einzige erkennbare kosmetische Chirurgie bestand aus der leuchtenden Rose, die auf seiner Schulter wuchs. Er warf ihnen ein rasches Lächeln zu und hob zum Gruß den Zeigefinger an die Stirn. Seine Nägel waren bis aufs Nagelbett abgekaut, die Finger sahen aus wie verknotete weiße Schnüre.

»Captain Wong ist auf der Suche nach einer Crew.«

Ron verlagerte sein Gewicht auf dem Hocker und hob leicht den Kopf; dabei bewegten sich auch alle anderen Muskeln in seinem Körper wie Schlangen in Milch.

Der Zollbeamte sah, wie Rydra die Augen aufriss. Da er ihre Reaktion nicht verstand, ignorierte er sie.

»Wir haben keine Eins«, sagte Ron. Sein Lächeln kam und ging und war gleich wieder traurig.

»Und wenn ich eine neue Eins für Sie finde?«

Die Navigatoren sahen einander an.

Calli wandte sich Rydra zu und rieb sich mit dem Daumen über einen Nasenflügel. »Wissen Sie, die Sache bei einem Triplett wie dem unseren ist …«

Rydras linke Hand umfasste ihre rechte. »Genau so müssen Sie sein. Selbstverständlich hängt meine Wahl von Ihrem Einverständnis ab.«

»Tja, es ist ziemlich schwer für jemand anderes …«

»Es ist unmöglich. Aber es ist Ihre Entscheidung. Ich mache nur Vorschläge. Aber meine Vorschläge sind verdammt gut. Was meinen Sie?«

Callis Daumen bewegte sich von seiner Nase zu seinem Ohrläppchen. Er zuckte mit den Achseln. »Ein viel besseres Angebot können Sie schwerlich machen.«

Rydra sah Ron an.

Der Junge stellte einen Fuß auf den Hocker, schlang die Arme um sein Knie und blickte sie an seiner Kniescheibe vorbei an. »Schauen wir mal, was Sie vorzuschlagen haben.«

Sie nickte. »Klingt fair.«

»Wissen Sie, es ist nicht besonders leicht, einen Job für ein kaputtes Triplett zu finden.« Calli legte Ron die Hand auf die Schulter.

»Ja, aber …«

Rydra blickte auf. »Sehen wir uns den Ringkampf an.«

Entlang der Theke hoben die Leute die Köpfe. Die Gäste an den Tischen lösten die Schnappverschlüsse an den Armlehnen ihrer Stühle, sodass diese in eine halb liegende Position kippten.

Callis Krug klirrte auf die Theke, und Ron zog beide Füße auf seinen Hocker hoch und lehnte sich an die Bar.

»Wo schauen die hin?«, fragte der Zollbeamte. »Wo schauen die alle …?« Rydra legte ihm die Hand in den Nacken und tat irgendetwas, das ihm ein Lachen entlockte und ihn nach oben blicken ließ. Dann atmete er tief ein und langsam wieder aus.

Buntes Licht zuckte durch die rauchige Null-Grav-Kugel, die unter dem Gewölbe hing. In dem Raum war es dunkel geworden. Tausend Watt starke Scheinwerfer richteten sich auf die Plastikoberfläche und gleißten, als der Rauch in der hellen Kugel sich verzog, über die Gesichter darunter.

»Was passiert jetzt?«, fragte der Zollbeamte. »Kämpfen sie gleich …?«

Rydra strich ihm mit der Hand über den Mund, und fast hätte er seine Zunge verschluckt. Aber er schwieg.

Und dann erschien Silberdrache, mit Schwingen, die den Rauch aufwirbelten, mit Silberfedern gleich klirrenden Schwertern, mit bebenden Schuppen auf den breiten Hüften. Ihr drei Meter großer Leib waberte und wand sich in dem Antigravitationsfeld, ihre grünen Lippen grinsten höhnisch, ihre silbernen Lider flatterten über grünen Augen. »Eine Frau!«, hauchte der Zollbeamte.

Das Publikum schnipste anerkennend mit den Fingern.

Rauch wogte in der Kugel …

»Das ist unser Brass!«, flüsterte Calli.

… und Brass gähnte und schüttelte den Kopf, die elfenbein-
farbenen Säbelzähne glänzend von Speichel, die Muskeln an
Schultern und Armen geballt; Messingkrallen glitten zwanzig
Zentimeter weit aus gelben, flauschigen Pfoten. Bänder spannten
sich über seinen Bauch. Der stachelbewehrte Schwanz peitschte
gegen die Innenwand der Kugel. Seine Mähne, die er sich kurz
geschnitten hatte, damit man ihn nicht daran packen konnte,
wogte wie Wasser.

Calli legte dem Zollbeamten die Hand auf die Schulter.
»Schnips mit den Fingern, Mann! Das ist *unser* Brass!«

Der Zollbeamte, der das noch nie gekonnt hatte, brach sich bei
dem Versuch fast die Hand.

Die Hohlkugel flackerte rot auf. Die beiden Piloten wandten
sich, jeweils am äußersten Rand lauernd, einander zu. Es wurde
still. Der Zollbeamte senkte den Blick und betrachtete die Leute
um sich her. Alle anderen Gesichter waren nach oben gewandt.
Navigator-Drei kauerte in Fötushaltung auf dem Barhocker. Eine
kupferfarbene Bewegung; auch Rydra senkte den Blick, um die
schlanken, angespannten Arme und die sehnigen Schenkel des
rosenschultrigen Jungen zu betrachten.

Über ihnen reckten und streckten sich die Kontrahenten und
ließen, während sie dahintrieben, die Muskeln spielen. Eine
plötzliche Bewegung des Drachen, und Brass wich zurück und
stieß sich dann von der Wand ab.

Der Zollbeamte hielt sich an irgendetwas fest.

Die beiden Silhouetten trafen aufeinander, rangen miteinander,
trudelten gegen eine Wand und prallten davon ab. Die Leute
begannen mit den Füßen zu stampfen. Arm griff über Arm, Bein
schlang sich um Bein, bis sich Brass unvermittelt um die eigene
Achse drehte und gegen die obere Wand der Arena geschleudert
wurde. Er schüttelte den Kopf und richtete sich neu auf seine Geg-
nerin aus. Silberdrache schlängelte sich unter ihm hindurch, und

ihre Flügel zuckten erwartungsvoll. Brass stieß sich von der Decke ab, drehte sich plötzlich im Flug und traf Silberdrache mit den Hinterfüßen. Wild um sich schlagend trudelte sie davon. Säbelzähne schnappten zu, verfehlten sie aber.

»Was wollen sie denn erreichen?«, flüsterte der Zollbeamte. »Woran sieht man, wer gewinnt?« Er senkte wieder den Blick; das, was er umfasst hatte, war Callis Schulter.

»Wenn es einem gelingt, den anderen gegen die Wand zu schleudern und die gegenüberliegende Wand beim Rückprall selbst nur mit einer Gliedmaße zu berühren«, erklärte Calli, ohne den Blick zu senken. »Das nennt man einen Sturz.«

Silberdraches Leib federte zurück wie elastisches Metall, und Brass segelte davon und prallte, alle viere von sich gestreckt, gegen die Kugel. Aber als sie in der Rückwärtsbewegung versuchte, sich mit einem Hinterbein abzufangen, geriet sie aus dem Gleichgewicht, und auch das zweite Bein berührte die Wand.

Ein erwartungsvolles Seufzen löste sich aus den Kehlen der Zuschauer. Ermutigendes Schnipsen; Brass fasste sich, sprang, stieß sie an die Wand zurück, doch auch sein Rückprall war zu heftig, und er kam mit drei Gliedmaßen auf.

Wieder eine Drehung in der Mitte. Silberdrache knurrte, streckte sich, schüttelte ihre Schuppen. Brass starrte sie aus Augen wie verschatteten Goldmünzen finster an, fuhr bebend herum und machte dann einen Satz nach vorne.

Silberdrache tauchte mit einer Drehung unter seinem Schulterhieb weg, krachte gegen die Innenwand der Kugel. Die Frau sah aus, als wollte sie die Wand hinaufklettern. Brass prallte leicht zurück, fing sich mit einer Pfote und stieß sich wieder ab.

Die Kugel flackerte grün auf, und Calli schlug auf die Theke. »Na bitte, hat er es dieser Lamettaschlampe doch gezeigt!«

Ausgestreckte Gliedmaßen verflochten sich ineinander, und Klaue verkeilte sich in Klaue, bis die starren Arme erbebten, sich voneinander lösten. Zwei weitere Stürze, bei denen keiner punktete; dann rammte Silberdrache mit dem Kopf voraus Brass'

Brustkorb, schleuderte ihn nach hinten und fing sich nur mit dem Schwanz ab. Die Menge unter den Kämpfenden stampfte.

»Das ist ein Foul!«, schrie Calli und schüttelte den Zollbeamten ab. »Verdammt noch mal, das ist ein Foul!« Aber die Kugel flackerte erneut grün auf. Offiziell ging der zweite Sturz an sie.

Nun schwammen die beiden wachsam durch die Kugel. Zweimal täuschte Silberdrache an, und Brass riss seine Krallen zur Seite oder zog den Bauch ein, um ihren Klauen auszuweichen.

»Warum lässt sie ihn nicht in Ruhe?«, fragte Calli, das Gesicht zur Decke erhoben. »Sie piesackt ihn ja zu Tode. Ringt, kämpft!«

Wie zur Antwort sprang Brass vor und schlug nach ihrer Schulter; was ein perfekter Sturz gewesen wäre, wurde verpatzt, weil Silberdrache seinen Arm packte und ihn ins Schlingern brachte, sodass er unbeholfen gegen das Plastik knallte.

»Das darf sie nicht!« Diesmal war es der Zollbeamte, der schrie. Wieder packte er Calli. »Darf sie das? Ich finde, das sollte nicht erlaubt …« Aber dann biss er sich auf die Zunge, weil Brass herumfuhr, die Frau von der Wand wegzog und zwischen seinen Beinen hindurchschleuderte, und während sie sich hektisch von der Kunststoffoberfläche löste, stieß er sich mit dem Unterarm ab, schwebte in der Mittel der Kugel und ließ für das Publikum die Muskeln spielen.

»Das war's!«, schrie Calli. »Zwei von drei!«

Erneut flackerte die Kugel grün auf. Das Schnippen wurde zu Applaus. »Hat er gewonnen?«, fragte der Zollbeamte. »Hat er gewonnen?«

»Hör doch zu! Natürlich hat er gewonnen! Los, gehn wir zu ihm. Kommen Sie, Captain!«

Rydra war bereits auf dem Weg durch die Menge. Ron eilte ihr nach, und Calli, der den Zollbeamten hinter sich herzog, folgte den beiden. Über schwarz gekachelte Treppenstufen gelangten sie in ein Zimmer mit Sofas, in dem mehrere Gruppen von Männern und Frauen um Kondor herumstanden, ein großes, goldfarbenes und scharlachrotes Geschöpf, das gerade auf den Kampf mit Ebony vorbereitet wurde, der allein in einer Ecke wartete. Der Eingang zur Arena öffnete sich, und Brass kam schwitzend herein.

»Hey«, rief Calli. »Hey, das war toll, Junge. Und die Kapitänin hier will mit dir sprechen.«

Brass streckte sich und ließ sich dann mit einem Knurren, das tief aus seiner Brust kam, auf alle viere nieder. Er schüttelte seine Mähne, und dann riss er, als er sie erkannte, die goldenen Augen auf. »Ca'tain Wong?« Mit seinem durch die kosmetisch implantierten Reißzähne verformten Mund bekam er keine plosiven Labiale hin, wenn sie nicht stimmhaft waren. »Wie ha' ich dir heute Abend gefallen?«

»Ziemlich gut – ich möchte, dass du mich durch den Spicelli fliegst.« Sie strich ihm durch ein gelbes Haarbüschel hinterm Ohr. »Vor einer Weile hast du mal gesagt, dass du mir gerne zeigen würdest, was du draufhast.«

»Ja.« Brass nickte. »Ich glaub grad bloß, ich träume.« Er zog sein Lendentuch aus und wischte sich mit dem zusammengeknüllten Stoff über Hals und Arme. Als er den erstaunten Blick des Zollbeamten bemerkte, sagte er: »Nur 'n bisschen kosmetische Chirurgie.« Und trocknete sich weiter ab.

»Zeig ihm deine psychische Einstufung«, sagte Rydra, »dann bekommst du seine Bewilligung.«

»Heißt das, wir reisen morgen ab, Ca'tain?«

»Bei Tagesanbruch.«

Aus seiner Gürteltasche holte Brass eine dünne Metallkarte. »Bitte sehr, Zoller.«

Der Zollbeamte ließ den Blick über die Runenzeichen schweifen. Auf einer metallenen Rückverfolgungskarte aus seiner hinteren Hosentasche vermerkte er die Veränderung des Stabilitätsindex, beschloss aber, die Daten später erst aufzuaddieren. Aus Erfahrung wusste er, dass sie das erforderliche Maß weit überstiegen. »Miss Wong, ich meine Captain Wong, was ist mit den Karten der anderen?« Er wandte sich Calli und Ron zu.

Ron griff sich in den Nacken und rieb sich das Schulterblatt.
»Über uns zerbrichst du dir erst den Kopf, wenn wir einen
Navigator-Eins haben.« Die raue Miene des Heranwachsenden
wirkte ebenso einnehmend wie streitlustig.

»Die überprüfen wir später«, sagte Rydra. »Erst müssen wir
noch mehr Leute finden.«

»Du bist auf der Suche nach einer kom'letten Crew?«, fragte
Brass.

Rydra nickte. »Was ist mit dem Auge, das mit euch her-
gekommen ist?«

Brass schüttelte den Kopf. »Hat sein Ohr und seine Nase verloren. Standen sich als Tri'let sehr nahe, Ca'tain. Ist vielleicht
noch sechs Stunden bei uns geblieben und dann zurück in die
Leichenhalle gegangen.«

»Ich verstehe. Kannst du mir jemanden empfehlen?«

»Niemand Bestimmten. Trei' dich am besten einfach im
Kör'erlosensektor rum und warte ab, was sich findet.«

»Wenn Sie morgen früh eine Crew beisammenhaben wollen,
fangen wir besser gleich an«, sagte Calli.

»Dann mal los«, sagte Rydra.

Während sie zum unteren Ende der Rampe gingen, fragte der
Zollbeamte: »Der Körperlosensektor?«

»Ja, und?« Rydra ging am Schluss der Gruppe.

»Das ist … Na ja, die Idee gefällt mir nicht.«

Rydra lachte. »Wegen der Toten? Die tun niemandem was.«

»Jedenfalls weiß ich, dass *das* illegal ist, wenn leibhaftige Menschen in den Körperlosensektor gehen.«

»Nicht überall«, korrigierte ihn Rydra, und die anderen
Männer lachten. »Wir halten uns aus den illegalen Abschnitten
heraus – wenn möglich.«

»Möchtet ihr eure Kleider zurück?«, fragte das Mädchen an
der Garderobe.

Immer wieder blieben Leute stehen, um Brass zu gratulie-
ren, ihm kameradschaftlich Faustschläge gegen die Hüfte zu

versetzen und mit den Fingern zu schnipsen. Jetzt warf er sich seinen Konturumhang über die Schultern. Das Kleidungsstück fiel an ihm herab, schloss sich um seinen Hals, drapierte sich unter seine Arme und um seine dicken Schenkel. Brass winkte der Menge zu und ging die Rampe hoch.

»Kann man wirklich einen Piloten danach beurteilen, wie er ringt?«, fragte der Beamte Rydra.

Sie nickte.

»Im Schiff wird das Nervensystem des Piloten direkt mit der Steuerung verbunden. Der gesamte Hyperstase-Transit besteht für ihn buchstäblich darin, mit den Staseverschiebungen zu ringen. Wir beurteilen einen Piloten also anhand seiner Reflexe und seiner Körperbeherrschung. Ein erfahrener Transportler kann daran genau erkennen, wie ein Pilot mit den Hyperstase-Strömungen klarkommt.«

»Davon habe ich natürlich schon gehört. Aber jetzt konnte ich es zum ersten Mal sehen. Ich meine, mit eigenen Augen. Es war … aufregend.«

»Ja«, sagte Rydra, »nicht wahr?«

Als sie das obere Ende der Rampe erreichten, wurde die Kugel abermals von Scheinwerfern angestrahlt. Ebony und Kondor umkreisten einander in der Kampfarena.

Draußen auf dem Bürgersteig ließ Brass sich zurückfallen und lief auf allen vieren neben Rydra her. »Wie sieht es mit einem Patron und einem Trupp aus?«

Bei einem Trupp handelte es sich um eine Zwölfergruppe, die alle mechanischen Arbeiten an Bord erledigte. Derart einfache Tätigkeiten wurden normalerweise von besonders jungen Menschen verrichtet, die deshalb ein Kindermädchen brauchten: Das war der Patron.

»Wenn möglich, würde ich gerne einen Trupp für nur einen Flug anwerben.«

»Warum solche Grünschnäbel?«

»Ich will sie auf meine Weise ausbilden. Die älteren Gruppen sind oft schon zu festgefahren.«

»Ein solcher Trupp ist manchmal höllisch schwer zu diszi'linieren. Und oft auch verdammt ineffizient, hab ich gehört. War selbst noch nie mit einem unterwegs.«

»Solange sie nicht total rumspinnen, ist mir das egal. Außerdem, wenn ich jetzt gleich einen haben will, kann ich mir sicherer sein, morgen früh auch einen zu bekommen, wenn ich meine Bestellung bei der Marine aufgebe.«

Brass nickte. »Schon eingereicht?«

»Ich wollte erst meinen Piloten fragen und herausfinden, ob du irgendwelche Präferenzen hast.«

Sie kamen an einem Telefon vorbei, das an einer Straßenecke an einer Laterne hing. Rydra schlüpfte unter die Plastikhaube. Kurz darauf sagte sie: »... einen Trupp für einen Flug in den Spicelli, gleich morgen früh bei Tagesanbruch. Ich weiß, dass das kurzfristig ist, aber ich brauche keine besonders erfahrene Gruppe. Muss nur für *einen* Flug sein.« Sie blickte unter der Haube hervor und zwinkerte ihnen zu. »Schön. Ich rufe später an, um mir ihre psychische Einstufung für die Bewilligung durch die Zollbehörde geben zu lassen. Ja, ich habe einen Zollbeamten hier bei mir. Vielen Dank.«

Sie kam unter der Haube hervor. »Der kürzeste Weg zum Körperlosensektor ist dort entlang.«

Die Straßen wurden schmaler und unübersichtlicher. Sie waren menschenleer. Aus einem Betonstreifen erhoben sich Metalltürme. Zwischen ihnen verlief ein Netz von Drähten, die sich immer wieder kreuzten. Bläulich schimmernde Masten warfen Halbschatten.

»Ist das ...?«, setzte der Zollbeamte an. Dann schwieg er. Während sie auf den Betonstreifen hinaustraten, wurden sie langsamer. Vor dem dunklen Hintergrund zuckten rote Lichter zwischen den Türmen hin und her.

»Was ...?«

»Nur eine Übertragung. Die finden die ganze Nacht über statt«, erklärte Calli. Grüne Blitze knisterten zu ihrer Linken.

»Übertragung?«

»Ein schneller Energieaustausch, der aus dem Ortswechsel körperloser Zustände folgt«, erklärte Navigator-Zwei selbstgefällig.

»Aber ich verstehe immer noch …«

Jetzt befanden sie sich zwischen den Masten, und ein Flimmern verdichtete sich. Von roten Feuerfäden überzogenes Silber schimmerte durch den Industriesmog, nahm Gestalt an: Die paillettierten Skelette der drei Frauen bewegten sich funkelnd auf sie zu und blickten sie aus leeren Augenhöhlen an.

Kätzchenkrallen bohrten sich dem Zollbeamten in den Nacken, als er sah, dass die Streben der Masten durch die Bäuche der Erscheinungen hindurchschimmerten.

»Ihre Gesichter«, flüsterte er. »Sobald man wegschaut, kann man sich nicht mehr erinnern, wie sie aussehen. Wenn man sie anschaut, sehen sie wie Menschen aus, aber wenn man wegschaut …« Ihm stockte der Atem, als eine weitere Gestalt an ihnen vorbeischritt. »… kann man sich an nichts mehr erinnern!« Er starrte ihnen hinterher. »Tot?« Er schüttelte den Kopf. »Sie wissen, dass ich seit zehn Jahren die psychische Einstufung körperlicher und entkörperlichter Transportarbeiter bewillige. Und dabei bin ich einer körperlosen Seele nie so nahe gekommen, dass ich mit ihr hätte sprechen können. Oh, ich habe Bilder gesehen und bin gelegentlich auf der Straße an einem weniger grandiosen Exemplar vorbeigekommen. Aber das hier …«

»Es gibt Arbeiten …« – Callis Stimme war so schwer vom Alkohol wie seine Schultern vor Muskeln – »An Bord eines Transportschiffs gibt es Arbeiten, die du einfach keinem Lebenden überlassen kannst.«

»Ich weiß, ich weiß«, sagte der Zollbeamte. »Also verwendet man Tote.«

»So ist es.« Calli nickte. »Wie das Auge, das Ohr und die Nase. Ein lebender Mensch, der alles abtastet, was auf diesen Hyperstase-Frequenzen los ist – tja, der würde erst sterben und dann verrückt werden.«

»Die Theorie kenne ich«, erklärte der Zollbeamte wütend.

Mit einem Mal legte Calli dem Beamten die Hand in den Nacken und zog ihn dicht an sein vernarbtes Gesicht heran. »Du hast nicht die geringste Ahnung, Zoller.« Er sprach im gleichen Tonfall wie bei ihrem ersten Wortwechsel im Café. »Du verkriechst dich in deinem Zollkäfig, der Käfig verkriecht sich in der sicheren Schwerkraft der Erde, und die Erde wird von der Sonne an ihrem Platz gehalten, die Sonne ist mit der Wega verknüpft, und all das findet innerhalb der berechenbaren Gezeiten dieses Spiralarms statt …« Mit einer Armbewegung umfasste er das Stück Nacht, über das sich in einer weniger hellen Stadt die Milchstraße erstreckt hätte. »Und davon wirst du nie loskommen!« Mit einem Mal schob er den bebrillten kleinen Rotschopf von sich. »Aaahh! Du hast mir nichts zu erzählen!«

Der trauernde Navigator griff nach einem Abspannseil, das von einer Strebe auf den Beton herabführte. Es vibrierte klingend. Der tiefe Ton löste etwas in der Kehle des Beamten, das ihm mit dem metallischen Geschmack der Empörung in den Mund stieg.

Er hätte es ausgespien, aber nun waren Rydras Kupferaugen seinem Gesicht so nahe wie eben noch die feindselige vernarbte Visage.

Sie sagte: »Er war Teil« – die Worte schlank, ruhig, ihr Blick darauf bedacht, ihn nicht loszulassen – »eines Tripletts, einer engen, prekären emotionalen wie sexuellen Beziehung mit zwei anderen. Und eine dieser beiden ist kürzlich gestorben.«

Ihre Stimme klang so schneidend, dass sein Zorn weitgehend verflog. Aber etwas davon rutschte dem Zollbeamten doch heraus: »Perverse!«

Ron neigte den Kopf zur Seite, und seine Muskulatur zeigte deutlich das zwiefache Gefühl von Schmerz und Verwirrung. »Es gibt Aufgaben«, ahmte er Callis Satzbau nach, »an Bord eines Transportschiffs gibt es Aufgaben, die du nicht bloß zwei Leuten geben kannst. Diese Aufgaben sind zu kompliziert.«

»Das weiß ich!« Und dachte: *Den Jungen habe ich auch gekränkt*. Calli lehnte sich an einen Träger. Da war noch etwas, das der Beamte unbedingt loswerden musste.

»Sie haben etwas zu sagen«, sagte Rydra.

Die Überraschung darüber, dass sie das wusste, löste ihm die Zunge. Er sah erst Calli an, dann Ron und dann wieder Calli. »Ihr tut mir leid.«

Callis Brauen hoben und senkten sich, und seine Gesichtszüge entspannten sich. »Du tust mir auch leid.«

Brass stieg auf die Hinterbeine. »Einen halben Kilometer weiter rein in die mittleren Energiezustände gibt es ein Übertragungskonklave. So etwas dürfte Augen, Ohren und Nasen anziehen, wie du sie für den Spicelli brauchst.« Er grinste den Zollbeamten zwischen seinen Reißzähnen hindurch an. »Das ist einer der illegalen Bereiche. Dort schnellt der Halluzinationszähler in die Höhe, und manche körperlichen Egos kommen damit nicht klar. Für die meisten geistig gesunden Leute ist das jedoch kein 'roblem.«

»Wenn es illegal ist, warte ich lieber hier«, sagte der Zollbeamte. »Sie können zurückkommen und mich aufsammeln. Dann bewillige ich die Indizes.«

Rydra nickte. Calli legte einen Arm um die Hüften des drei Meter großen Piloten und den anderen um Rons Schultern. »Wir müssen los, Captain, wenn Sie Ihre Crew morgen früh beisammenhaben wollen.«

»Wenn wir das, was wir brauchen, nicht in einer Stunde finden, dann kommen wir ohnehin zurück«, sagte sie.

Der Zollbeamte schaute zu, wie sie sich zwischen den schlanken Türmen entfernten.

4

… Erinnerungen an zerklüftete Ufer und Erdfarben, die in das klare Wasser ihrer Augen steigen; die Gestalt blinzelt und spricht. Er sagt »Ein Beamter, Ma'am. Ein Zollbeamter.«

Überraschung angesichts ihrer schlagfertigen Erwiderung, zuerst Gekränktheit, gefolgt von Belustigung. Er antwortet: »Etwa zehn Jahre. Wie lange sind Sie schon körperlos?«

Und sie tritt dichter an ihn heran, und ihr Haar birgt den erinnerten Duft von. Und ihre scharf geschnittenen, durchscheinenden Gesichtszüge erinnern ihn an. Weitere Worte aus ihrem Mund, die ihn zum Lachen bringen.

»Ja, das ist alles sehr neu für mich. Macht Ihnen die Unbestimmtheit, mit der hier anscheinend alles geschieht, nicht auch zu schaffen?«

Wieder ihre Antwort, zugleich schmeichelnd und schlagfertig.

»Ja, schon.« Er lächelt. »Für Sie ist es das wohl nicht.«

Er lässt sich von ihrer Heiterkeit anstecken; und entweder greift sie spielerisch nach seiner Hand, oder er nimmt zu seinem eigenen Erstaunen die ihre, und die Erscheinung erweist sich unter seinen Fingern als wirklich, mit Haut, so weich wie.

»Sie sind ganz schön direkt. Ich meine, ich bin es nicht gewohnt, dass junge Frauen einfach auf mich zukommen und … und sich so verhalten.«

Mit bezaubernder Logik hat sie auch dafür eine Erklärung, sodass er sich ihr nahe, näher, angenähert fühlt, und ihr Flirten schafft Musik, einen Takt aus.

»Ja, schon, Sie sind entkörperlicht, also spielt das keine Rolle. Aber …«

Und ihre Unterbrechung ist ein Wort oder ein Kuss oder ein Stirnrunzeln oder ein Lächeln, was ihm jetzt nicht mehr nur Belustigung einflößt, sondern lichtes Staunen, Angst, Erregung; und ihre Gestalt an der seinen fühlt sich völlig neu an. Er kämpft darum, sie bei sich zu halten, ein Muster von Druck und

Gegendruck, das verblasst, als der Druck nachlässt. Sie geht fort. Sie lacht wie, als ob, als wenn. Er steht da, verliert ihr Lachen, das verdrängt wird von wirbelnder Verwirrung in den Gezeiten seines verblassenden Bewusstseins …

5

Als sie zurückkehrten, rief Brass: »Gute Neuigkeiten! Wir haben, was wir wollten.«

»Langsam wird es was mit der Crew«, bemerkte Calli.

Rydra reichte ihm die drei Registerkarten. »Sie werden sich bei dem Schiffskörperlosen melden, zwei Stunden bevor … Was ist los?«

Danil D. Appleby streckte die Hand nach den Karten aus. »Ich … sie …« Mehr brachte er nicht zustande.

»Wer?«, fragte Rydra. Die Sorge in ihrem Gesicht vertrieb noch seine letzten Erinnerungen, und das ärgerte ihn, Erinnerungen an, an.

Calli lachte. »Ein Sukkubus! Während wir weg waren, hat ihn ein Sukkubus angebaggert!«

»Ja!«, rief Brass. »Seht ihn euch an!« Auch Ron lachte.

»Es war eine Frau … glaube ich jedenfalls. Ich erinnere mich noch daran, was ich gesagt habe …«

»Wie viel hat sie dir abgenommen?«, fragte Brass.

»Abgenommen?«

Ron sagte: »Ich glaube, er hat keine Ahnung.«

Calli grinste erst Navigator-Drei und dann den Zollbeamten an. »Schau mal in deine Brieftasche.«

»Wie?«

»Schau nach.«

Ungläubig steckte er die Hand in die Jacke. Das Metalletui klappte in seinen Händen auf. »Zehn … zwanzig … aber ich hatte *fünfzig*, als wir aus dem Café gekommen sind.«

Calli klatschte sich lachend auf die Schenkel. Er machte einen Satz auf den Zollbeamten zu und schlang ihm den Arm um die Schultern. »Wenn dir das noch ein paarmal passiert, wirst du am Ende doch noch ein Transportler.«

»Aber sie … ich …« Die Leere seiner gestohlenen Erinnerungen war ein ganz realer Verlust. Die geplünderte Brieftasche erschien ihm dagegen belanglos. Tränen traten ihm in die Augen. »Aber sie war …« Der Satz verlor sich in seiner Verwirrung.

»Was war sie, mein Freund?«, fragte Calli.

»Sie … war.« Das war die ganze traurige Wahrheit.

»Seit der Entkör'erlichung *kannst* du Geld mit ins Grab nehmen«, sagte Brass. »Und sie versuchen, es sich mit ziemlich zwielichtigen Methoden zu besorgen. Es wäre mir 'einlich, dir zu erzählen, wie oft mir das schon 'assiert ist.«

»Sie hat Ihnen genug übrig gelassen, damit Sie nach Hause kommen«, sagte Rydra. »Ich erstatte Ihnen das.«

»Nein, ich …«

»Aber, aber, Captain. Er hat dafür bezahlt, und er hat was für sein Geld gekriegt. Stimmt's, Zoller?«

Vor Scham blieben ihm die Worte in der Kehle stecken, also nickte er bloß.

»Dann … schauen Sie sich mal die Werte hier an«, sagte Rydra. »Wir brauchen immer noch einen Patron und eine Navigator-Eins.«

Von einer Telefonzelle aus rief Rydra bei der Marine an. Ja, einen Trupp hatten sie aufgetrieben, zusammen mit einer Empfehlung für einen Patron.

»Schön«, sagte Rydra und reichte dem Beamten das Telefon. Der Sekretär nannte ihm die psychische Einstufung, und er führte sie mit den Karten für Auge, Ohr und Nase zusammen, die Rydra ihm gegeben hatte. Der Patron wirkte besonders geeignet. »Scheint mir ein talentierter Koordinator zu sein«, mutmaßte er.

»Ein Patron kann gar nicht gut genug sein. Vor allem bei

einem neuen Trupp.« Brass schüttelte die Mähne. »Er muss dafür
sorgen, dass die Kinder nicht aus der Reihe tanzen.«

»Der hier sollte das hinkriegen. Das ist der höchste Kompatibili-
tätsindex, den ich seit Langem zu Gesicht bekommen habe.«

»Und wie sieht's mit seiner Bösartigkeit aus?«, fragte Calli.
»Kompatibilität ist ja schön und gut! Aber kann er einem ordent-
lich in den Hintern treten, wenn's nötig ist?«

Der Beamte zuckte mit den Schultern. »Er wiegt hundertfünf-
unddreißig Kilo und ist dabei nur einen Meter fünfundsiebzig
groß. Schon mal jemand Fettes getroffen, der tief im Innern nicht
eine fiese Ratte war?«

»Na also!« Calli lachte.

»Wo gehen wir hin, um die Wunde zu heilen?«, fragte Brass
Rydra.

Sie hob fragend die Brauen.

»Um uns eine erste Navigatorin zu holen«, erklärte er.

»In die Leichenhalle.«

Ron runzelte die Stirn. Calli blickte verwirrt drein. Die Blink-
käfer bildeten eine Kette um seinen Hals und verteilten sich dann
auf seiner Brust. »Du weißt, dass wir als ersten Navigator ein
Mädel brauchen, das bereit ist …«

»Das wird sie sein«, sagte Rydra.

Sie verließen den Körperlosensektor und nahmen die Magnetbahn durch die verschlungenen Überreste von Transport Town
und dann am Rande des Raumflugfelds entlang. Blaue Leucht-
signale wurden in die Schwärze jenseits der Fenster geschleudert.
Schiffe stiegen auf weißen Flammen empor, denen die Entfernung eine blaue Färbung verlieh, bis sie in der rostigen Luft
schließlich zu blutigen Sternen wurden.

Während der ersten zwanzig Minuten scherzten sie über
das Summen der Schienen hinweg miteinander. Die fluoreszie-
rende Kabinendecke warf grünes Licht auf ihre Gesichter, auf
ihre Oberschenkel. Dann beobachtete der Zollbeamte, wie einer
nach dem anderen in Schweigen verfiel – aus dem Schaukeln

wurde eine schnelle Fahrt geradeaus. Er hatte rein gar nichts gesagt, weil er immer noch versuchte, sich an ihr Gesicht zu erinnern, an ihre Worte, ihre Gestalt. Aber sie entzog sich ihm, ließ ihn hilflos zurück wie eine dringliche Äußerung, die einem in dem Moment aus dem Kopf verschwindet, wenn man zu sprechen beginnt, und der Mund bleibt leer zurück, ein verlorener Referent der Liebe.

Als sie an der Station Thule auf den offenen Bahnsteig hinaustraten, strömte ein warmer Wind aus dem Osten herüber. Die Wolken waren unter einem Elfenbeinmond geborsten. Kies und Granit versilberten ihre Bruchkanten. Dahinter lag der rote Dunst der Stadt. Davor, auf zerbrochener Nacht, erhob sich die schwarze Leichenhalle.

Sie gingen die Stufen hinab und durchquerten schweigend den Steinpark. Der Garten, der aus Wasser und Fels bestand, war unheimlich und leer. Nichts wuchs hier.

Am Eingang bildete eine unbeleuchtete Metallplatte einen Fleck in der Finsternis. »Wie kommen wir da rein?«, fragte der Beamte, während sie die flachen Stufen hochstiegen.

Rydra nahm den Kapitänsanhänger vom Hals und hielt ihn an eine kleine Scheibe. Etwas summte, und Licht teilte den Eingang – Torflügel glitten zur Seite hin auf. Rydra trat hindurch, und die anderen folgten.

Calli starrte nach oben in das Metallgewölbe. »Wisst ihr, hier gibt es genug tiefgefrorenes Transportlerfleisch, um hundert Sterne und alle ihre Planeten zu versorgen.«

»Und auch genug Zoller«, sagte der Beamte.

»Macht sich irgendjemand je die Mühe, einen Zoller zurückzuholen, der beschlossen hat, eine Ruhepause einzulegen?«, fragte Ron mit ehrlicher Unbefangenheit.

»Ich wüsste nicht, wozu«, sagte Calli.

»Das ist durchaus schon vorgekommen«, erwiderte der Beamte trocken. »Gelegentlich.«

»Seltener als bei Transportlern«, sagte Rydra. »Bisher ist die
Zollarbeit, die damit zu tun hat, Schiffe von einem Stern zum
anderen zu bringen, eine Wissenschaft. Die Transportarbeit
des Manövrierens durch Hyperstase-Ebenen ist eine Kunst.
In hundert Jahren sind vielleicht beide Wissenschaften. Schön
und gut. Aber gegenwärtig sind die Menschen, die die Regeln
einer Kunst erlernen, etwas seltener als die Leute, die die Regeln
einer Wissenschaft erlernen. Außerdem hat das auch etwas mit
Traditionen zu tun. Transportler sind es gewohnt, zu sterben
und zurückgeholt zu werden, um mit Toten oder Lebenden
zusammenzuarbeiten. Für einen Zoller ist so etwas immer noch
schwer zu ertragen. Hier drüben bei den Suiziden.«

Sie verließen den Eingangsbereich und betraten den aus-
geschilderten Korridor, der sacht ansteigend durch die Lagerhalle
führte, auf eine Plattform in einem indirekt beleuchteten Raum,
der bis in dreißig Metern Höhe mit Glasbehältern angefüllt war,
zwischen denen wie bei einem Spinnennest Stege und Leitern
verliefen. In den Särgen lagen dunkle Gestalten starr unter frost-
beschlagenem Glas.

»Was ich an der ganzen Sache nicht verstehe«, sagte der
Beamte, »ist das Zurückholen. Kann jemand, der gestorben ist,
wieder körperlich gemacht werden? Sie haben recht, Captain
Wong, bei der Zollbehörde ist es geradezu ungehörig, über …
über so etwas zu sprechen.«

»Jeder Selbstmörder, der sich vorschriftsmäßig über offizielle
Kanäle entkörperlicht, kann zurückgeholt werden. Bei einem
gewaltsamen Tod, bei dem die Behörde die Leiche erst im Nach-
hinein birgt, oder bei einem gewöhnlichen Tod durch Senilität,
wie er die meisten von uns mit etwa hundertfünfzig ereilt, bist du
für immer tot. Wenn du dem Dienstweg folgst, wird das Hirn-
muster aufgezeichnet und die Denkfähigkeit kann erschlossen
werden, sofern das irgendjemand möchte. Das Bewusstsein verschwindet dann allerdings dorthin, wohin so ein Bewusstsein
eben geht.«

Neben ihnen leuchtete ein vier Meter hoher Speicherkristall wie rosa Quarz. »Ron«, sagte Rydra. »Nein, Ron und auch Calli.« Die Navigatoren traten verwirrt vor.

»Kennen Sie eine erste Navigatorin, die vor Kurzem Selbstmord begangen hat und von der Sie meinen, dass wir ...«

Rydra schüttelte den Kopf. Sie bewegte die Hand vor dem Speicherkristall hin und her. Auf dem konkaven Bildschirm an seinem Sockel leuchteten Worte auf. Sie hielt die Finger still. »Navigator-Zwei.« Sie drehte die Hand. »Navigator-Eins ...« Sie hielt inne und bewegte die Hand in eine andere Richtung. »... männlich, männlich, männlich, weiblich. Also, reden Sie mit mir, Calli, Ron.«

»Hä? Worüber?«

»Über Sie selbst, darüber, was Sie wollen.« Rydras Blick schweifte zwischen dem Bildschirm und dem Mann und dem Jungen hin und her.

»Tja, hm ...?« Calli kratzte sich am Kopf.

»Hübsch«, sagte Ron. »Ich möchte, dass sie hübsch ist.« Er beugte sich vor, und ein Leuchten trat in seine blauen Augen.

»O ja«, sagte Calli, »aber sie darf kein süßes, dralles irisches Mädel mit schwarzen Haaren und Achataugen und mit Sommersprossen sein, die nach vier Sonnentagen zum Vorschein kommen. Auf gar keinen Fall darf sie lispeln, sodass du wohlig erschauerst, selbst wenn sie ihre Berechnungen schneller und genauer abspult als eine Computerstimme, aber eben lispelnd. Und ich will auch nicht wohlig erschauern, wenn ich den Kopf in ihren Schoß lege und sie mir erzählt, wie sehr sie das Gefühl braucht ...«

»Calli!«, zischte Ron.

Und der große Mann verstummte, die Faust auf den Bauch gepresst und schwer atmend.

Rydra schaute zu, während ihre Hand über der Kristalloberfläche durch die Zentimeter trieb. Flackernd zogen Namen über den Bildschirm.

»Aber hübsch«, wiederholte Ron. »Und eine, die Sport mag, die gerne ringt, zum Beispiel wenn wir gerade auf einem Planeten sind. Cathy war nicht besonders sportlich. Ich fand immer, dass es besser gewesen wäre, also für mich, wenn sie, du weißt schon. Ich kann mit Leuten, mit denen ich ringe, besser reden. Im Ernst, über Arbeit und so was. Und schnell denken soll sie können, so schnell wie Cathy. Nur …«

Rydras Hand sank nach unten und machte dann eine ruckartige Bewegung nach links.

»Nur«, sagte Calli, während sich seine Hand von seinem Bauch löste und er ruhiger zu atmen begann, »muss sie auch eine vollständige Persönlichkeit sein, jemand Neues, nicht eine, die zur Hälfte aus unseren Erinnerungen an jemand anderen besteht.«

»Ja«, sagte Ron. »Ich meine, wenn sie eine gute Navigatorin ist und wenn sie uns liebt.«

»… uns lieben könnte«, sagte Calli.

»Wenn sie alles wäre, was Sie sich wünschen, und außerdem noch sie selbst«, fragte Rydra, während sie den Kopf zwischen zwei Namen auf dem Monitor hin und her bewegte, »könnten Sie sie dann lieben?«

Ein Zögern, ein Nicken, der große Mann langsam und der Junge schnell.

Rydras Hand legte sich auf die Oberfläche des Kristalls, und der Name erschien auf dem Bildschirm. »Mollya Twa, Navigator-Eins.« Gefolgt von ihren Koordinaten. Rydra gab sie am Schalter ein.

Fünfundzwanzig Meter über ihnen funkelte etwas. Einer von hunderttausend Glassärgen wurde auf einem Induktionsstrahl von der Wand hoch oben herabgelassen.

Aus der Rückholbühne fuhr ein Zapfenmuster mit leuchtenden Spitzen aus. Der Sarg setzte auf, sein Inhalt verborgen unter Streifen und sechseckigen Sternen aus Eis auf der Glasinnenseite. Die Zapfen rasteten an der Unterseite des Sarges ein. Einen

Moment lang schaukelte er hin und her, dann stand er still, und ein Klicken ertönte.

Mit einem Mal schmolz das Eis, die Innenseite des Glases wurde trübe, und dann liefen Tropfen darüber hinweg. Sie traten näher heran, um hineinzuschauen.

Ein dunkler Streifen vor dunklem Hintergrund. Eine Bewegung unter dem blendend hellen Glas; und dann teilte sich das Glas, schmolz vor ihrer dunklen, warmen Haut und ihren blinzelnden, von Panik erfüllten Augen dahin.

»Alles in Ordnung«, sagte Calli und berührte sie an der Schulter. Sie hob den Kopf, betrachtete seine Hand und ließ sich dann auf ihr Kissen zurückfallen. Ron drängte sich dicht an Navigator-Zwei. »Hallo?«

»Äh … Miss Twa?«, sagte Calli. »Du lebst jetzt wieder. Wirst du uns lieben?«

»*Ninyi ni nani?*« Ihre Miene drückte Verwirrung aus. »*Nino wapi hapa?*«

Ron blickte erstaunt auf. »Ich glaube, sie spricht kein Englisch.«

»Ja. Ich weiß.« Rydra grinste. »Aber abgesehen davon ist sie genau richtig. So müssen Sie sich erst mal kennenlernen, bevor Sie etwas wirklich Dummes zueinander sagen können. Sie ringt gerne, Ron.«

Ron betrachtete die junge Frau in dem Behälter. Ihre grafitfarbenen Haare waren unfrisiert, ihre dunklen Lippen vor Kälte blau. »Du ringst?«

»*Ninyi ni nani?*«, fragte sie erneut.

Calli nahm seine Hand von ihrer Schulter und trat zurück. Ron kratzte sich am Kopf und runzelte die Stirn.

»Und?«, sagte Rydra.

Calli zuckte mit den Schultern. »Tja, wir wissen es nicht.«

»Navigationsinstrumente gehören zur Standardausrüstung. In dieser Hinsicht werden Sie keine Probleme mit der Kommunikation haben.«

»Hübsch ist sie«, sagte Ron. »Du bist hübsch. Hab keine Angst. Du lebst jetzt.«

»*Ninaogapa!*« Sie umfasste Callis Hand. »*Jee, ni usiku au mchana?*« Die Augen weit aufgerissen.

»Bitte hab keine Angst!« Ron ergriff das Gelenk der Hand, mit der sie Calli festhielt.

»*Sielewi lugha yenu.*« Sie schüttelte den Kopf, eine Geste, in der keine Verneinung lag, nur Verwunderung. »*Sikujuweni ninyi nani. Ninaogapa.*«

Und sowohl Calli als auch Ron nickten beruhigend und zustimmend, mit einem Ernst, der aus ihrem Verlust geboren war.

Rydra trat zwischen die beiden und sagte etwas.

Nach langem Schweigen nickte die Frau bedächtig.

»Sie sagt, dass sie euch begleiten wird. Sie hat vor sieben Jahren zwei Drittel ihres Triplets verloren. Die beiden wurden ebenfalls von Invasoren getötet. Deshalb ist sie in die Leichen-halle gegangen und hat sich umgebracht. Sie sagt, dass sie euch begleiten wird. Nehmt ihr sie?«

»Sie hat immer noch Angst«, sagte Ron. »Bitte hab keine Angst. Ich tue dir nichts. Calli tut dir nichts.«

»Wenn sie zu uns möchte«, sagte Calli, »nehmen wir sie.«

Der Zollbeamte räusperte sich. »Woher bekomme ich ihre Werte?«

»Die stehen direkt auf dem Bildschirm unter dem Speicher-kristall. Danach werden die Leute hier in übergeordnete Kate-gorien sortiert.«

Der Beamte trat an den Kristall heran. »Also …« Er holte seinen Block hervor und machte sich daran, die Indizes zu über-tragen. »Es hat ein bisschen gedauert, aber jetzt haben Sie fast alle zusammen.«

»Gliedern Sie alles ein«, sagte Rydra.

Er tat es und blickte überrascht auf. »Captain Wong, ich glaube, Sie haben Ihre Crew!«

6

Lieber Mocky,
wenn du diesen Brief erhältst, bin ich bereits vor zwei Stunden
losgeflogen. Es ist eine halbe Stunde vor Sonnenaufgang, und ich
würde gerne mit dir reden, aber ich will dich nicht noch einmal
wecken.

Nostalgischerweise fliege ich mit Fobos altem Schiff, der Rimbaud *(der Name war Muels' Idee, weißt du noch?). Damit bin ich*
wenigstens vertraut; hier gibt es viele gute Erinnerungen. Ich starte
in zwanzig Minuten.

Gegenwärtiger Aufenthaltsort: Ich sitze auf einem Klappstuhl in
der Frachtschleuse und lasse den Blick über das Landefeld schwei-
fen. Im Westen ist der Himmel sternenübersät, im Osten grau.
Mich umgeben, schwarzen Nadeln gleich, Muster von Schiffen.
Reihen blauer Signalleuchten verblassen in Richtung Süden. Jetzt
ist hier alles ruhig. Worüber ich nachdenke: eine hektische Nacht
auf der Suche nach einer Crew, die mich quer durch Transport
Town und bis nach draußen zur Leichenhalle geführt hat, durch
Absteigen und schillernde Seitenstraßen usw. Am Anfang ging es
bei der Suche laut und lärmend zu, dann wurde sie ruhiger, und
schließlich fand sie hier ihr Ende.

Um einen guten Piloten zu erkennen, muss man ihn ringen sehen.
Ein erfahrener Captain kann genau sagen, wie sich jemand als Pilot
machen wird, wenn er seine Reflexe in der Arena beobachtet. Aller-
dings fehlt mir diese Erfahrung.

Weißt du noch, was ich dir über die Fähigkeit erzählt habe,
die Mimik eines anderen Menschen zu interpretieren? Vielleicht
lagst du richtiger, als du gedacht hast. Gestern Abend bin ich auf
einen Jungen gestoßen, einen Navigator, der aussieht wie Brâncuşis
Abschlussarbeit, oder vielleicht so, wie sich Michelangelo den
menschlichen Körper gewünscht hätte. Er wurde als Transportler
geboren und weiß offenbar alles über Pilotenringkämpfe. Also habe
ich beobachtet, wie er meinen Piloten beim Kämpfen beobachtet

hat, und sein Zittern und Zucken lieferte mir eine komplette Analyse dessen, was über meinem Kopf vorging.

Du kennst doch DeFaures Theorie darüber, dass psychische Indikatoren mit bestimmten Muskelspannungen korrespondieren (eine Neuformulierung der Hypothese vom Muskelpanzer, die der gute alte Wilhelm Reich aufgestellt hat): Darüber habe ich gestern Abend nachgedacht. Der Junge, von dem ich dir erzählt habe, war Teil eines zerstörten Tripletts, zwei Jungen und ein Mädchen, und das Mädchen haben die Invasoren erwischt. Bei den beiden Jungs hätte ich am liebsten geweint. Habe ich aber nicht. Stattdessen habe ich sie in die Leichenhalle mitgenommen und einen Ersatz für sie aufgetrieben. Das war eine seltsame Sache. Ich bin mir sicher, dass sie für den Rest ihres Lebens glauben werden, es sei Zauberei gewesen. Dabei standen die grundlegenden Erfordernisse alle in den Akten: ein weiblicher Navigator-Eins, der zwei Männer fehlen. Wie die Indizes angleichen? Ich habe die Bewegungen gelesen, die Ron und Calli beim Sprechen gemacht haben. Die Leichen werden nach ihrer psychischen Einstufung sortiert, ich musste also nur erspüren, wann diese miteinander übereinstimmten. Die letztendliche Entscheidung war allerdings, wenn ich das sagen darf, ein Geniestreich. Ich hatte die Suche auf sechs junge Damen eingeengt, die alle geeignet gewesen wären. Aber ich musste eine engere Auswahl treffen, und zumindest rein nach Gefühl war ich dazu nicht in der Lage. Eine der jungen Damen stammte aus der N'gonda-Provinz in Panafrika. Sie hatte sich vor sieben Jahren umgebracht. Sie hat bei einem Angriff der Invasoren zwei Ehegatten verloren und ist während eines der Embargos zur Erde zurückgekehrt. Du weißt doch noch, wie die politische Situation zwischen Panafrika und Amerikasien war; ich war mir sicher, dass sie kein Englisch sprechen würde. Wir weckten sie, und sie sprach kein Englisch. Es kann sein, dass die Indizes sich im Moment noch ein bisschen aneinander reiben. Aber wenn sie erst einmal die Mühen bewältigt haben, sich einander verständlich zu machen – und das werden sie, weil sie es müssen –, werden ihre

Graphen ein Stück weiter unten auf der Logarithmentafel über-
einanderliegen. Schlau, was?

Und dann ist da noch Babel-17, der eigentliche Grund für diesen
Brief. Ich sagte dir ja schon, dass ich genug davon entschlüsselt
habe, um das Ziel ihres nächsten Angriffs zu kennen: die Kriegs-
werften der Allianz auf Armsedge. Ich wollte dir mitteilen, wohin
ich unterwegs bin, nur für den Fall. Sprechen und sprechen und
sprechen: Was für ein Verstand kann so sprechen, wie diese Sprache
spricht? Und warum? Ich habe immer noch Angst – wie ein Kind
bei einem Buchstabierwettbewerb –, aber auch Spaß. Mein Trupp
ist vor einer Stunde bei mir angetreten. Ein Haufen liebenswerter,
fauler, verrückter Kinder. In ein paar Minuten treffe ich auch
meinen Patron (ein fetter Bursche mit schwarzen Augen, schwar-
zen Haaren, schwarzem Bart; bewegt sich langsam und denkt
schnell). Weißt du, Mocky, als ich mir diese Crew zusammen-
gesucht habe, hat mich genau eine Sache interessiert (abgesehen
von ihrer Kompetenz, und kompetent sind sie alle): Es mussten
Leute sein, mit denen ich reden kann. Und das kann ich.

Alles Liebe

Rydra

7

Licht, aber kein Schatten. Der General richtete sich auf dem
Tellerschlitten auf, betrachtete das schwarze Schiff und den heller
werdenden Himmel. Unterhalb des Schiffs stieg er von der einen
halben Meter messenden Scheibe, betrat den Lift und ließ sich
die dreißig Meter zur Schleuse emportragen. Sie war nicht in der
Kapitänskabine. Er begegnete einem fetten bärtigen Mann, der
ihm den Weg durch den Korridor zur Frachtschleuse wies. Als er
die Leiter hochgestiegen war, holte er tief Luft, rang um Fassung.

Sie nahm die Füße von der Wand, setzte sich in ihrem Segel-
tuchstuhl auf und lächelte. »General Forester, ich dachte mir

schon, dass wir uns heute Morgen vielleicht sehen würden.« Sie faltete ein Stück Briefstoff zusammen und klebte es zu.

»Ich wollte Sie sehen …« Und fort war sein Atem, sodass er neu ansetzen musste, »… bevor Sie abreisen.«

»Auch ich wollte Sie sehen.«

»Sie haben gesagt, wenn ich Ihnen die Genehmigung erteile, diese Expedition durchzuführen, würden Sie mich darüber informieren, wohin Sie …«

»Mein Bericht, der Sie zufriedenstellen sollte, wurde gestern Abend abgeschickt und befindet sich auf Ihrem Schreibtisch im Verwaltungshauptquartier der Allianz – oder er wird sich in einer Stunde dort befinden.«

»Ah. Ich verstehe.«

Sie lächelte. »Sie müssen bald gehen. Wir heben in ein paar Minuten ab.«

»Ja. Allerdings fliege ich heute Morgen selbst zum Verwaltungshauptquartier der Allianz, deshalb war ich hier auf dem Landefeld, und ich habe mir bereits vor ein paar Minuten per Stellarfunk eine Zusammenfassung Ihres Berichts geben lassen, und ich wollte sagen …« Und er sagte nichts.

»General Forester, ich habe einmal ein Gedicht geschrieben, an das mich diese Situation erinnert. Es hieß ›Rat an jene, die Dichter lieben‹.«

Der General löste die Zähne voneinander, aber nicht die Lippen.

»Es fing etwa so an:

Junger Herr, sie wird dir die Zunge herausbeißen.
Meine Dame, er wird dir die Hände stehlen …

Den Rest können Sie selbst lesen. Es steht in meinem zweiten Buch. Wenn du nicht dazu bereit bist, siebenmal am Tag einen Dichter zu verlieren, kann das höllisch frustrierend sein.«

Er sagte nur: »Sie wussten, dass ich …«

»Ich wusste und ich weiß es. Und ich freue mich.«

Der abhandengekommene Atem kehrte zurück, und etwas Ungewohntes geschah mit seinem Gesicht: Er lächelte. »Als ich ein Gefreiter war, Miss Wong, und wir kaserniert waren, haben wir die ganze Zeit über Mädchen, Mädchen, Mädchen gesprochen. Und einer sagte über eines: ›Sie war so hübsch, dass ich gar nichts von ihr wollte, außer einem Versprechen.‹« Einen Moment lang entspannte er die Schultern, und obwohl sie dabei eigentlich zwei Zentimeter herabsanken, sah es aus, als würden sie fünf Zentimeter breiter. »Das habe ich empfunden.«

»Danke, dass Sie mir das gesagt haben«, erwiderte sie. »Ich mag Sie, General. Und ich verspreche Ihnen, dass ich Sie das nächste Mal, wenn wir uns sehen, immer noch mögen werde.«

»Ich … danke Ihnen. Das wäre dann wohl alles. Einfach danke … dafür, dass Sie es wissen, und für das Versprechen.« Dann sagte er: »Ich muss jetzt gehen, nicht wahr?«

»Wir heben in zehn Minuten ab.«

»Ihr Brief«, sagte er. »Ich gebe ihn für Sie auf.«

»Danke.« Sie reichte ihm den Umschlag, und er nahm ihre Hand und hielt sie für den Bruchteil eines Augenblicks fest, drückte sie kaum merklich. Dann wandte er sich ab und ging. Wenige Minuten später schaute sie zu, wie sein Tellerschlitten über den Beton glitt und die Sonnenseite plötzlich aufflackerte, als das Licht im Osten Blasen warf.

Teil 2

Ver Dorco

Wenn Worte von höchster Bedeutung sind, fürchte ich,
Dass Worte alles sind, was meine Hände je sahen …

Aus *Quartett*

1

Das rückübertragene Material erschien auf dem Sortierschirm. Neben der Computerkonsole lagen ihre vier Seiten gesammelter Definitionen und ein *Cuaderno* voller grammatischer Spekulationen.

Auf ihrer Unterlippe kauend ging sie die Auflistung der Häufigkeit schwacher Diphthonge durch. An der Wand hatte sie drei Tabellen aufgehängt. Darüber stand jeweils:

Mögliche phonemische Struktur ...

Mögliche phonetische Struktur ...

Semiotische, semantische und syntaktische Ambiguitäten ...

Die letzte Tabelle enthielt die zu lösenden Probleme. Die Fragen wurden, ausformuliert und beantwortet, als Erkenntnisse in die ersten beiden übertragen.

»Captain?«

Sie drehte sich auf ihrer Sitzblase herum.

Diavolo hing, mit den Knien eingehakt, kopfüber in der Eingangsluke.

»Ja?«

»Was wollen Sie zu Abend essen?« Der kleine Koch ihres Trupps war ein siebzehnjähriger Junge. Zwei implantierte Hörner ragten aus seinem Albinohaar. Er kratzte sich mit der Schwanzspitze am Ohr.

Rydra zuckte mit den Achseln. »Nichts Bestimmtes. Frag die anderen aus dem Trupp.«

»Die Typen würden auch flüssigen Biomüll essen, wenn ich ihnen das vorsetze. Kein Vorstellungsvermögen, Captain. Wie wäre es mit glasiertem Fasan, oder vielleicht Stubenküken à la Cornwall?«

»Ist dir nach Geflügel zumute?«

»Na ja …« Er löste ein Knie von der Stange und trat gegen die Wand, sodass er hin und her pendelte. »Was Vogelmäßiges könnte ich schon vertragen.«

»Wenn niemand was dagegen hat, versuch es mit Coq au Vin, gebackenen Idaho-Kartoffeln und Beefsteak-Grilltomaten.«

»Kochen jetzt Sie?«

»Und Erdbeerkuchen aus Mürbeteig zum Nachtisch?«

Diavolo schnippte mit den Fingern und schwang sich Richtung Luke. Rydra lachte und wandte sich wieder der Konsole zu.

»Zum Coq Macon, zum Hauptgang Maibowle!« Das rosaäugige Gesicht war bereits verschwunden.

Rydra hatte das dritte Beispiel für etwas entdeckt, bei dem es sich um eine Synkope handeln mochte, als die Sitzblase in sich zusammensackte. Das *Cuaderno* klatschte gegen die Schreibtischkante. Ihre Schultern verkrampften sich. Hinter ihr platzte die Haut der Sitzblase auf und versprühte schwebendes Silikon.

Die Kabine kam zur Ruhe, und sie drehte sich um und sah, wie Diavolo mit einer Drehung durch die Luke tauchte und sich die Hüfte anstieß, als er nach der durchsichtigen Wand griff.

Wieder ein Ruck …

Sie rutschte auf der nassen, schlaffen Haut der Sitzblase weg. Das Gesicht des Patrons erschien wackelnd auf dem Kommsys. »Captain!«

»Was zum Henker …!«, wollte sie wissen.

Das Warnlicht der Antriebswartung blinkte. Etwas ließ das Schiff abermals erzittern.

»Atmen wir noch?«

»Nur einen …« Das Gesicht des Patrons, massig und mit einem dichten, schwarzen Bart, nahm einen unerfreulichen Ausdruck

an. »Ja. Luft: alles klar. Das Problem liegt bei der Antriebswartung.«

»Wenn diese verdammten Kinder …« Sie schaltete sie zu.

Flip, der Wartungsvorarbeiter des Trupps, sagte: »Herrgott,
Captain, da ist was durchgebrannt!«

»Was?«

»Keine Ahnung.« Flops Gesicht erschien über seiner Schulter.
»Die A- und B-Wechsler sind in Ordnung. Aber C sprüht
Funken wie ein Feuerwerk. Wo zum Teufel sind wir überhaupt?«

»In der ersten Stundenschicht zwischen Erde und Luna. Wir
haben noch nicht mal Stellarcenter-9 passiert. Navigation?«
Erneut schaltete sie um.

Mollys dunkles Gesicht erschien auf dem Bildschirm.

»*What's up?*«, fragte Rydra. Ihr Erster Navigator spulte ihre
Wahrscheinlichkeitskurve ab und verortete sie zwischen zwei vage
logarithmischen Spiralen. »Bisher befinden wir uns noch auf einer
Umlaufbahn um die Erde«, unterbrach Rons Stimme. »Etwas hat
uns aus der Bahn geworfen und weit vom Kurs abgebracht. Wir
haben keinen Schub mehr und treiben nur dahin.«

»Wie hoch oben sind wir, und wie schnell?«

»Das versucht Calli gerade rauszufinden.«

»Ich schau mich mal draußen um.« Sie rief die sensorischen
Einzelheiten ab. »Nase, wie riecht es dort draußen?«

»Es stinkt. Nichts in Reichweite. Wir sitzen in der Tinte.«

»Kannst du etwas hören, Ohr?«

»Keinen Pieps, Captain. Alle Stasesströmungen in unserer
Umgebung stehen still. Wir sind zu nah bei einer großen Gravita-
tionsmasse. Etwa fünfzig Spektren K-wärts gibt es eine leichte äthe-
rische Tiefenströmung. Aber ich glaube, die führt nirgendwohin,
außer im Kreis. Im Moment reiten wir das Bewegungsmoment der
letzten steifen Brise der irdischen Magnetosphäre.«

»Wie sieht es draußen aus, Auge?«

»Wie in einem Kohleofen. Was auch immer passiert ist, es
hat sich mitten in einem toten Winkel ereignet. Auf meiner

Bandbreite ist die Tiefenströmung etwas stärker und könnte uns in eine gute Welle bringen.«

Brass mischte sich ein. »Aber ich wüsste gerne, wohin diese Strömung führt, bevor ich einfach reinspringe. Das bedeutet, dass ich zuerst wissen muss, wo wir sind.«

»Navigation?«

Einen Moment lang herrschte Schweigen. Dann erschienen die drei Gesichter. Calli sagte: »Wir wissen es nicht, Captain.«

Das Gravitationsfeld hatte sich mit ein paar Grad Neigung stabilisiert. Die Silikonlösung aus der geplatzten Sitzblase sammelte sich in einer Ecke. Der kleine Diavolo schüttelte blinzelnd den Kopf. Mit schmerzverzerrter Miene flüsterte er: »Was ist passiert, Captain?«

»Ich will verdammt sein, wenn ich das weiß«, sagte Rydra. »Aber ich finde es heraus.«

Das Abendessen nahmen sie schweigend ein. Der Trupp, alles Jungs und Mädchen unter einundzwanzig, machte so wenige Geräusche wie möglich. Am Offizierstisch saßen die Navigatoren den Erscheinungen der körperlosen sensorischen Beobachter gegenüber. Der kräftige Patron am Kopf des Tischs schenkte der schweigenden Crew Wein ein. Rydra aß zusammen mit Brass.

»Ich weiß es nicht.« Er schüttelte die Mähne und drehte sein Glas in den glänzenden Klauen. »Alles lief glatt, nichts war im Weg. Was auch immer ʾassiert ist, es ist im Schiff ʾassiert.«

Diavolo, dessen Hüfte in einem Druckverband steckte, trug verdrossen die Mürbeteigkuchen auf, bediente Rydra und Brass und zog sich dann auf seinen Stuhl am Tisch des Trupps zurück.

»Also«, sagte Rydra, »wir befinden uns mit ausgefallenen Instrumenten in einer Umlaufbahn um die Erde und können ansonsten nicht feststellen, wo wir sind.«

»Mit den Hyʾerstase-Instrumenten ist alles in Ordnung«, erinnerte er sie. »Wir wissen nur nicht, wo wir uns auf dieser Seite des Sʾrungs befinden.«

»Und wir können nicht springen, solange wir nicht wissen, von wo wir springen.« Sie ließ den Blick durch die Messe schweifen. »Meinst du, sie rechnen damit, dass sie wieder aus dieser Sache rauskommen, Brass?«

»Sie hoffen, dass du sie rausholen kannst, Ca'tain.«

Sie hielt sich den Rand ihres Glases an die Unterlippe.

»Wenn das niemand hinbekommt, dann sitzen wir hier gute sechs Monate und essen Diavolos Mahlzeiten, bis wir schließlich ersticken. Mit unserem durchgebrannten Kommunikator können wir nicht mal ein Signal rausschicken, bevor wir in die Hy'erstase s'ringen. Ich habe den Navigatoren gesagt, dass sie versuchen sollen, etwas zu im'rovisieren, aber da ist nichts zu machen. Sie hatten gerade genug Zeit, um festzustellen, dass wir in einen Großkreis geschleudert worden sind.«

»Fenster wären praktisch«, sagte Rydra. »Dann könnten wir wenigstens zu den Sternen rausschauen und feststellen, wie lange ein Umlauf dauert. Mehr als ein paar Stunden können es nicht sein.«

Brass nickte. »Tja, die Annehmlichkeiten des modernen Lebens. Ein Bullauge und ein altmodischer Sextant könnten uns auf Kurs bringen, aber wir sind bis an die Kiemen elektrifiziert, und jetzt sitzen wir mit einem wunderbar unlösbaren 'roblem da.«

»Wir kreisen …« Rydra stellte ihren Wein ab.

»Was ist das?«

»*The Circle*«, sagte Ryrdra. Sie runzelte die Stirn.

»Was heißt das?«, fragte Brass.

»*Ratas, orbis, il cerchio.*« Sie legte die Hände flach auf den Tisch. »Kreise«, sagte sie. »Kreise in verschiedenen Sprachen!«

Brass' reißzahnbewehrte Verwirrung war ehrfurchtgebietend. Das glänzende Fell über seinen Augen sträubte sich.

»Kugel«, sagte sie, »*il globo, gumlas.*« Sie stand auf. »*Kule, kuglet, kring*!«

»Spielt die Sprache eine Rolle? Ein Kreis ist ein …«

Aber sie lachte und rannte aus dem Speisesaal.

In ihrer Kabine griff sie nach ihrer Übersetzung. Ihr Blick huschte über die Seiten. Sie schlug auf den Knopf, um eine Verbindung mit den Navigatoren herzustellen. Ron, der sich gerade Schlagsahne vom Mund wischte, sagte: »Ja, Captain? Was kann ich für dich tun?«

»Eine Uhr«, sagte Rydra, »und einen … einen Beutel Murmeln!«

»Bitte?«, fragte Calli.

»Deinen Kuchen kannst du später aufessen. Wir treffen uns gleich im G-Zentrum.«

»Mur-meln?«, bildete Mollya das Wort erstaunt nach. »Murmeln?«

»Eins der Kids aus dem Trupp hat doch sicher einen Beutel Murmeln mitgebracht. Hol sie bitte, und dann treffen wir uns im G-Zentrum.«

Sie sprang über die kaputte Haut der Sitzblase und in die Luke hoch, bog am Speichenschacht sieben ab und sauste den zylinderförmigen Korridor in Richtung der Hohlkugelkammer des G-Zentrums hinunter. Bei dem rechnerischen Gravitationszentrum des Schiffs handelte es sich um eine Kammer von zehn Metern Durchmesser, in der man sich ständig im freien Fall befand und wo bestimmte gravitationsempfindliche Instrumente ihre Messungen vornahmen. Einen Augenblick später kamen die Navigatoren durch trimetrische Eingänge herein. Ron hielt ein Netz mit Glaskugeln hoch. »Lizzy bittet darum, dass du versuchst, ihr die bis morgen Nachmittag zurückzugeben, weil die Kids aus der Antriebssektion sie herausgefordert haben und sie Meisterin bleiben will.«

»Wenn das hier klappt, kann sie sie wahrscheinlich heute Abend zurückhaben.«

»Klappt?«, wollte Mollya wissen. »Du Idee?«

»Ja, ich habe eine. Allerdings ist es eigentlich nicht meine Idee.«

»Wessen Idee ist es dann, und was für eine?«, fragte Ron.

»Ich nehme an, sie stammt von jemandem, der eine andere Sprache spricht. Wir müssen dafür die Murmeln entlang der Wand dieses Raums zu einer perfekten Kugel anordnen und uns dann mit der Uhr in der Hand zurücklehnen und den zweiten Zeiger im Blick behalten.«

»Wozu?«, fragte Calli.

»Um festzustellen, wohin sie sich bewegen und wie lange sie dafür brauchen.«

»Das verstehe ich nicht«, sagte Ron.

»Unsere Umlaufbahn ist annähernd ein Großkreis um die Erde, stimmt's? Das bedeutet, dass alles innerhalb des Schiffs auch annähernd einen Großkreis beschreibt, und, jedenfalls wenn es keine anderen Einflüsse gibt, automatisch in die entsprechende Richtung strebt.«

»Stimmt. Und?«

»Helft mir dabei, die Murmeln zu platzieren«, sagte Rydra. »Die Dinger haben Eisenkerne. Magnetisiert bitte die Wände, um sie festzuhalten, damit wir alle gleichzeitig loslassen können.« Der verwirrte Ron machte sich daran, die Metallwände der Kugelkammer unter Strom zu setzen. »Versteht ihr es immer noch nicht? Ihr seid Mathematiker, erzählt mir was über Großkreise.«

Calli nahm eine Handvoll Murmeln und begann, sie an der Wand zu verteilen – ein leises Klicken nach dem anderen. »Ein Großkreis ist die größte Schnittfläche einer Kugel.«

»Der Durchmesser des Großkreises entspricht dem Durchmesser der Kugel.« Das war Ron, der vom Stromschalter zurückkehrte.

»Die Summe der Winkel, in der sich drei beliebige Großkreise innerhalb eines topologisch begrenzten Körpers schneiden, ist annähernd fünfhundertvierzig Grad. Die Summe der Winkel von n Großkreisen ist annähernd n mal hundertundachtzig Grad.« Mollya fing an, mit ihrer melodiösen Stimme die Definitionen aufzusagen, die sie am selben Morgen mithilfe eines Personafix auf Englisch auswendig zu lernen begonnen hatte. »Hier Murmel, ja?«

»Überall, ja. So gleichmäßig verteilt, wie ihr es hinbekommt, aber es muss nicht exakt sein. Erzählt mir mehr über die Schnittstellen.«

»Tja«, sagte Ron, »in jeder gegebenen Kugel überschneiden sich alle Großkreise – oder liegen übereinander.«

Rydra lachte. »So einfach ist das, nicht wahr? Gibt es bei einer Kugel irgendwelche anderen Kreise, die sich schneiden müssen, egal wie man sie hin und her schiebt?«

»Ich denke, du kannst alle anderen Kreise so herumschieben, dass sie an allen Punkten gleich weit voneinander entfernt sind und einander nicht berühren. Aber alle Großkreise müssen mindestens zwei gemeinsame Punkte aufweisen.«

»Denkt darüber einen Moment lang nach und schaut euch diese Murmeln an, die über großkreisförmige Bahnen gezogen werden.«

Plötzlich schwebte Mollya mit einem Ausdruck des Begreifens von der Wand zu ihr und legte die Hände aneinander. Sie plapperte etwas auf Kisuaheli, und Rydra lachte. »So ist es«, sagte sie. Zu Rons und Callis Erstaunen übersetzte sie: »Sie werden sich aufeinander zubewegen, und früher oder später wird ihre Bahn sich kreuzen.«

Calli riss die Augen auf. »Das stimmt, nach genau einem Viertelumlauf müssten sie alle auf einer Kreisebene verteilt sein.«

»Auf der Ebene unserer Umlaufbahn«, beendete Ron den Gedanken.

Mollya runzelte die Stirn und machte mit den Händen eine Dehnbewegung.

»Ja«, sagte Ron, »eine verzerrte Kreisebene mit einem Schweif an jedem Ende, anhand derer wir berechnen können, in welcher Richtung die Erde liegt.«

»Schlau, was?« Rydra kehrte in die Korridoröffnung zurück. »Ich denke, wir können das Ganze einmal durchexerzieren und dann die Raketentriebwerke zünden, um uns etwa hundertfünfzig Kilometer nach oben oder unten zu bewegen, ohne dass wir dabei etwas kaputt machen. Daraus können wir dann die Länge unserer Umläufe ableiten und unsere Geschwindigkeit. Mehr Informationen brauchen wir nicht, um uns in Bezug zur nächsten größeren Gravitationsquelle zu verorten. Und ab da können wir einen Stasesprung durchführen. All unsere Stase-Kommunikationsinstrumente sind einsatzbereit. Wir können um Hilfe rufen und uns bei einer Stasestation Ersatzteile besorgen.«

Die verblüfften Navigatoren kamen zu ihr in den Korridor.

»Countdown«, sagte Rydra.

Bei null entmagnetisierte Ron die Wände. Langsam begannen die Murmeln zu treiben und sich nebeneinander anzuordnen.

»Man lernt wohl jeden Tag was dazu«, sagte Calli. »Wenn du mich gefragt hättest, dann hätte ich gesagt, dass wir ewig hier feststecken würden. Dabei ist es mein Job, solche Dinge zu wissen. Woher hattest du die Idee?«

»Von dem Wort für ›Großkreis‹ in … in einer anderen Sprache.«

»Sprache spricht Zunge?«, fragte Mollya. »Du meinst?«

»Tja.« Rydra nahm eine metallene Schreibplatte und einen Griffel zur Hand. »Ich vereinfache es ein bisschen, aber wartet, ich zeige es euch.« Sie schrieb etwas auf die Platte. »Sagen wir, das Wort für Kreis ist: O. Diese Sprache hat ein melodisches System, um Vergleiche zu illustrieren. Das stellen wir durch die diakritischen Zeichen ˘, ¯ und ^ dar, die am kleinsten, normal und am größten bedeuten. Was würde also Ŏ bedeuten?«

»Der kleinstmögliche Kreis?«, sagte Calli. »Das ist ein Punkt.«

Rydra nickte. »Wenn wir uns also auf einen Kreis auf einer Kugel beziehen, und angenommen, das Wort für einen normalen Kreis ist Ō, gefolgt von einem von zwei Zeichen, von denen eines bedeutet, dass er gar nichts berührt, und das andere bedeutet, dass er sich mit etwas überschneidet – ll oder X. Was würde dann ŌX bedeuten?«

»Ein normaler Kreis, der sich mit etwas überschneidet«, sagte Ron.

»Und weil alle großen Kreise sich überschneiden, ist das Wort für einen großen Kreis in dieser Sprache immer ÔX. Das Wort beinhaltet die Informationen. Genau wie die Worte *Bushaltestelle* oder *Fuchsbau* im Deutschen Informationen enthalten, die den Worten *la gare* oder *le terrier* – vergleichbaren Begriffen im Französischen – fehlen. ›Großkreis‹ vermittelt ebenfalls gewisse Informationen, aber nicht die richtigen, um uns aus unserer verfahrenen Lage zu helfen. Wir müssen uns einer anderen Sprache zuwenden, um das Problem klar in den Blick zu bekommen, ohne tausend Umwege zu machen, um zu den inhärenten Eigenschaften dessen zu gelangen, womit wir es zu tun haben.«

»Was für eine Sprache ist das?«, fragte Calli.

»Ich weiß nicht, wie sie wirklich heißt. Bis auf Weiteres wird sie Babel-17 genannt. Nach dem Wenigen, was ich bisher über sie weiß, enthalten die meisten ihrer Worte mehr Informationen über die Dinge, auf die sie sich beziehen, als vier oder fünf andere von den Sprachen, die ich kenne, zusammengenommen, und das auf kleinerem Raum.« Sie übersetzte ihre Worte knapp für Mollya.

»Wer spricht?«, fragte Mollya, fest entschlossen, sich an ihr sehr begrenztes Englisch zu halten.

Rydra biss sich auf die Lippe. Wenn sie sich diese Frage stellte, dann zog sich jedes Mal etwas in ihrem Bauch zusammen, ihre Hände versuchten, etwas zu greifen, und sie konnte die Sehnsucht nach einer Antwort auf beinahe schmerzhafte Weise tief unten in ihrer Kehle spüren. Nun bekam sie wieder dieses Gefühl, und dann verging es. »Ich weiß es nicht. Aber ich wünschte, ich wüsste es. Das ist der Hauptgrund für diese Reise – das herauszufinden.«

»Babel-17«, wiederholte Ron.

Einer der Schachtjungs aus dem Trupp räusperte sich hinter ihnen.

»Was gibt es, Carlos?«

Der gedrungene, taurine Carlos mit seiner schwarzen Lockenpracht hatte große entspannte Muskeln und lispelte leicht.

»Captain, kann ich Ihnen etwas zeigen?« In jugendlicher Unbeholfenheit wiegte er sich hin und her, und seine bloßen Füße, die
Hitzeschwielen vom Klettern in den Antriebschächten aufwiesen,
schabten am Türrahmen entlang. »Etwas unten in den Schächten.
Ich glaube, Sie sollten sich das selbst ansehen.«

»Hat der Patron dir gesagt, dass du mich holen sollst?«

Carlos fummelte sich mit einem abgenagten Fingernagel
hinter dem Ohr herum. »Uhmm.«

»Ihr drei könnt euch um das hier kümmern, oder?«

»Klar, Captain.« Calli beobachte die aufeinander zutreibenden
Murmeln.

Rydra folgte Carlos mit eingezogenem Kopf. Sie fuhren mit
dem Leiterlift hinunter und betraten geduckt den Steg, der sich
ziemlich nahe unter der Decke befand.

»Dahinten«, sagte Carlos und ging zögerlich unter einem
Torbogen aus Stromschienen hindurch voran. Auf einer Gitter-
plattform blieb er stehen und öffnete einen Geräteschrank in
der Wand. »Hier.« Er holte einen gedruckten Schaltkreis heraus.
»Sehen Sie.« Ein dünner Riss verlief über die Plastikoberfläche.
»Er ist kaputt gemacht worden.«

»Wie das?«, fragte Rydra.

»So.« Er nahm den Schaltkreis in beide Hände und tat so, als
würde er ihn verbiegen wollen.

»Er wird doch wohl kaum von alleine einen Riss bekommen
haben.«

»Das geht gar nicht«, sagte Carlos. »Wenn er an seinem Platz
ist, wird er zu gut festgehalten. Man bekäme ihn nicht mal mit
einem Vorschlaghammer kaputt. Diese Tafel enthält sämtliche
Kommunikationsschaltkreise.«

Rydra nickte.

»Die gyroskopischen Felddeflektoren für alle unsere regulären
Raummanöver …« Er öffnete eine weitere Schranktür und holte
eine weitere Tafel hervor. »Hier.«

Rydra strich mit dem Fingernagel über den Riss in dieser

zweiten Tafel. »Jemand an Bord hat sie kaputt gemacht«, sagte sie. »Bring sie in die Werkstatt. Sag Lizzy, wenn sie sie fertig nachgedruckt hat, soll sie sie mir bringen, und ich setze sie ein. Dann gebe ich ihr auch ihre Murmeln zurück.«

2

Wirf einen Edelstein in dickflüssiges Öl. Seine glänzende Oberfläche färbt sich langsam gelb, dann bernsteinfarben, bevor er schließlich rot wird und verblasst. Das war der Sprung in den Hyperstaseraum.

An der Computerkonsole brütete Rydra über ihren Tabellen. Ihr Wörterbuch war seit Beginn ihrer Reise auf das Doppelte angewachsen. Zur Hälfte waren ihre Gedanken von Zufriedenheit angefüllt wie von einer guten Mahlzeit. Worte und die leicht zu erkennenden Muster, die sie bildeten, die sich ihrer Zunge, ihren Fingern so leicht fügten und sich für sie ordneten, sich offenbarten, definierten, offenbarten.

Und es gab einen Verräter. Die Frage, ein Vakuum, das keine Informationen zur Antwort auf die Frage nach dem Wer oder Was oder Warum enthielt, erfüllte die andere Hälfte ihres Gehirns mit einer Leere, die zu implodieren drohte. Jemand hatte die Tafeln mit Absicht zerstört. Lizzy war derselben Meinung. Welche Worte gab es dafür? Die Namen der gesamten Mannschaft, und neben jedem davon ein Fragezeichen.

Wirf einen Edelstein in einen Berg von Edelsteinen. Das war der Sprung aus der Hyperstase in den Raum unweit der Kriegswerften der Allianz bei Armsedge.

An der Kommunikationskonsole setzte sie den Sensorhelm auf. »Möchtest du für mich dolmetschen?«

Die Kontrolllampe blinkte zustimmend. Jeder körperlose Beobachter nahm die elektromagnetischen und die gravitationsbedingten Schwankungen der Stasesträmungen einer bestimmten Frequenz in allen Einzelheiten und mit allen Sinnen wahr, jeder auf seiner eigenen Bandbreite. Es waren unzählige Einzelheiten, und der Pilot steuerte das Schiff durch die Strömungen, wie Segelschiffe auf dem flüssigen Ozean sich vom Wind treiben lassen. Der Helm jedoch erzeugte eine Kondensation, die der Captain sich ansehen konnte, um einen allgemeinen Überblick über die Matrix zu erhalten, reduziert auf Begrifflichkeiten, die einen körperlichen Beobachter nicht um den Verstand brachten.

Sie öffnete den Helm, bedeckte ihre Augen, ihre Ohren und ihre Nase.

Wurde durch blaue, von Indigo durchzogene Ringe geschleudert, trieb durch den Komplex von Stationen und Planetoiden, die zusammen die Kriegswerft bildeten. Über die Kopfhörer erklang, unterbrochen von statischem Rauschen, ein melodisches Summen. Die olfaktorischen Emitter gaben ein wirres Duftgemisch von Parfüm und heißem Öl von sich, das den bitteren Geruch brennender Zitronenschale mit sich trug. Mit drei derart angefüllten Sinnen löste sie sich von der Wirklichkeit der Kabine und trieb durch sensorische Abstraktionen. Sie brauchte fast eine Minute, um ihre Wahrnehmungen zu sammeln und mit ihrer Deutung zu beginnen.

»Alles klar. Was sehe ich hier vor mir?«

»Die Lichter sind die verschiedenen Planetoiden und Ringstationen, aus denen die Kriegswerft besteht«, erklärte ihr das Auge. »Diese blaue Farbe links ist ein Radarnetz, das sie bis zum Stellarcenter Zweiundvierzig hin ausgeworfen haben. Die roten Blitze oben rechts sind bloß Spiegelungen von Bellatrix auf einer halb glasierten Sonnenscheibe, die sich vier Grad außerhalb deines Blickfelds dreht.«

»Was ist das leise Summen?«, fragte Rydra.

»Das Schiffstriebwerk«, erklärte das Ohr. »Beachte es einfach nicht. Ich kann es ausblenden, wenn du möchtest.«

Rydra nickte, und das Summen hörte auf.

»Dieses Klicken …«, fuhr das Ohr fort.

»… ist ein Morsecode«, beende Rydra den Satz. »Das erkenne ich. Das müssen zwei Funkamateure sein, die sich von den sichtbaren Schaltkreisen fernhalten wollen.«

»So ist es«, bestätigte das Ohr.

»Was stinkt da so?«

»Der allgegenwärtige Geruch ist bloß das Gravitationsfeld von Bellatrix. Du kannst die olfaktorischen Wahrnehmungen nicht in Stereo empfangen, aber der Geruch nach verbrannter Zitronenschale ist das Kraftwerk, das sich in diesem grellgrünen Leuchten direkt vor dir befindet.«

»Wo docken wir an?«

»Im Nachhall der E-Moll-Triade.«

»In dem heißen Öl, dessen Blubbern du links riechen kannst.«

»Halt auf den weißen Kreis zu.«

Rydra schaltete den Piloten zu. »Okay, Brass, bring sie rein.«

Die Tellerscheibe glitt die Rampe hinunter, und in der Vier-Fünftel-Gravitation fiel es Rydra leicht, das Gleichgewicht zu halten. Eine Brise, die durchs künstliche Zwielicht wehte, hob ihr das Haar von den Schultern. Um sie herum erstreckte sich das Hauptarsenal der Allianz. Für einen Moment dachte sie über den Zufall der Geburt nach, der sie tief im Reich der Allianz platziert hatte. Wäre sie eine Galaxis weiter zur Welt gekommen, hätte sie genauso gut eine Invasorin sein können. Ihre Gedichte waren auf beiden Seiten beliebt. Das war verstörend. Sie verdrängte den Gedanken. Hier, während sie durch die Kriegswerften der Allianz schwebte, war es nicht besonders schlau, sich über derlei Dinge den Kopf zu zerbrechen.

»Captain Wong, Sie kommen im Auftrag von General Forester.«

Sie nickte, während ihre Scheibe zum Stehen kam.

»Er hat uns mitgeteilt, dass Sie gegenwärtig die Expertin für Babel-17 sind.«

Sie nickte abermals. Nun blieb die andere Scheibe vor ihrer stehen.

»Dann freue ich mich sehr, Sie kennenzulernen, und wenn ich Ihnen in irgendeiner Weise behilflich sein kann, sagen Sie es mir bitte.«

Sie streckte die Hand aus. »Danke, Baron Ver Dorco.«

Schwarze Brauen hoben sich ebenso wie die Winkel des schmalen Munds in seinem dunklen Gesicht. »Sie lesen Heraldik?« Er hob lange Finger an den Schild auf seiner Brust.

»Allerdings.«

»Eine ganz schöne Leistung, Captain. Wir leben in einer Welt isolierter Gemeinschaften, die kaum Kontakt mit ihren Nachbarn haben und die alle praktisch unterschiedliche Sprachen sprechen.«

»Ich spreche viele.«

Der Baron nickte. »Manchmal glaube ich, Captain Wong, dass unsere Gesellschaft ohne die Invasion, ohne etwas, auf das die Allianz ihre Kräfte konzentrieren kann, einfach zerfallen würde. Captain Wong …« Er hielt inne, und etwas veränderte sich in seinem fein geschnittenen Gesicht, ein konzentriertes Zusammenziehen, gefolgt von einem plötzlichen Öffnen. »*Rydra Wong* …?«

Sie nickte, lächelte über sein Lächeln, wartete aber dennoch mit einem gewissen Misstrauen ab, was seine Erkenntnis bedeuten würde.

»Mir war nicht klar …« Er streckte die Hand aus, als würde er ihr aufs Neue zum ersten Mal begegnen. »Aber natürlich …« Seine oberflächliche Höflichkeit fiel von ihm ab, und wenn sie eine solche Verwandlung noch nie zuvor gesehen hätte, dann hätte sie sich für seine Wärme erwärmt. »Ihre Bücher, ich möchte nur, dass Sie wissen …« Der Satz verlief sich in einem leichten Kopfschütteln. Dunkle Augen, zu weit aufgerissen; Lippen, deren Wohlwollen etwas zu anzüglich wirkte; Hände, die einander suchten; all das kündete ihr von einem beunruhigenden

Appetit auf ihre Gesellschaft, einem Hungern nach etwas, das sie war oder sein mochte, ein gefräßiger … »Das Essen wird bei mir zu Hause um sieben Uhr aufgetragen.« Er unterbrach ihren Gedankengang mit beunruhigend passenden Worten. »Sie werden heute Abend mit der Baroness und mir speisen.«

»Danke. Aber ich möchte erst mit meiner Crew besprechen …«

»Die Einladung gilt für Ihre gesamte Gefolgschaft. Wir haben ein geräumiges Haus, in dem Ihnen Konferenzsäle ebenso zur Verfügung stehen wie Möglichkeiten zur Entspannung. Dort ist es mit Sicherheit nicht so beengt wie auf Ihrem Schiff.« Seine Zunge zuckte purpurfarben hinter den weißen, weißen Zähnen; seine braunen, schmalen Lippen, dachte sie, formen Worte so bedächtig wie die trägen Mandibeln der kannibalischen Gottesanbeterin.

»Bitte kommen Sie etwas früher, damit wir Zeit für einen genussvollen Abend haben …«

Sie schnappte nach Luft und kam sich dann albern vor. Ein leichtes Zusammenziehen seiner Brauen verriet ihr, dass er ihr Erschrecken bemerkt, aber nicht verstanden hatte.

»… wenn wir nicht genug Zeit für Ihren Rundgang durch die Werften haben. General Forester hat vorgeschlagen, dass wir Sie in alles, was wir gegen die Invasoren unternehmen, einweihen sollen. Das ist eine große Ehre, Madame. Es gibt viele erfahrene Offiziere hier in den Werften, die manches von dem, was man Ihnen zeigen wird, noch nie gesehen haben. Ich wage zu behaupten, dass eine ganze Menge davon ziemlich langweilig ist. Meiner Meinung nach stopfen wir Sie auf diese Weise bloß mit nebensächlichem Kleinkram voll. Aber einige unserer Versuche sind auch ziemlich einfallsreich. Wir halten unsere Phantasie immer am Köcheln.«

Dieser Mann bringt meine paranoide Seite zum Vorschein, dachte sie. Ich mag ihn nicht. »Es wäre mir lieber, mich Ihnen nicht aufzudrängen, Baron. Es gibt Dinge, um die ich mich an Bord meines Schiffes …«

»Bitte kommen Sie. Ihre Arbeit hier wird sehr viel einfacher sein, wenn Sie meine Gastfreundschaft annehmen, das versichere ich Ihnen. Ich würde es als eine Ehre ansehen, eine Frau von Ihrem Talent und mit Ihren Leidenschaften in meinem Haus begrüßen zu dürfen. Und in letzter Zeit sehne ich mich …« Seine dunklen Lippen schlossen sich über glänzenden Zähnen. »… nach intelligenter Konversation.«

Sie spürte, wie ihr Kiefer sich unwillkürlich um eine dritte zeremonielle Ablehnung herum verkrampfte. Aber da sagte der Baron bereits: »Ich erwarte Sie und Ihre Crew kurz vor sieben zu einem formlosen Abendessen.«

Die Tellerscheibe glitt durch die Flughalle davon. Rydra blickte die Rampe hinauf zu ihrem wartenden Schiff, das sich vor dem simulierten Abend abzeichnete. Ihre Scheibe machte sich auf den Rückweg zur *Rimbaud.*

»Tja«, sagte sie zu dem kleinen Albinokoch, der gestern seinen Druckverband losgeworden war, »du hast heute Abend frei. Patron, die Crew geht zum Essen aus. Versuchen Sie bitte, die Tischmanieren der Kinder ein bisschen aufzupolieren – und sorgen Sie dafür, dass alle wissen, mit welchem Messer sie ihre Erbsen essen sollen und so.«

»Die Salatgabel ist die kleine ganz außen«, verkündete der Patron, während er sich geschmeidig dem Trupp zuwandte.

»Und was ist mit der kleinen, die noch weiter außen liegt?«, fragte Allegra.

»Die ist für Austern.«

»Aber was ist, wenn sie keine Austern servieren?«

Flop rieb sich mit dem Daumenknöchel die Unterlippe. »Dann kannst du dir wohl damit in den Zähnen stochern.«

Brass ließ eine Pfote auf Rydras Schulter sinken. »Wie fühlst du dich, Ca'tain?«

»Wie ein Schwein auf dem Grill.«

»Du siehst auch schon ganz gut durch …«, setzte Calli an.

»Durch?«, fragte sie.

»Durch den Wind aus«, beendete er seinen Satz fragend.

»Vielleicht habe ich zu hart gearbeitet. Wir sind heute Abend bei Baron Ver Dorco zu Gast. Ich denke mal, dort können wir uns alle ein bisschen entspannen.«

»Ver Dorco?«, fragte Mollya.

»Er koordiniert die verschiedenen Forschungsprojekte im Kampf gegen die Invasoren.«

»Werden hier die größeren und besseren Geheimwaffen hergestellt?«, fragte Ron.

»Hier werden auch kleinere und tödlichere hergestellt. Ich nehme an, dass wir dabei etwas lernen können.«

»Was diese Sabotageversuche angeht«, sagte Brass. Sie hatte ihnen die Geschehnisse grob zusammengefasst. »Wenn sie mit einem davon hier in den Kriegswerften Erfolg haben, könnte das für unseren Kampf gegen die Invasoren schlimme Folgen haben.«

»Das ist so ziemlich der empfindlichste Punkt, an dem sie uns treffen könnten, wenn sie nicht gerade eine Bombe im Verwaltungshauptquartier der Allianz legen.«

»Wirst du sie aufhalten können?«

Rydra zuckte mit den Schultern und wandte sich den schimmernden Abwesenheiten des körperlosen Teils ihrer Crew zu. »Ich habe da ein paar Ideen. Hört mal, ich bitte euch jetzt darum, dass ihr heute Abend keine so guten Gäste seid und ein bisschen spioniert. Augen, ich möchte, dass du an Bord bleibst und dich vergewissert, dass niemand sonst außer dir hier ist. Ohren, wenn wir zum Baron losgegangen sind, mach dich unsichtbar und weiche von da an nicht weiter als zwei Meter von meiner Seite, bis wir alle wieder an Bord des Schiffs sind. Nase, du bist unser Botenläufer. Hier ist irgendetwas im Gange, das mir nicht gefällt. Ich weiß nicht, ob ich mir das nur einbilde.«

Das Auge sagte etwas Unheilvolles. Normalerweise konnten Körperliche mit Körperlosen nur über eine Spezialausrüstung kommunizieren – wenn sie sich hinterher an das Gespräch erinnern wollten. Rydra löste das Problem, indem sie das, was sie zu ihr sagten, sofort ins Baskische übersetzte, bevor die schwachen Synapsenverbindungen abrissen. Dabei ging der ursprüngliche Wortlaut zwar verloren, die Übersetzung blieb aber: *Die kaputten Schaltkreise hast du dir nicht eingebildet* war das, was sie auf Baskisch in etwa in Erinnerung behielt.

Mit quälendem Unbehagen ließ sie den Blick über die Crew schweifen. Wenn jemand von den Kids oder den Offizieren lediglich psychotisch destruktiv gewesen wäre, hätte sich das in seiner oder ihrer psychischen Einstufung gezeigt. Unter ihnen befand sich jemand, der vorsätzlich destruktiv war. Das schmerzte, wie ein Splitter in ihrer Fußsohle, der sich nicht finden ließ und der sie ab und zu, wenn sie beim Gehen Druck auf ihn ausübte, stach. Sie erinnerte sich, wie sie nach ihnen gesucht, sie der Nacht entrissen hatte. Stolz. Ein warmes Gefühl von Stolz darauf, wie sie einander, während sie ihr Schiff zwischen den Sternen manövrierten, bei ihren Tätigkeiten ergänzten. Diese Wärme war ein Vorgriff auf gelöste Angst vor all dem, was mit der Maschine, die sie Schiff nannten, schiefgehen konnte, wenn die Maschine, die sie Crew nannten, nicht präzise ineinandergriff. In einem anderen Winkel ihres Verstands empfand sie kühlen Stolz auf die Leichtigkeit, mit der sie miteinander umgingen; die Kinder, unerfahren sowohl im Leben als auch bei der Arbeit, die Erwachsenen, die so nah an Stresssituationen geraten waren, dass es ihre auf Hochglanz polierte Effizienz hätte beschädigen und psychische Kletten aus ihnen machen können, die wechselweise aneinander hängen bleiben. Aber sie hatte sie ausgewählt; und das Schiff, ihre Welt, war ein wunderschöner Ort, um eine Reise lang darauf herumlaufen, zu arbeiten, zu leben.

Doch es gab einen Verräter.

Das ließ bei ihr etwas durchbrennen. *Irgendwo in Eden gibt es nun …* erinnerte sie sich und ließ den Blick abermals über die Crew schweifen. *Irgendwo in Eden gibt es nun einen Wurm, einen Wurm.* Die zerbrochenen Schaltkreise verrieten es ihr: Der Wurm hatte nicht nur sie zerstören wollen, sondern das Schiff, die Crew und alles, was es enthielt, und zwar langsam. Keine Klingen, die nachts zustießen, keine Schüsse, die hinter der Ecke hervor abgefeuert wurden, kein Strick um den Hals, wenn sie eine dunkle Kabine betrat. Babel-17 – wie gut war diese Sprache geeignet, um damit bei einer Diskussion die eigene Haut zu retten?

»Patron, der Baron möchte, dass ich als Erste bei ihm vorbeikomme und mir ein paar seiner neuesten Metzelmethoden anschaue. Sorgen Sie bitte dafür, dass die Kinder einigermaßen rechtzeitig da sind, ja? Ich gehe jetzt. Auge und Ohr, kommt an Bord.«

»Klaro, Captain«, sagte der Patron.

Die körperlosen Crewmitglieder machten sich unwahrnehmbar.

Sie beugte sich auf ihrem Tellerschlitten über die Rampe und entfernte sich von den herumstehenden Jungen, Mädchen und Offizieren. Dabei fragte sie sich, was der Grund für ihre dunklen Vorahnungen sein mochte.

3

»Abscheuliche, unzivilisierte Waffen.« Der Baron deutete auf eine Reihe von Plastikzylindern, die der Größe nach in einem Gestell angeordnet waren. »Es ist ein Jammer, dass wir unsere Zeit auf solch grobschlächtige Geräte verschwenden müssen. Die kleinen dort können einen Bereich von etwa zweihundert Quadratkilometern verwüsten. Die größeren hinterlassen einen Krater von fünfzig Kilometern Tiefe und dreihundert Kilometern Durchmesser. Barbarisch. Ich missbillige ihren Einsatz. Das dort links ist subtiler: Bei der ersten Explosion zerstört es ein größeres Gebäude, aber die Bombenummantelung bleibt unbeschädigt unter den Trümmern versteckt. Sechs Stunden

später explodiert sie erneut und richtet so viel Schaden an wie
eine ordentliche Atombombe. Das gibt den Opfern genug Zeit,
ihre Einsatzkräfte und allerlei Aufbau- und Rettungshelfer vom
Roten Kreuz, oder wie auch immer das bei den Invasoren heißt,
sowie zahlreiche Experten zusammenzuziehen, um das Ausmaß
der Schäden zu begutachten. Und dann *Bumm*. Eine verzögerte
Wasserstoffexplosion und ein Krater von gut sechzig oder siebzig Kilometern. Sie richtet zwar nicht einmal so viel physischen
Schaden an wie die kleinsten von den anderen hier, aber mit
ihr wird man eine Menge Gerät und geschäftige Gutmenschen
los. Trotzdem ist das noch ein Schulbubenstreich. Diese Sachen
habe ich nur in meiner persönlichen Sammlung, um zeigen zu
können, dass wir auch handelsübliche Waffen haben.«

Sie folgte ihm durch den Torbogen in den nächsten Saal. Dort
waren Aktenschränke an den Wänden aufgereiht, und in der
Mitte des Raums stand eine einzige Vitrine.

»Hier haben wir jetzt etwas, worauf ich zu Recht stolz bin.«
Der Baron trat an die Vitrine, und die durchsichtigen Wände
klappten auseinander.

»Was genau«, fragte Rydra, »ist das?«

»Wonach sieht es denn aus?«

»Nach einem … einem Stein.«

»Ein Metallbrocken«, korrigierte der Baron.

»Ist er explosiv – oder besonders hart?«

»Er geht nicht in die Luft«, beruhigte er sie. »Er hat eine Reiß-
festigkeit, die ein wenig über der von Titanstahl liegt, aber wir
verfügen über sehr viel härtere Kunststoffe.«

Rydra wollte die Hand ausstrecken, fragte dann aber: »Kann
ich ihn in die Hand nehmen und mir ansehen?«

»Das bezweifle ich«, sagte der Baron. »Versuchen Sie es.«

»Was passiert dann?«

»Sehen Sie selbst.«

Sie streckte die Hand aus, um den stumpfen Brocken zu
ergreifen. Ihre Hand schloss sich fünf Zentimeter über seiner

Oberfläche um Luft. Sie bewegte die Finger nach unten, um ihn zu berühren, aber sie schlossen sich fünf Zentimeter neben ihm. Rydra runzelte die Stirn. Sie bewegte die Hand nach links, aber plötzlich befand sie sich auf der anderen Seite des seltsamen Bruchstücks.

»Einen Moment bitte.« Der Baron lächelte und nahm es in die Hand. »Wenn das hier einfach nur irgendwo herumliegen würde, würden Sie es nicht weiter beachten, nicht wahr?«

»Ist es giftig?«, überlegte Rydra laut. »Ist es ein Teil, das zu etwas anderem gehört?«

»Nein.« Der Baron drehte das Metallstück nachdenklich hin und her. »Nur äußerst selektiv. Und gehorsam.« Er hob die Hand. »Angenommen, man braucht eine Schusswaffe« – der Baron hielt jetzt eine schlanke Vibrapistole in der Hand; ein so neues Modell hatte sie noch nie gesehen – »oder einen Schraubenschlüssel.« Nun hielt er einen dreißig Zentimeter langen Schraubenschlüssel in der Hand. Er verstellte die Größe. »Oder eine Machete.« Die Klinge blitzte, als er mit ihr ausholte. »Oder eine kleine Armbrust.« Sie hatte einen Pistolengriff und eine Bogenlänge von knapp dreißig Zentimetern. Die Sehne war allerdings doppelt gespannt und wurde von zentimeterdicken Bolzen gehalten. Der Baron drückte ab – es lag kein Pfeil auf der Sehne –, und der dumpfe Laut, der dabei ertönte, gefolgt vom anhaltenden *Pinnnnnng* des vibrierenden Bogens, verursachte ihr Zahnschmerzen.

»Das ist eine Art Sinnestäuschung«, sagte Rydra. »Darum konnte ich ihn nicht berühren.«

»Ein Vorschlaghammer«, sagte der Baron. Ein Hammer mit einem außergewöhnlich dicken Kopf erschien in seiner Hand. Er schlug damit auf den Boden der Vitrine, in der sich die »Waffe« befunden hatte, und es schepperte dumpf. »Voilà.«

Rydra sah die kreisförmige Vertiefung, die der Hammer hinterlassen hatte. In der Mitte waren undeutlich die Umrisse des Ver-Dorco-Wappens zu erkennen. Sie strich mit den Fingerspitzen über das gravierte Metall, das von dem Schlag noch warm war.

»Keine Sinnestäuschung«, sagte der Baron. »Die Armbrust kann einen zwölf Zentimeter langen Bolzen auf vierzig Meter Entfernung durch zehn Zentimeter Eiche treiben. Und die Vibrapistole – Sie wissen sicher, was man mit der alles anstellen kann.«

Er hielt den – jetzt war es wieder ein Metallklumpen – über das Podest in der Vitrine. »Bitte legen Sie ihn zurück.«

Sie streckte die Hand aus, und er ließ den Brocken fallen. Ihre Finger schlossen sich, um ihn zu greifen, aber er lag bereits wieder auf dem Podest.

»Kein Hokuspokus. Es ist lediglich selektiv und … gehorsam.«

Er berührte die Vitrine, und die Kunststoffwände schlossen sich wieder über dem Podest. »Ein schlaues kleines Spielzeug. Sehen wir uns etwas anderes an.«

»Aber wie funktioniert es?«

Ver Dorco lächelte. »Es ist uns gelungen, Legierungen der schwereren Elemente so zu polarisieren, dass sie nur auf bestimmten Wahrnehmungsmatrizen existieren. Alle anderen reflektieren sie. Das bedeutet, dass etwas – außer visuell, und auch das können wir ausblenden – nicht mehr wahrnehmbar ist. Kein Gewicht, kein Volumen; der betreffende Gegenstand besitzt nur noch seine Trägheit. Das bedeutet, dass man die Antriebskontrolle eines Hyperstase-Raumschiffs lahmlegen kann, indem man ihn einfach nur mit an Bord nimmt. Wenn zwei oder drei Gramm davon auch nur in die Nähe des Trägheitsstasesystems kommen, erzeugt das alle möglichen unerwarteten Belastungen. Das wäre sein Hauptzweck. Wenn man es an Bord der Schiffe der Invasoren schmuggeln könnte, müssten wir uns über diese keine Sorgen mehr machen. Der Rest – das sind Kindereien. Eine unvorhergesehene Eigenschaft polarisierter Materie ist ihr Formgedächtnis.« Sie bewegten sich auf einen Torbogen zu, hinter dem der nächste Raum lag. »Wenn das Material für eine Weile mit einer gewissen Form geprägt und kodifiziert wird, dann erinnert es sich auf das Molekül genau an diese Struktur. In jedem Winkel zu der Richtung, in welche die Materie polarisiert wurde, verfügt jedes einzelne Molekül über volle

Bewegungsfreiheit. Man muss sie nur erschüttern, dann fällt sie zurück in diese Struktur. Wie eine Gummifigur, die wieder ihre ursprüngliche Gestalt annimmt.« Der Baron warf einen Blick auf die Vitrine. »Wirklich ganz einfach. Dort« – er deutete auf die Aktenschränke entlang der Wände – »befindet sich die eigentliche Waffe: etwa dreitausend individuelle Pläne, die sich diesen kleinen polarisierten Klumpen zunutze machen. Die ›Waffe‹ ist das Wissen darum, was man mit dem Verfügbaren anstellt. Im Nahkampf kann ein zwanzig Zentimeter langes Stück Vanadium tödlich sein. Wenn man es direkt in den Innenwinkel des Auges einführt, die Frontallappen diagonal durchsticht und es dann rasch nach unten zieht, durchstößt es das Kleinhirn, was eine umfassende Lähmung zur Folge hat; wenn man es ganz hineinstößt, dann zerstört es die Verbindung zwischen Rückgrat und Rückenmark: Tod. Mit demselben Drahtstück kann man eine Kommunikationseinheit vom Typ 27-QX kurzschließen, wie sie derzeit in den Stasesystemen der Invasoren verwendet wird.«

Rydra spürte, wie sich die Muskeln entlang ihrer Wirbelsäule verkrampften. Die Abscheu, die sie bis eben unterdrückt hatte, stieg nun abermals in ihr auf.

»Die nächsten Ausstellungsstücke kommen aus der Borgia. Die Borgia«, er lachte, »ist meine scherzhafte Bezeichnung für unsere toxikologische Abteilung. Hier finden wir wieder ein paar fürchterlich grobschlächtige Produkte.« Er nahm ein verschlossenes Glasröhrchen aus einer Wandhalterung. »Reines Diphtherietoxin. Diese Menge genügt, um die Wasservorräte einer größeren Stadt in tödliches Gift zu verwandeln.«

»Aber eine Standardimpfung …«, wandte Rydra ein.

»Diphtherietoxin, meine Liebe. Toxin! Damals, als ansteckende Krankheiten noch ein Problem waren, hat man die Leichen von Diphtherietoten untersucht und nichts außer ein paar Hunderttausend Bazillen entdeckt, alle im Hals des Opfers. Nirgendwo sonst. Bei jedem anderen Bazillus würde das für einen kleinen Husten genügen. Man hat Jahre gebraucht, um herauszufinden, was los war. Diese winzige Menge von Bazillen produzierte eine sogar noch kleinere Menge eines Stoffes, bei dem es sich bis heute um die tödlichste natürliche organische Verbindung handelt, die wir kennen. Die Menge, die man braucht, um einen Menschen zu töten – oder sagen wir sogar dreißig oder vierzig Menschen –, ist praktisch nicht nachweisbar. Bis vor Kurzem konnte man sie trotz all unserer Fortschritte nur aus einem willfährigen Diphtheriebazillus gewinnen. Die Borgia hat das geändert.« Er deutete auf eine andere Flasche. »Zyanid, das alte Schlachtross. Aber der verräterische Geruch nach Mandeln … Haben Sie Hunger? Wir können jederzeit hochgehen und uns einen Cocktail genehmigen, wenn Sie es wünschen.«

Schnell und bestimmt schüttelte sie den Kopf.

»Die hier sind wirklich köstlich. Katalysatoren.« Er bewegte die Hand von einem Röhrchen zum nächsten. »Farbenblindheit, völlige Blindheit, Tontaubheit, völlige Taubheit, Ataxie, Amnesie und dergleichen mehr.« Er ließ die Hand sinken und lächelte wie ein hungriges Nagetier. »Und damit werden sie alle ausgelöst. Wissen Sie, das Problem mit Stoffen, die eine solch spezifische Wirkung haben, ist, dass man vergleichsweise riesige Mengen davon freisetzen muss. Von all diesen Präparaten braucht man mindestens ein Zehntelgramm oder mehr. Deshalb Katalysatoren. Nichts von dem, was Sie gesehen haben, hätte auch nur die kleinste Wirkung, selbst dann, wenn Sie ein ganzes Röhrchen schlucken.« Er nahm den letzten der Behälter, auf die er gezeigt hatte, in die Hand, drückte auf einen Stutzen daran, und das leise Zischen entweichenden Gases ertönte. »Bis jetzt. Ein absolut harmloses atomisiertes Steroid.«

»Nur dass es die Gifte hier aktiviert, um … die entsprechenden Wirkungen hervorzubringen?«

»Genau«, sagte der Baron lächelnd. »Und von dem Katalysator genügen Dosen, die fast so mikroskopisch sind wie die des Diphtherietoxins. Der Inhalt dieses blauen Glases würde Ihnen lediglich für eine halbe Stunde leichte Bauch- und

Kopfschmerzen verursachen. Nichts weiter. Das grüne daneben: völlige zerebrale Atrophie im Laufe einer Woche. Das Opfer wird für den Rest seines Lebens zur Zimmerpflanze. Das violette: Tod.« Er kehrte die Handflächen nach oben und lachte. »Ich bin am Verhungern.« Er ließ die Hände wieder sinken. »Gehen wir hoch und essen?«

Frag ihn, was in dem Saal dort drüben ist, ging es ihr durch den Kopf, und sie hätte den kurzen Moment der Neugier abgetan, aber sie hatte auf Baskisch gedacht: Es handelte sich um eine Nachricht von ihrem körperlosen Leibwächter, der unsichtbar an ihrer Seite blieb.

»Als ich ein Kind war, Baron« – sie ging in Richtung der Tür – »kurz nachdem ich auf die Erde gekommen bin, wurde ich in den Zirkus mitgenommen. Es war das erste Mal, dass ich so viele derart faszinierende Dinge so dicht beieinander gesehen habe. Ich wollte nicht nach Hause, bis es fast eine Stunde später war als ursprünglich geplant. Was ist in diesem Saal?«

Überraschung offenbarte sich in der leichten Bewegung der Muskeln in seiner Stirn.

»Zeigen Sie es mir.«

Er verneigte sich auf spöttische, leicht förmliche Weise. »Moderne Kriegsführung kann auf so vielen wunderbar unterschiedlichen Ebenen betrieben werden«, fuhr er fort, während er wieder an ihre Seite trat, als hätten sie den Rundgang nie unterbrochen. »Man gewinnt eine Schlacht, indem man dafür sorgt, dass die eigenen Truppen über genug Arkebusen und Streitäxte verfügen wie die, die Sie im ersten Saal gesehen haben; oder eben dank des zielsicher eingesetzten zwanzig Zentimeter langen Stücks Vanadiumdraht in einer Kommunikationseinheit vom Typ 27-QX. Wenn die richtigen Befehle verzögert eintreffen, kommt es überhaupt nicht zum Gefecht. Nahkampfwaffen, Überlebensausrüstung und dazu Ausbildung und Unterkunft: dreitausend Credits pro Sternenfahrer für einen Zeitraum von zwei Jahren im aktiven Dienst. Bei einer Garnison von fünfzehnhundert Mann

sind das Kosten in Höhe von vier Millionen Credits. Ebendiese
Garnison lebt und kämpft in drei Hyperstase-Schlachtschiffen,
die, voll ausgestattet, etwa eineinhalb Millionen Credits pro Stück
kosten – insgesamt sind das Kosten von etwa neun Millionen
Credits. Auf die Ausbildung und Vorbereitung eines einzelnen
Spions oder Saboteurs haben wir gelegentlich vielleicht eine Million verwendet. Und das ist deutlich mehr als normal. Und ich
kann kaum glauben, dass zwanzig Zentimeter Vanadiumdraht
einen Drittel Cent kosten. Krieg ist kostspielig. Und obwohl es ein
bisschen gedauert hat, wird dem Verwaltungshauptquartier allmählich klar, dass Raffinesse sich auszahlt. Hier entlang, Miss …
Captain Wong.«

Wieder befanden sie sich in einem Raum mit nur einer einzigen Vitrine, die allerdings über zwei Meter hoch war.

Eine Statue, dachte Rydra. Nein, echtes Fleisch, die Muskeln
und Gelenke waren zu erkennen; nein, es musste eine Statue sein,
weil ein menschlicher Körper, ob nun tot oder im Tiefschlaf,
nicht so aussah – so lebendig. Nur Kunst konnte eine solche
Strahlkraft hervorbringen.

»Sie verstehen also, dass ein guter Spion etwas sehr Wichtiges ist.« Obwohl die Tür sich automatisch geöffnet hatte, hielt
der Baron sie in einer überkommenen Geste der Höflichkeit auf.
»Das ist eines unserer teureren Modelle. Er kostet immer noch
deutlich weniger als eine Million Credits, aber er ist einer meiner
Lieblinge – obwohl er in der Praxis seine Mängel hat. Mit ein
paar kleineren Änderungen würde ich ihn gerne dauerhaft in
unser Arsenal aufnehmen.«

»Das Modell eines Spions?«, fragte Rydra. »Eine Art Roboter
oder Androide?«

»Ganz und gar nicht.« Sie näherten sich der Vitrine. »Wir
haben ein halbes Dutzend TW-55 hergestellt. Das hat eine punkt-
genaue genetische Suche erforderlich gemacht. Die medizinischen
Wissenschaften sind inzwischen so weit fortgeschritten, dass jede
Menge nutzloser menschlicher Abfall weiterlebt und sich mit

erschreckender Geschwindigkeit fortpflanzt – minderwertige
Geschöpfe, die noch vor ein paar Jahrhunderten zu schwach
zum Überleben gewesen wären. Wir haben unsere Eltern sorgfältig ausgewählt, und dann haben wir uns mittels künstlicher
Befruchtung unser halbes Dutzend Zygoten geholt, drei männlich, drei weiblich. Wir haben sie in einer höchst sorgfältig kon-
trollierten Nährstoffumgebung aufgezogen und ihr Wachstum
mit Hormonen und anderen Hilfsmitteln beschleunigt. Aber das
Schönste war die Prägung mit Erfahrungen. Es sind wunderbar
gesunde Geschöpfe ... Sie machen sich keine Vorstellung davon,
wie viel Fürsorge sie erfahren haben.«

»Ich habe mal einen Sommer auf einer Rinderfarm verbracht«,
erwiderte Rydra knapp.

Der Baron nickte beiläufig. »Wir hatten die Erfahrungsprägung
schon zuvor verwendet, deshalb wussten wir, was wir taten. Aber
wir hatten sie noch nie eingesetzt, um beispielsweise die Lebens-
situation eines sechzehnjährigen Menschen vollständig zu syn-
thetisieren. Sechzehn war das physiologische Alter, auf das wir
sie innerhalb von sechs Monaten gebracht haben. Sehen Sie doch
selbst, was für ein erstklassiges Exemplar er ist. Seine Reflexe
übertreffen die eines normal aufgewachsenen Menschen um
fünfzig Prozent. Die menschliche Muskulatur ist ein Wunder-
werk der Technik: Ein Autoimmunerkrankter, der drei Tage
nichts gegessen hat und an Muskelschwund leidet, kann unter
Zuhilfenahme der richtigen stimulierenden Medikamente ein
Automobil von anderthalb Tonnen Gewicht umwerfen. Es würde
ihn umbringen – aber trotzdem ist das bemerkenswert effizient.
Stellen sie sich nur vor, was ein biologisch perfekter Körper, der
jederzeit mit neunundneunzigprozentiger Effektivität funktioniert, allein schon in Sachen Körperkraft leisten kann.«

»Ich dachte, hormonelle Wachstumsanregung wäre verboten.
Verringert das die Lebensspanne nicht drastisch?«

»In dem Ausmaß, in dem wir sie einsetzen, beträgt die Ver-
ringerung der Lebensspanne fünfundsiebzig Prozent und mehr.«

So, wie er lächelte, hätte er gerade ebenso gut ein seltsames Tier und dessen unverständliche Possen beobachten können. »Aber Madame, wir stellen hier Waffen her. Wenn ein TW-55 zwanzig Jahre lang Höchstleistungen erbringen kann, sind das schon fünf Jahre mehr als bei einem durchschnittlichen Schlachtkreuzer. Aber die Prägung mit Erfahrungen! Um unter gewöhnlichen Menschen jemanden zu finden, der als Spion arbeiten kann und der dazu *bereit* ist, als Spion zu arbeiten, muss man in den Randbezirken des Neurotischen, oft auch des Psychotischen auf die Suche gehen. Solche Abweichungen sind in bestimmten Bereichen vielleicht eine Stärke, aber insgesamt stellen sie immer eine Schwäche der Persönlichkeit dar. Wenn er nur in diesem speziellen Zustand zu arbeiten vermag, kann der Spion gefährlich ineffizient sein. Und die Invasoren haben auch psychische Indikatoren, die dafür sorgen, dass ein durchschnittlicher Spion gar nicht dorthin gelangt, wo wir ihn platzieren möchten. Als Gefangener ist ein guter Spion um ein Vielfaches gefährlicher als ein schlechter. Posthypnotische Selbstmordsuggestionen kann man leicht mit Drogen umgehen; noch dazu sind sie Materialverschwendung. TW-55 würde bei einer psychischen Integration als absolut normal durchgehen. Er verfügt über etwa sechs Stunden geselliger Konversation, darunter Handlungszusammenfassungen der neuesten Romane, politische Verhältnisse, Musik- und Kunstkritik – ich glaube, er ist darauf programmiert, im Laufe eines Abends zweimal Ihren Namen zu erwähnen, eine Ehre, die Sie nur mit Ronald Quar teilen. Er hat ein Thema, über das er sich eineinhalb Stunden lang auf wissenschaftlichem Niveau auslassen kann – ich glaube, es handelt sich um »Haptoglobingruppen unter den Beuteltieren«. Wenn Sie ihn in einen Anzug stecken, dann würde er sich auf einem Botschaftsempfang oder bei der Kaffeepause einer Konferenz auf hoher Regierungsebene absolut wohlfühlen. Er ist ein erstklassiger Meuchelmörder und ein Experte mit allen Waffen, die Sie bisher gesehen haben, und noch mehr. TW-55 verfügt über insgesamt zwölf

Erzählstunden in vierzehn verschiedenen Dialekten, Akzenten oder Jargons, bei denen es um sexuelle Eroberungen, Glücksspielerlebnisse, Faustkämpfe und humorvolle Anekdoten über halblegale Unterfangen geht, die allesamt jämmerlich gescheitert sind. Wenn sie ihm das Hemd zerreißen, ihm Dreck ins Gesicht schmieren und ihm einen Overall anziehen, dann könnte er ein Mechaniker auf einer von hundert Raumwerften oder Stellarzentren auf der anderen Seite des Bruchs sein. Er kann jede Art von Raumantrieb, Kommunikationsausrüstung, Radargerät oder Alarmsystem, das die Invasoren im Laufe der letzten zwanzig Jahre verwendet haben, lahmlegen und braucht dafür kaum mehr als …«

»Zwanzig Zentimeter Vanadiumdraht?«

Der Baron lächelte. »Seine Fingerabdrücke und sein Netzhautmuster kann er nach Belieben ändern. Eine kleine Hirnoperation hat alle Gesichtsmuskeln seinem Willen unterworfen, was bedeutet, dass er seine Gesichtsstruktur drastisch umgestalten kann. Chemische Bleichmittel und Hormonlager unter seiner Kopfhaut ermöglichen es ihm, seine Haarfarbe innerhalb von Sekunden zu verändern oder sein Haar falls nötig komplett abzuwerfen und sich innerhalb einer halben Stunde neues wachsen zu lassen. Er ist mehr als ein ehemaliger Meister in der Psychologie und Physiologie des Überzeugens.«

»Folter?«

»Wenn Sie so wollen. Er bringt denjenigen, die er gemäß seiner Konditionierung als Vorgesetzte auffasst, absoluten Gehorsam entgegen; und verhält sich dem gegenüber, was man ihm zu zerstören befohlen hat, absolut zerstörerisch. In diesem wunderschönen Kopf gibt es nichts, was auch nur im Entferntesten einem Über-Ich ähnelt.«

»Er ist …« – und sie wunderte sich beim Sprechen über sich selbst – »wunderschön.« Die dunklen Wimpern, die Lider, die zitterten, als wollten sie sich jeden Moment öffnen, die breiten Hände, die an den nackten Hüften herabhingen, die Finger leicht gekrümmt, im Begriff, sich zu strecken oder eine Faust zu bilden. Das Vitrinenlicht lag dunstig auf der gebräunten, fast durchsichtigen Haut. »Sie sagen, dass es sich nicht um ein Modell handelt, sondern dass es wirklich lebt?«

»Oh, mehr oder weniger. Aber es befindet sich ziemlich tief in einer Art Yoga-Trance, einem Eidechsenschlaf. Ich könnte es aktivieren – aber es ist zehn vor sieben. Wir wollen die anderen doch nicht bei Tisch warten lassen, oder?«

Sie wandte den Blick von der Gestalt im Glas ab und der stumpfen, straffen Gesichtshaut des Barons zu. Sein Unterkiefer mahlte unter der leicht konkaven Wange unwillkürlich vor sich hin.

»Wie im Zirkus«, sagte Rydra. »Aber inzwischen bin ich älter. Kommen Sie.« Es bedurfte einer bewussten Willensanstrengung, ihm den Arm hinzuhalten. Seine Hand war papiertrocken und so leicht, dass sie sich bemühen musste, nicht zusammenzuzucken.

4

»Captain Wong! Ich bin hocherfreut.«

Die Baroness streckte ihre feiste Hand aus; die Farbe der Haut – irgendwo zwischen grau und rosa – erinnerte an etwas Gekochtes. Ihre aufgedunsenen, sommersprossigen Schultern hoben und senkten sich unter den Trägern eines Abendkleids, das zwar einigermaßen geschmackvoll ihre aufgetriebene Gestalt bedeckte, aber trotzdem grotesk wirkte.

»Hier in den Werften geschieht so selten etwas Aufregendes, und wenn eine bedeutende Persönlichkeit wie Sie uns einen Besuch abstattet …« Sie ließ den Satz in etwas auslaufen, das wohl ein verzücktes Lächeln gewesen wäre, aber das Gewicht ihrer teigigen Wangen verzerrte es zu einer Imitation seiner selbst, die an ein Schwein gemahnte.

Rydra hielt die weichen, formbaren Finger so kurz in der Hand, wie es ihr die Regeln der Höflichkeit gestatteten, und erwiderte dann das Lächeln. Sie dachte daran, wie sie als kleines Kind gezwungen worden war, nicht zu weinen, wenn sie bestraft wurde. Lächeln zu müssen war schlimmer. Die Baroness kam ihr vor wie ein gedämpftes, ausuferndes, hohles Schweigen. Die kleinen Muskelveränderungen, diese Gegenkommunikation, an die sie in direkten Gesprächen gewöhnt war, waren unter dem Fett der Baroness nur verschwommen zu erkennen. Obwohl ihre Stimme in schrillen kleinen Schreien über ihre schweren Lippen kam, hatte Rydra das Gefühl, durch Stoffbahnen mit ihr zu sprechen.

»Aber Ihre Crew! Wir wollten doch, dass alle einundzwanzig da sind, so viele, wie zu einer vollständigen Crew gehören.« Sie bewegte in herablassender Missbilligung den Finger. »Ich lese solche Sachen nach, müssen Sie wissen. Und im Moment sind nur achtzehn von Ihnen hier.«

»Ich dachte, die körperlosen Besatzungsmitglieder bleiben besser auf dem Schiff«, erklärte Rydra. »Man braucht spezielle Ausrüstung, um mit ihnen zu reden, und außerdem habe ich befürchtet, dass sie die anderen Gäste erschrecken könnten. Sie sind wirklich lieber unter sich, und sie essen nicht.«

Es gibt gegrilltes Lamm zum Abendessen, und du kommst in die Hölle, weil du eine Lügnerin bist, sagte sie zu sich selbst – auf Baskisch.

»Körperlos?« Die Baroness tätschelte die mit Haarspray fixierten Applikationen ihrer hoch aufgetürmten Frisur. »Meinen Sie damit tot? Ach, natürlich. Daran habe ich ja überhaupt nicht gedacht. Sehen Sie, wie abgeschnitten wir in dieser Welt voneinander sind? Ich lasse ihre Stühle entfernen.« Rydra fragte sich, ob der Baron Geräte hatte, mit denen er Körperlose aufspüren konnte, und die Baroness beugte sich zu ihr vor und flüsterte vertraulich: »Alle sind ganz bezaubert von Ihrer Crew! Sollen wir hineingehen?«

Mit dem Baron zu ihrer Linken – seine Hand wie eine Pergamentschlinge um ihren Unterarm – und der schnaufenden, feuchten Baroness, die sich zu ihrer Rechten auf sie stützte, verließen sie das weiße Marmorfoyer und betraten den Saal.

»He, Captain!«, brüllte Calli, der ihnen durch das erste Viertel des Saals entgegenkam. »Ziemlich klasse hier, was?« Mit den Ellbogen deutete er auf den vollen Saal und hielt dann sein Glas hoch, um ihr seinen großen Drink zu zeigen. Er schürzte die Lippen und nickte anerkennend. »Einen Moment, Captain, ich besorge dir ein paar von denen.« Jetzt hielt er eine Handvoll winziger Sandwiches hoch, mit Leber gefüllte Oliven und Pflaumen im Speckmantel. »Da drüben läuft ein Kerl rum, der hat ein ganzes Tablett voll mit dem Zeug.« Erneut zeigte er mit dem Ellbogen hinter sich. »Ma'am, Sir« – er blickte zwischen der Baroness und dem Baron hin und her – »kann ich Ihnen auch etwas mitbringen?« Er stopfte sich eines der Sandwiches in den Mund und kippte einen Schluck aus seinem Glas hinterher. »*Uhmpmnle.*«

»Ich warte, bis er damit herüberkommt«, sagte die Baroness.

Rydra warf ihrer Gastgeberin, durch deren fleischiges Gesicht sich jetzt ein Lächeln von sehr viel angemessenerem Umfang zwängte, einen belustigten Blick zu. »Ich hoffe, sie schmecken Ihnen.«

Calli schluckte. »Allerdings.« Dann verzog er das Gesicht, knirschte mit den Zähnen, öffnete die Lippen und schüttelte den Kopf. »Außer diesen echt salzigen Dingern mit Fisch. Die haben mir gar nicht geschmeckt, Ma'am. Aber die anderen sind in Ordnung.«

»Ich sage Ihnen was« – die Baroness beugte sich vor, und das Lächeln zerbröselte zu einem leisen, tief aus der Brust kommenden Lachen – »die salzigen haben mir auch noch nie so richtig geschmeckt!«

Sie ließ den Blick über Rydra zum Baron schweifen und hob in gespielter Hilflosigkeit die Schultern. »Aber heutzutage wird man von seinem Caterer ja geradezu tyrannisiert! Was soll man machen?«

»Wenn mir etwas nicht schmecken würde«, sagte Calli und neigte mit einer ruckartigen, entschlossenen Bewegung den Kopf, »dann würde ich dem Caterer sagen, sie sollen es behalten!«

Mit hochgezogenen Brauen wandte sich die Baroness ihm wieder zu. »Wissen Sie was, Sie haben absolut recht! Genau das werde ich tun!« Sie blickte an Rydra vorbei zu ihrem Mann. »Genau das mache ich beim nächsten Mal, Felix.«

Ein Kellner mit einem Tablett voller Gläser sagte: »Wünschen Sie ein Getränk?«

»Sie will keins von den winzig kleinen«, sagte Calli und deutete dabei auf Rydra. »Besorgen Sie ihr was Großes, wie das, was ich hier habe.«

Rydra lachte. »Ich fürchte, heute Abend muss ich mich wie eine Dame benehmen, Calli.«

»Unsinn!« rief die Baroness. »Ich will auch einen großen Drink. Mal sehen, ich habe die Bar irgendwo dadrüben platziert, nicht wahr?«

»Dort habe ich sie zumindest das letzte Mal gesehen«, sagte Calli.

»Wir sind heute Abend hier, um uns zu vergnügen, und mit *denen* da wird sich wohl kaum jemand vergnügen.« Sie ergriff Rydras Arm und rief ihrem Mann über die Schulter zu: »Felix, sei gesellig«, bevor sie Rydra davonführte. »Das ist Dr. Keebling. Die Frau mit dem gebleichten Haar ist Dr. Crane, und der dort ist mein Schwager Albert. Ich stelle Sie einander auf dem Rückweg vor. Das sind alles Kollegen meines Mannes. Sie arbeiten mit ihm an diesen schrecklichen Dingen, die er Ihnen im Keller gezeigt hat. Ich wünschte, er würde seine Privatsammlung nicht in unserem Haus aufbewahren. Es ist schauderhaft. Ich habe immer Angst, dass irgendetwas davon mitten in der Nacht zu uns hochkreucht und uns die Köpfe abhackt. Ich glaube, er versucht, seinen Sohn zu ersetzen. Wissen Sie, wir haben unseren kleinen Nyles verloren – ich glaube, das ist jetzt acht Jahre her. Felix hat sich seitdem vollends in seine Arbeit gestürzt. Aber das ist eine schrecklich oberflächliche Erklärung, nicht wahr? Captain Wong, kommen wir Ihnen entsetzlich provinziell vor?«

»Ganz und gar nicht.«

»Das sollten wir aber. Andererseits kennen Sie uns alle nicht besonders gut, nicht wahr? Ach, all die klugen jungen Leute, die mit ihren klugen, lebhaften Vorstellungen hierherkommen. Sie tun den ganzen Tag lang nichts anderes, als über Tötungsmethoden nachzudenken. Es ist wirklich eine schrecklich friedfertige Gesellschaft hier. Aber warum auch nicht? Die Aggressionen werden alle zwischen neun und siebzehn Uhr ausgelebt. Trotzdem glaube ich, dass das Ganze etwas mit unseren Köpfen anstellt. Phantasie sollte für andere Dinge eingesetzt werden als dafür, über das Morden nachzudenken, finden Sie nicht auch?«

»Ja, das finde ich auch.« Ihre Sorge um die gewichtige Frau nahm zu.

In diesem Moment wurden sie von einer Zusammenballung von Gästen aufgehalten.

»Was ist denn hier los?«, fragte die Baroness. »Sam, was machen die da?«

Sam lächelte, trat beiseite, und die Baroness zwängte sich, ohne Rydras Arm dabei loszulassen, in die Lücke.

»Die sollen nicht so nah rankommen!«

Rydra erkannte Lizzys Stimme. Noch jemand trat beiseite, und jetzt hatte Rydra einen freien Blick. Die Kinder vom Antrieb hatten einen Bereich von etwa drei Metern Durchmesser freigeräumt und wachten nun wie Nachwuchspolizisten darüber. Lizzy hockte dort mit drei Jungen, die ihrer Kleidung nach zur besseren Gesellschaft von Armsedge gehörten. »Ihr müsst nur begreifen«, sagte sie gerade, »dass das alles aus dem Handgelenk kommt.« Sie schnippte eine Murmel mit dem Daumennagel weg: Sie prallte erst gegen eine, dann gegen eine weitere, und eine der getroffenen Murmeln prallte gegen eine dritte.

»He, mach das noch mal!«

Lizzy hob eine weitere Murmel auf. »Nur einen Fingerknöchel auf dem Boden, und zwar so, dass du die Hand drehen kannst. Aber hauptsächlich kommt die Bewegung aus dem Gelenk.«

Die Murmel schoss los, traf, traf und traf. Fünf oder sechs Leute applaudierten. Rydra war eine davon.

Die Baroness fasste sich an die Brust. »Was für ein wunderbarer Wurf! Absolut wunderbar!« Dann fand sie ihre Fassung wieder und warf einen Blick über die Schulter. »Oh, das musst du dir ansehen, Sam. Du bist hier schließlich der Ballistikexperte.« Mit höflicher Befangenheit gab sie ihren Platz frei, wandte sich wieder Rydra zu, und sie setzten ihren Weg durch den Saal fort. »Das ist es. Das ist der Grund, warum ich so froh bin, dass Sie und Ihre Crew heute Abend bei uns zu Besuch sind. Sie bringen etwas so Kühles und Angenehmes, so Frisches, so Knackiges mit.«

»Sie reden über uns, als wären wir ein Salat.« Rydra lachte. Bei der Baroness wirkte ihr *Appetit* weniger bedrohlich.

»Ich wage zu behaupten, dass wir Sie verschlingen würden, wenn Sie länger blieben und das zuließen. Wir sind sehr begierig auf das, was Sie uns bringen.«

»Und das wäre?«

Sie gelangten zur Bar und drehten sich kurz darauf mit Drinks in den Händen um. Das Gesicht der Baroness versuchte angestrengt, einen kühleren Ausdruck anzunehmen. »Tja, Sie … Sie kommen zu uns, und sofort beginnen wir, Dinge zu lernen, Dinge über Sie und letztendlich auch über uns selbst.«

»Das verstehe ich nicht.«

»Nehmen wir Ihren Navigator. Er mag große Drinks, und die *Horsd'œuvres* schmecken ihm, mit Ausnahme der Anchovis. Das ist mehr, als ich über die Vorlieben und Abneigungen jeder anderen Person in diesem Raum weiß. Wenn Scotch gereicht wird, trinkt man Scotch. Wenn Tequila gereicht wird, dann kippen die Leute literweise Tequila in sich hinein. Und eben erst habe ich herausgefunden« – sie schüttelte den trägen Kopf – »dass alles aus dem Handgelenk kommt. *Das* habe ich bisher nicht gewusst.«

»Wir sind es gewohnt, miteinander zu reden.«

»Ja, aber Sie sagen einander auch die wichtigen Dinge. Was Sie mögen, was Sie nicht mögen, wie Sie bestimmte Sachen machen. Wollen Sie wirklich all diesen zugeknöpften Männern und Frauen vorgestellt werden, die andere Leute umbringen?«

»Eigentlich nicht.«

»Dachte ich mir. Und ich möchte mir auch nicht die Mühe machen. Oh, es gibt drei oder vier, die Sie wahrscheinlich mögen würden. Aber ich sorge dafür, dass Sie die kennenlernen, bevor Sie abreisen.« Sie stürzte sich in die Menge.

Gezeiten, dachte Rydra. Ozeane. Hyperstaseströmungen. Oder die Bewegung von Menschen in einem großen Saal. Sie ließ sich entlang der Bahnen des geringsten Widerstands treiben, die sich um sie öffneten und schlossen, wenn der eine zum anderen ging, sich einen Drink holte oder einem Gespräch den Rücken kehrte.

Dann bog sie um eine Ecke und stand vor einer Wendeltreppe. Sie stieg sie hoch und hielt nach der zweiten Umdrehung inne, um auf die Menge unter sich hinabzusehen. Am Kopf der Treppe stand eine Doppeltür offen, und ein Windhauch wehte hindurch. Sie trat hinaus.

Das Violett war einem kunstvollen, von Wolken durchzogenen Purpurrot gewichen. Schon bald würde die Chromakuppel des Planetoiden eine Nacht simulieren. Feuchte Vegetation wuchs entlang des Geländers. An einem Ende war der weiße Stein vollständig mit Ranken bedeckt.

»Captain?«

Ron saß, von Blättern beschattet und gestreift, in der Ecke des Balkons und hatte die Arme um die Knie geschlungen. Haut ist nicht silbern, dachte sie, aber immer wenn ich ihn so sehe, in sich selbst zusammengekrümmt, stelle ich mir einen Knoten weißen Metalls vor. Er hob das Kinn von den Kniescheiben und lehnte sich mit dem Rücken an die grüne Hecke, sodass Blätter sich in sein maisgrannenfarbenes Haar flochten.

»Was machst du hier?«

»Zu viele Leute.«

Sie nickte, beobachtete, wie er die Schultern nach unten drückte, wie sein Trizeps auf dem Knochen zuckte und dann zur Ruhe kam. Bei jedem Atemzug, der den jungen, knotigen Leib durchströmte, sangen seine winzigen Bewegungen für sie. Sie lauschte diesem Gesang fast eine halbe Minute, während er sie ansah, und obwohl er still saß, verspürte sie immer wieder diese kleinen Verzückungen. Die Rose auf seiner Schulter flüsterte in den Blättern.

Nachdem sie eine Weile der Muskelmusik gelauscht hatte, fragte sie: »Gibt es Probleme zwischen dir, Mollya und Calli?«

»Nein. Ich meine … bloß …«

»Bloß was?« Sie lächelte und lehnte sich ans Balkongeländer.

Er stützte das Kinn wieder auf die Knie. »Ich denke mal, es geht ihnen gut. Aber ich bin der Jüngste … und …« Unvermittelt hob er die Schultern. »Wie zum Teufel willst du das verstehen! Klar, du weißt über solche Sachen Bescheid, aber eigentlich doch nicht. Du schreibst, was du siehst. Nicht was du tust.« Die Worte kamen in kleinen Entladungen halb geflüsterter Laute aus ihm heraus. Rydra hörte sie und schaute zu, wie seine Kiefermuskeln zuckten, sich spannten und über den Knochen rutschten wie ein kleines Tier in seiner Wange. »Perverse«, sagte er. »Das ist es, was ihr Zoller alle wirklich denkt. Der Baron und die Baroness und all die Leute da drin, die uns anstarren, die nicht verstehen, warum man mehr als einen Liebhaber wollen sollte. Und du verstehst es auch nicht.«

»Ron?«

Er ließ die Zähne über einem Blatt zuschnappen und riss es vom Stängel.

»Vor fünf Jahren, Ron … war ich getripelt.«

Das Gesicht wandte sich ihr zu, als müsste es gegen den Zug einer Sprungfeder ankämpfen, und wurde dann zurückgerissen. Er spie das Blatt aus. »Du gehörst zu den Zollern, Captain. Du gibst dich mit Transportlern ab, aber allein die Art, wie du dich von ihnen mit Blicken verschlingen lässt, die Art, wie sie die Köpfe drehen, um zu sehen, wer du bist, wenn du an ihnen vorbeigehst: Ja, du bist eine Königin. Aber eine Königin unter Zollern. Du bist keine Transportlerin.«

»Ron, ich stehe in der Öffentlichkeit. Darum schauen mir die Leute nach. Ich schreibe Bücher. Zoller lesen sie, ja, aber sie schauen mir nach, weil sie wissen wollen, wer zum Teufel sie geschrieben hat. Der Zoll hat sie nicht geschrieben. Wenn ich mit Zollern spreche, dann sehen die Zoller mich an und sagen: ›Du bist eine Transportlerin.‹« Sie zuckte mit den Schultern. »Ich bin weder das eine noch das andere. Wie dem auch sei, ich war getripelt. Ich weiß, wie das ist.«

»Zoller tripeln sich nicht«, sagte er.

»Zwei Kerle und ich. Wenn ich das jemals wieder mache, dann mit einem Mädchen und einem Kerl. Das wäre, glaube ich, leichter für mich. Aber ich war drei Jahre lang getripelt. Das ist mehr als doppelt so lange wie du.«

»Dein Triplett hat aber nicht gehalten. Unseres schon. Zumindest hat es mit Cathy gehalten.«

»Der eine wurde getötet«, sagte Rydra. »Der andere liegt im Hippokrates-Krankenhaus im Kälteschlaf und wartet darauf, dass jemand eine Heilung für Caulders Krankheit entdeckt. Das wird wohl nicht mehr zu meinen Lebzeiten sein, aber falls doch …« In der Stille wandte er sich ihr zu. »Was ist?«, fragte sie.

»Was für Leute waren das?«

»Ob sie Zoller oder Transportler waren?« Sie zuckte mit den Achseln. »Weder noch, wie ich. Fobo Lombs war der Kapitän eines interstellaren Transportschiffs; er war es, der mich dazu gebracht hat, das durchzuziehen und mir meine Kapitänspapiere zu holen. Außerdem hat er, wenn er nicht flog, in der hydroponischen Forschung gearbeitet, an Lagerungsmethoden für hyperstatische Frachtflüge. Wer er war? Er war schlank und blond und wunderbar liebevoll und hat manchmal zu viel getrunken, und manchmal kam er von einer Reise zurück, hat sich betrunken, einen Streit vom Zaun gebrochen und ist im Knast gelandet, und dann haben wir ihn auf Kaution rausgeholt – eigentlich ist das nur zweimal passiert, aber wir haben ihn ein Jahr lang damit aufgezogen. Und er schlief nicht gerne in der Bettmitte, weil er immer einen Arm raushängen lassen wollte.«

Ron lachte, und seine Hände, mit denen er seine Unterarme umklammert gehalten hatte, wanderten zu seinen Handgelenken hinab.

»Er wurde bei einem Einsturz getötet, als er die Katakomben auf Ganymed erforschte, im zweiten Sommer, in dem wir drei auf dem Jupiter zusammen bei der Landvermessung mitgearbeitet haben.«

»Wie Cathy«, sagte Ron nach einem Augenblick.

»Muels Aranlyde war …«

»*Imperiumsstern* …?«, sagte Ron und riss die Augen auf, »und die anderen Kometen-Jo-Bücher! Du warst in einem Triplett mit Muels Aranlyde?«

Sie nickte. »Echt spaßige Bücher, nicht wahr?«

»Teufel auch, die habe ich wohl alle gelesen«, sagte Ron. Seine Knie lösten sich voneinander. »Wie war er so? Hatte er irgendwelche Ähnlichkeiten mit Kometen-Jo?«

»Genau genommen war Kometen-Jo am Anfang Fobo. Fobo ist in irgendwas reingeraten, ich habe mich aufgeregt, und Muels hat den nächsten Roman angefangen.«

»Willst du damit sagen, dass das gewissermaßen *wahre* Geschichten sind?«

Sie schüttelte den Kopf. »In den meisten davon geht es nur um die phantastischen Sachen, die hätten geschehen können, oder um die Sachen, bei denen er Angst hatte, dass sie geschehen würden. Muels selbst? In seinen Büchern ist er immer nur in der Gestalt eines Computers aufgetreten. Er war mürrisch und verschlossen, und unglaublich geduldig und unglaublich gutherzig. Er hat mir alles über Sätze und Absätze beigebracht – wusstest du, dass die emotionale Einheit beim Schreiben der Absatz ist? – und wie man das, was man aussprechen möchte, von dem, was man andeuten möchte, trennt, und wie man das eine vom anderen unterscheidet …« Sie hielt inne. »Oft hat er mir ein Manuskript gegeben und mich gefragt: ›Jetzt sag du mir, was an diesen Wörtern nicht stimmt.‹ Mir fiel dabei immer nur auf, dass es zu viele waren. Kurz nach Fobos Tod habe ich dann ernsthaft angefangen, Gedichte zu schreiben. Muels hat mir immer gesagt, dass ich bestimmt großartig wäre, wenn ich dabeibliebe, weil ich so gut begriff, welche Funktion jedes einzelne Element erfüllt. Da musste ich einfach etwas schreiben, weil Fobo … aber das weißt du ja. Etwa vier Monate später hat Muels sich Caulders Krankheit eingefangen. Keiner der beiden hat je mein erstes Buch zu Gesicht bekommen, die meisten der Gedichte allerdings schon. Vielleicht liest Muels sie ja eines Tages. Vielleicht schreibt er sogar noch neue Kometen-Jo-Abenteuer – und vielleicht geht er irgendwann mal in die Leichenhalle, ruft meine Denkmuster auf und sagt: ›Jetzt sag du mir, was an diesen Wörtern nicht stimmt‹, und dann kann ich ihm so viel mehr sagen, so viel mehr. Aber es wird kein Bewusstsein mehr von mir übrig sein …« Sie spürte, wie sie den gefährlichen Emotionen entgegentrieb, und ließ sie so nah herankommen wie nur möglich. Mochten sie auch gefährlich sein, es war drei Jahre her, dass ihr Emotionen das letzte Mal zu viel Angst gemacht hatten, um sie in Augenschein zu nehmen. »… so viel mehr.«

Ron saß jetzt im Schneidersitz da, die Unterarme auf den Knien, und ließ die Hände baumeln.

»*Imperiumsstern* und Kometen-Jo; wir hatten so viel Freude an diesen Geschichten, ob wir nun die ganze Nacht Kaffee tranken und über sie diskutierten, ob wir Fahnen korrigierten oder uns in Buchläden schlichen und sie hinter den anderen Büchern hervorzogen.«

»Das habe ich auch gemacht«, sagte Ron. »Aber nur, weil ich sie gemocht habe.«

»Uns hat es sogar Spaß gemacht, darüber zu streiten, wer in der Mitte schlafen sollte.«

Das war wie ein Stichwort. Ron zog seine Glieder wieder an, nahm die Knie hoch, schlang die Arme darum und ließ das Kinn sinken. »Zumindest habe ich meine beiden«, sagte er. »Wahrscheinlich sollte ich echt glücklich sein.«

»Vielleicht solltest du das. Vielleicht auch nicht. Lieben sie dich?«

»Gesagt haben sie es.«

»Liebst du sie?«

»Himmel, ja. Ich rede mit Mollya, und sie versucht mir was zu erklären und kann die Sprache noch nicht so gut, aber plötzlich wird mir klar, was sie meint, und …« Er straffte sich und blickte auf, als wäre das Wort, nach dem er suchte, irgendwo ganz weit oben.

»Es ist wundervoll«, half sie ihm aus.

»Ja, es ist …« Er sah sie an. »Es ist wundervoll.«

»Du und Calli?«

»Teufel auch, Calli ist einfach ein großer alter Bär, mit ihm kann ich spielen und herumtollen. Aber es geht um ihn und Mollya. Er versteht sie immer noch nicht so richtig. Und weil ich der Jüngste bin, denkt er, er sollte schneller lernen als ich. Und das tut er nicht, und deshalb hält er zu uns beiden Abstand. Wie gesagt, mit seinen üblen Launen komme ich schon klar. Aber für Mollya ist das neu, und sie denkt, er wäre sauer auf sie.«

»Willst du wissen, was du machen sollst?«, fragte Rydra nach einer Weile.

»Weißt du es?«

Sie nickte. »Es tut mehr weh, wenn etwas zwischen den beiden nicht stimmt, weil du das Gefühl hast, nichts daran ändern zu können. Aber es ist leichter zu lösen.«

»Warum?«

»Weil sie dich lieben.«

Er wartete darauf, dass sie weitersprach.

»Sagen wir, Calli hat schlechte Laune, und Mollya weiß nicht, wie sie zu ihm durchdringen soll.«

Ron nickte.

»Mollya spricht eine fremde Sprache, und deshalb dringt Calli nicht zu ihr durch.«

Er nickte erneut.

»Du kannst dich mit beiden verständigen. Du kannst zwar nicht als Vermittler auftreten; das klappt nie. Aber du kannst ihnen beiden das beibringen, was du bereits weißt.«

»Beibringen?«

»Was machst du mit Calli, wenn er übellaunig wird?«

»Ich ziehe ihm die Ohren lang«, sagte Ron. »Dann sagt er mir, dass ich das lassen soll, bis er anfängt zu lachen, und dann wälze ich mich mit ihm auf dem Boden.«

Rydra verzog das Gesicht. »Das ist ungewöhnlich, aber na gut, wenn es klappt … Dann zeig Mollya, wie das geht. Sie ist sportlich. Wenn nötig, soll sie mit dir üben, bis sie den Dreh raushat.«

»Ich mag es aber nicht, wenn jemand *mir* die Ohren lang zieht«, sagte Ron.

»Manchmal muss man Opfer bringen.« Vergeblich versuchte sie, sich ein Lächeln zu verkneifen.

Ron rieb sich mit dem Daumenballen das linke Ohrläppchen. »Das stimmt wohl.«

»Und du musst Calli die Worte beibringen, mit denen er zu Mollya durchdringt.«

»Aber die kenne ich manchmal selbst nicht. Ich kann sie nur besser erraten als er.«

»Würde es helfen, wenn er die richtigen Worte wüsste?«

»Klar.«

»Ich habe Kisuaheli-Lehrbücher in meiner Kabine. Hol sie dir, wenn wir wieder an Bord sind.«

»He, das wäre gut …« Er hielt inne und zog sich ein kleines Stück zwischen die Blätter zurück. »Allerdings liest Calli nicht eben viel.«

»Du wirst ihm helfen.«

»Es ihm beibringen«, sagte Ron.

»Genau.«

»Meinst du, er wird mitmachen?«, fragte Ron.

»Um Mollya näher zu sein?«, fragte Rydra. »Was glaubst du?«

»Er wird mitmachen.« Mit einem Mal erhob sich Ron wie Metall, das wieder seine ursprüngliche Form annimmt. »Ohne jede Frage.«

»Gehst du jetzt rein?«, fragte sie. »In ein paar Minuten essen wir.«

Ron wandte sich zum Geländer um und blickte zu dem farbenfrohen Himmel empor. »Die haben hier oben wirklich einen wunderschönen Schild.«

»Damit Bellatrix sie nicht röstet«, sagte Rydra.

»Damit sie nicht darüber nachdenken müssen, was sie hier machen.«

Rydra hob die Brauen. Noch immer zerbrach er sich den Kopf darüber, was richtig war und was falsch, selbst inmitten seiner familiären Wirren. »Das auch«, sagte sie und dachte an den Krieg.

Die Anspannung in seinem Rücken verriet ihr, dass er später zu ihnen stoßen würde und jetzt noch weiter nachdenken wollte. Sie trat durch die Doppeltür und machte sich auf den Weg die Treppe hinunter.

»Ich habe Sie rausgehen sehen und dachte mir, ich warte, bis Sie wieder reinkommen.«

Déjà-vu, dachte sie. Aber sie konnte ihn unmöglich schon einmal gesehen haben. Blauschwarzes Haar über einem Gesicht, das für sein Alter von Ende zwanzig zerfurcht wirkte. Mit unglaublich sparsamen Bewegungen trat er zurück, um ihr auf der Treppe Platz zu machen. Sie blickte von seinen Händen zu seinem Gesicht, auf der Suche nach einer Geste, die ihr etwas über ihn verraten würde. Er erwiderte ihren Blick, ohne ihr das Geringste zu offenbaren; dann wandte er sich um und deutete mit einem Nicken auf die Menschen unter ihnen. Er lenkte ihre Aufmerksamkeit auf den Baron, der allein etwa in der Mitte des Saals stand. »Dieser Cassius sieht mager und ausgehungert aus.«

»Ich frage mich, wie ausgehungert er wirklich ist«, sagte Rydra und kam sich dabei abermals seltsam vor.

Die Baroness pflügte auf dem Weg zu ihrem Mann durch die Menge, um ihn bei der Entscheidung, ob sie schon mit dem Abendessen beginnen oder noch fünf Minuten warten sollten (oder einer ähnlich verzweifelt wichtigen Frage), um Rat zu bitten.

»Wie muss wohl eine Ehe zwischen zwei Menschen wie diesen sein?«, fragte der Fremde mit spröder, überheblicher Belustigung.

»Vergleichsweise einfach, nehme ich an«, sagte Rydra. »Sie müssen sich nur über den jeweils anderen den Kopf zerbrechen.«

Ein höflich fragender Blick. Als sie nicht weiter ins Detail ging, wandte der Fremde sich wieder der Menge zu. »Die Leute machen so seltsame Gesichter, Miss Wong, wenn sie hier hochblicken, um zu sehen, ob Sie das sind.«

»Sie gaffen«, sagte sie knapp.

»Nasenbeutler. So sehen sie aus. Wie ein Rudel Nasenbeutler.«

»Ich frage mich, ob es an ihrem künstlichen Himmel liegt, dass sie so kränklich aussehen?« Sie spürte, wie ihre beherrschte Feindseligkeit allmählich zutage trat.

Er lachte. »Nasenbeutler mit Thalassämie.«

»Ja, wahrscheinlich. Sie stammen nicht hier von den Werften?« Seine Hautfarbe hatte eine Lebhaftigkeit, die unter dem künstlichen Himmel verblasst wäre.

»Genau genommen doch.«

In ihrer Überraschung hätte sie weiter nachgefragt, aber plötzlich verkündeten die Lautsprecher: »Meine Damen und Herren, das Abendessen ist serviert.«

Er begleitete sie die Treppe hinab, aber als sie zwei oder drei Schritte inmitten der sie umgebenden Menge gemacht hatte, stellte sie fest, dass er verschwunden war. Sie ging allein weiter Richtung Speisesaal.

Unter dem Torbogen warteten der Baron und die Baroness auf sie. Als die Baroness sie beim Arm nahm, spielte das Kammerorchester auf dem Podium auf.

»Kommen Sie, hier entlang.«

Auf dem Weg durch die Menschenmenge um den gewundenen Tisch, der sich wie ein Schneckenhaus in sich zurückkrümmte, hielt sie sich dicht bei der aufgedunsenen Matrone.

»Wir sitzen dort drüben.«

Und die Nachricht auf Baskisch: Captain, über den Transkriptor auf dem Schiff kommt etwas rein. Die kleine Explosion in ihrem Kopf ließ sie innehalten.

»Babel-17!«

Der Baron wandte sich ihr zu. »Ja, Captain Wong?« Sie sah, wie die Unsicherheit ihm scharfe Falten ins Gesicht zeichnete.

»Gibt es in den Werften einen Ort, der derzeit unbewacht sein könnte und an dem besonders wichtige Materialien gelagert oder Forschungen betrieben werden?«

»Das geschieht alles automatisch. Warum?«

»Baron, in Kürze wird es einen Sabotageanschlag geben, oder er findet bereits in ebendiesem Moment statt.«

»Aber woher ...«

»Das kann ich jetzt nicht erklären, aber vergewissern Sie sich lieber, dass alles in Ordnung ist.«

Etwas änderte sich an der erwartungsvollen Anspannung, die im Saal herrschte.

Die Baroness berührte ihren Mann am Arm und sagte, plötzlich kühl: »Felix, du sitzt dort.«

Der Baron zog seinen Stuhl vor, setzte sich und schob kurzerhand sein Gedeck beiseite. Unter dem Zierdeckchen befand sich eine Schalttafel. Während die Leute sich setzten, sah Rydra sieben Meter weiter, wie Brass sich in dem Spezialhängestuhl niederließ, den man für seine glitzernden, gigantischen Körpermassen aufgestellt hatte.

»Sie sitzen hier, meine Liebe. Wir machen einfach mit der

Feier weiter, als wäre nichts geschehen. Ich glaube, das ist am besten.«

Rydra nahm neben dem Baron Platz, und die Baroness ließ sich vorsichtig auf den Stuhl zu ihrer Linken sinken. Der Baron flüsterte in ein Kehlkopfmikrofon. Bilder, die sie aus ihrem Winkel nicht deutlich erkennen konnte, flackerten über den zwanzig Zentimeter großen Bildschirm. Er blickte lange genug auf, um zu sagen: »Bisher noch nichts, Captain Wong.«

»Achten Sie nicht darauf, was er macht«, sagte die Baroness. »Das hier ist viel interessanter.«

Über ihrem Schoß klappte sie eine kleine Konsole aus, die unter der Tischkante befestigt war.

»Raffiniertes kleines Ding«, fuhr die Baronin fort und blickte sich um. »Ich glaube, wir sind so weit. Na also!« Ihr dicker Zeigefinger drückte auf einen der Knöpfe, und das Licht im Saal wurde dunkler. »Ich steuere das ganze Abendessen, indem ich einfach zur richtigen Zeit den richtigen Knopf drücke. Sehen Sie!« Sie berührte einen weiteren.

Im gedämpften Schein der Deckenlampen öffnete sich nun entlang der Tischmitte eine Reihe von Fächern, und große Platten mit Obst, kandierten Äpfeln und gezuckerten Trauben, halbierten und mit Honignüssen gefüllten Melonen stiegen vor den Gästen empor.

»Und Wein!«, sagte die Baroness und streckte erneut den Finger aus.

Entlang der dreißig Meter langen Tafel kamen Schalen zum Vorschein. Sprudelnder Schaum gischtete über die Ränder, als der Springbrunnenmechanismus sich in Gang setzte. Flüssigkeit floss herab.

»Füllen Sie Ihr Glas, meine Liebe. Trinken Sie«, forderte die Baroness sie auf und hielt ihr eigenes Glas unter einen Strahl; Purpur spritzte in Kristall.

Zu ihrer Rechten sagte der Baron: »Mit dem Arsenal ist anscheinend alles in Ordnung. Ich alarmiere die Abteilung für

Sonderprojekte. Sind Sie sich sicher, dass der Sabotageanschlag in ebendiesem Moment ausgeführt wird?«

»Entweder genau jetzt«, erwiderte sie, »oder innerhalb der nächsten zwei oder drei Minuten. Es könnte sich um eine Explosion handeln, oder vielleicht versagt auch ein wichtiges Gerät.«

»Dann bleibt nicht mehr viel übrig. Allerdings hat unser Kommunikationszentrum Ihre Babel-17-Übertragung empfangen. Man hat mich darüber aufgeklärt, wie diese Anschläge ablaufen.«

»Probieren Sie mal das hier, Captain Wong.« Die Baroness hielt ihr eine geviertelte Mango hin, und als Rydra von ihr kostete, stellte sie fest, dass sie in Kirschschnaps mariniert war.

Inzwischen hatten sich fast alle Gäste gesetzt. Sie beobachtete, wie Mike, ein Junge aus dem Trupp, auf halbem Weg durch den Saal seine Namenskarte suchte. Und weiter unten am Tisch sah sie den Fremden, der sie auf der Wendeltreppe angehalten hatte, hinter den sitzenden Gästen auf sie zuhasten.

»Der Wein ist kein Trauben-, sondern Pflaumenwein«, sagte die Baroness. »Im ersten Moment ist er etwas schwer, aber er passt einfach so gut zu Obst. Besonders stolz bin ich auf die Erdbeeren. Leguminosen sind der Albtraum eines jeden Hydroponikers, müssen Sie wissen, aber dieses Jahr haben wir wirklich schöne bekommen.«

Mike fand seinen Platz und griff mit beiden Händen in die Obstschüssel. Der Fremde umrundete das Tischende. Calli hielt in jeder Hand einen Kelch Wein und ließ den Blick zwischen beiden hin und her wandern, offenbar in dem Versuch festzustellen, welcher davon der größere war.

»Ich könnte die Leute auf die Folter spannen«, sagte die Baroness, »und erst die Eisgetränke servieren lassen. Oder meinen Sie, ich sollte am besten mit dem Caldo Verde weitermachen? Ich bereite ihn immer sehr leicht zu. Ich kann mich nie entscheiden ...«

Der Fremde erreichte den Baron, beugte sich über seine Schulter, um einen Blick auf den Bildschirm zu werfen, und flüsterte etwas. Der Baron wandte sich ihm zu, wandte sich langsam wieder von ihm ab, beide Hände auf den Tisch gestützt – und fiel nach vorn! Ein rotes Rinnsal schlängelte sich unter seinem Gesicht hervor.

Rydra richtete sich ruckartig auf. Mord. In ihrem Kopf setzte sich ein Mosaik zusammen, und als es fertig war, sagte es: Mord. Sie sprang auf.

Die Baroness schnappte laut nach Luft, erhob sich und stieß dabei ihren Stuhl um. Sie wedelte hysterisch mit den Händen, deutete auf ihren Mann und schüttelte den Kopf.

Rydra wirbelte herum und sah, wie der Fremde eine Vibrapistole unter der Jacke hervorzog. Sie riss die Baroness beiseite. Der Schuss ging nach unten und traf die Konsole.

Einmal in Bewegung versetzt, taumelte die Baroness auf ihren Mann zu und packte ihn. Ihr heiseres Stöhnen wurde zu einem Wehklagen. Wie ein Zeppelin, aus dem das Gas entwich, sank ihre massige Gestalt herab und zog dabei Felix Ver Dorcos Leiche vom Tisch weg, bis sie auf dem Boden kniete, ihn in den Armen hielt, ihn behutsam wiegte und dabei laut weinte.

Inzwischen waren mehrere Gäste aufgestanden; Unterhaltungen wandelten sich zu Geschrei.

Nachdem die Konsole zerstört war, wurden die Obstteller entlang des Tischs durch die nun auftauchenden Pfauen beiseitegeschoben. Die Tiere waren gegart, angerichtet und mit kandierten Köpfen wieder zusammengesetzt; die Schwanzfedern wippten. Keiner der Abräummechanismen funktionierte. Terrinen mit Caldo Verde drängten sich an die Weinschalen, bis alles kippte und der Tisch überflutet wurde. Obst kullerte über die Tischkante.

Inmitten des Stimmengewirrs fauchte die Vibrapistole erst einmal zu ihrer Linken, dann noch einmal, und dann zu ihrer Rechten. Die Leute sprangen von ihren Stühlen auf, rannten los und versperrten ihr dabei die Sicht. Wieder hörte sie die Pistole und sah, wie sich Dr. Crane vornüberkrümmte und von einem überraschten Nebenmann aufgefangen wurde, während ihr gebleichtes Haar die Form verlor und ihr ins Gesicht fiel.

Lämmer am Spieß stiegen empor und stießen dabei die Pfauen um. Federn wischten über den Boden. Weinfontänen spritzten auf glänzende, bernsteinfarbene Haut und verdampften zischend. Speisen fielen zurück in die Öffnungen und landeten auf roten Heizelementen. Es roch verbrannt.

Sie stürzte los und erwischte den dicken, schwarzbärtigen Mann am Arm. »Patron, bringen Sie die Kinder hier raus!«

»Was glauben Sie wohl, was ich gerade mache, Captain?«

Sie stürzte weiter, erreichte den Tisch und sprang über die dampfende Grube in der Mitte hinweg. Das raffinierte orientalische Dessert – gebratene Bananen, erst in Honig getunkt und anschließend über eine Rampe aus zerstoßenem Eis auf den Teller gerollt – kam zum Vorschein, noch während sie in der Luft war. Das funkelnde Konfekt schoss über die Rampe und klatschte auf den Boden; Honig kristallisierte an glitzernden Splittern. Die Bananen rollten zwischen den Gästen umher, knirschten unter ihren Füßen. Die Leute rutschten auf ihnen aus, ruderten mit den Armen und fielen hin.

»Flotte Art, auf einer Banane dahinzugleiten, was, Captain?«, bemerkte Calli. »Was ist hier los?«

»Bring Mollya und Ron zurück aufs Schiff!«

Jetzt stiegen Kannen empor, stießen gegen die Grillarrangements, kippten um, und Kaffeesatz und kochender Kaffee spritzten umher. Eine Frau umklammerte kreischend ihren verbrühten Arm.

»Das ist nicht mehr lustig«, sagte Calli. »Ich trommle sie zusammen.«

Er machte sich auf den Weg, während der Patron in die andere Richtung eilte. »Patron, was ist ein Nasenbeutler?« Sie packte ihn erneut am Arm.

»Ein bösartiges kleines Tier. Ein Beuteltier, glaube ich. Warum?«

»Stimmt. Jetzt fällt es mir wieder ein. Und Thalassämie?«

»Komisch, dass Sie mich das jetzt fragen. Eine Art Anämie.«

»Das weiß ich. *Was* für eine Art? Sie sind der Arzt an Bord.«

»Warten Sie.« Er schloss für einen Moment die Augen. »Das habe ich alles bei einer Hypnoschulung gelernt. Ja, ich erinnere mich. Es ist erblich, das kaukasische Äquivalent zur Sichelzellenanämie, wenn die roten Blutkörperchen in sich zusammenfallen, weil das Haptoglobin sich zersetzt …«

»… wodurch das Hämoglobin austreten kann und die Zellen durch osmotischen Druck zerquetscht werden. Jetzt habe ich es. Raus mit Ihnen.«

Verwirrt machte der Patron sich auf den Weg Richtung Tor.

Rydra wollte ihm folgen, glitt aber im Eiswein aus und hielt sich an Brass fest, der jetzt leuchtend über ihr aufragte. »Ganz ruhig, Ca'tain.«

»Raus hier, Baby«, befahl sie. »Und zwar schnell.«

»Willst du aufs'ringen?« Grinsend krümmte er die Arme neben der Hüfte, und sie stieg ihm auf den Rücken, drückte ihm die Knie in die Seite und hielt sich an seinen Schultern fest. Die großen Muskeln, mit denen er Silberdrache besiegt hatte, ballten sich unter ihr, und er sprang vom Tisch weg und landete auf allen vieren. Vor der reißzahnbewehrten goldenen Bestie flohen die Gäste. Sie rannten in Richtung Torbogen.

5

Der Schaum hysterischer Erschöpfung.

Sie kämpfte sich hindurch, in ihre Kabine in der *Rimbaud* und drückte auf den Knopf an der Sprechanlage. »Patron, sind alle …«

»Alle anwesend, Captain.«

»Die Körperlosen …«

»Alle drei sicher an Bord.«

Hinter ihr füllte der keuchende Brass die Eingangsluke aus.

Sie schaltete auf einen anderen Kanal, und ein fast schon melodisches Geräusch erfüllte den Raum. »Gut. Die unterhalten sich immer noch.«

»Das ist es?«, fragte Brass.

Sie nickte. »Babel-17. Es wird automatisch transkribiert, damit ich es mir später genau ansehen kann. Also, los geht's.« Sie legte einen Schalter um.

»Was machst du?«

»Ich habe ein paar Nachrichten vorab aufgezeichnet, und die schicke ich jetzt raus. Vielleicht dringen sie ja durch.« Sie hielt die erste Aufzeichnung an und startete eine zweite. »Noch kenne ich Babel-17 nicht gut. Ich verstehe ein wenig davon, aber nicht genug. Ich komme mir vor wie jemand, der bei einer Shakespeare-Aufführung auf Pidginenglisch dazwischenruft.«

Ein Signal von draußen warb um ihre Aufmerksamkeit. »Captain Voss, hier spricht Albert Ver Dorco.« Die Stimme klang verstört. »Wir haben eine schreckliche Katastrophe erlitten, und hier herrscht völliges Chaos. Ich konnte Sie bei meinem Bruder nicht finden, aber die Flugaufsicht hat mir gerade mitgeteilt, dass Sie um Freigabe für einen sofortigen Hyperstasesprung gebeten haben.«

»Ich habe um nichts dergleichen gebeten. Ich wollte nur meine Crew dort rausholen. Haben Sie herausgefunden, was los ist?«

»Aber Captain, mir wurde gesagt, man sei gerade dabei, sie für den Abflug freizugeben. Sie haben höchste Priorität, deshalb kann ich Ihre Befehle schlecht widerrufen. Aber ich möchte Sie bitten zu bleiben, bis diese Angelegenheit geklärt ist, es sei denn, Sie handeln auf Grundlage von Informationen, die …«

»Wir fliegen nicht ab«, sagte Rydra.

»Das will ich hoffen«, warf Brass ein. »Ich bin noch nicht mit dem Schiff verdrahtet.«

»Anscheinend ist Ihr automatischer James Bond Amok gelaufen«, erklärte Rydra Ver Dorco.

»… Bond?«

»Eine mythologische Anspielung. Verzeihen Sie. TW-55 ist
ausgerastet.«

»Ah, ja. Ich weiß. Es hat meinen Bruder ermordet, und vier
äußerst wichtige Beamte. Es hätte sich keine einflussreicheren
Schlüsselfiguren aussuchen können, selbst wenn das alles geplant
gewesen wäre.«

»Das war es. Der TW-55 wurde sabotiert. Und nein, ich weiß
nicht, wie. Ich schlage vor, dass Sie Verbindung zu General Forester
im …«

»Captain, die Flugaufsicht behauptet nach wie vor, dass Sie
Ihren Abflug signalisieren! Ich habe hier keine offizielle Befehls-
gewalt, aber Sie müssen …«

»Patron, heben wir ab?«

»Aber ja doch. Hast du nicht befohlen, dass wir einen Not-
Hyperstase-Abflug durchführen sollen?«

»Brass ist noch nicht mal auf seiner Station, Sie Volltrottel!«

»Aber ich habe erst vor dreißig Sekunden die Freigabe von
Ihnen bekommen. Natürlich ist er eingeklinkt. Ich habe gerade
mit ihm …«

Brass trampelte übers Deck und brüllte ins Mikrofon: »Ich
stehe direkt neben ihr, Dummkopf! Was hast du vor, willst du
mitten in Bellatrix reinfliegen? Oder vielleicht in irgendeiner
Nova rauskommen? Diese Dinger halten auf die nächste große
Masseansammlung zu, wenn sie abtreiben!«

»Aber du hast gerade eben …«

Irgendwo unter ihnen knirschte etwas. Und dann gab es einen
plötzlichen Ruck. Über den Lautsprecher erklang Albert Ver
Dorcos Stimme: »Captain Wong!«

Rydra schrie erneut: »Du Idiot, schalt die Stasegene–«

Aber die Generatoren übertönten mit ihrem Surren bereits
das Geschrei.

Und dann ein erneuter Ruck: Sie knallte gegen die Hände, mit denen sie sich an der Tischkante festhielt, sah, wie Brass mit einer Klaue durch die Luft fuchtelte. Und –

Teil 3

Jebel Tarik

Der Echte, beschmiert und exiliert,
entzieht sich uns.
Ich würde ihm Bücher und Brücken zeigen.
Ich würde eine Sprache erschaffen,
die wir alle sprechen können.
Kein blondes Hirngespinst,
das Mutter uns geschickt hat,
um uns den Frühling zu verleiden,
Er hat seine eigenen bösen Träume,
braucht Arbeit, betrinkt sich,
Vielleicht wäre es ihm lieber,
nicht schön zu sein.

Aus *Die Navigatoren*

Du hast mir ein Abkommen des Schweigens
auferlegt.

Aus *Das Lied von Liaden*

1

Abstrakte Gedanken in einem blauen Zimmer: Nominativ, Genitiv, Elativ, Akkusativ eins, Akkusativ zwei, Ablativ, Partitiv, Illativ, Instruktiv, Abessiv, Adessiv, Inessiv, Essiv, Allativ, Translativ, Komitativ. Die sechzehn Fälle des finnischen Nomens. Seltsam, manche Sprachen kommen mit Singular und Plural aus. Die nordamerikanischen Indianersprachen unterschieden nicht einmal nach der Anzahl. Mit Ausnahme der Sioux-Sprache, in der es nur für belebte Dinge einen Plural gab. Das blaue Zimmer war rund und warm und weich. *Warm* ließ sich auf Französisch nicht ausdrücken. Es gab nur *heiß* und *lau*. Wenn es kein Wort für etwas gibt, wie denkt man dann darüber nach? Und wenn es die richtige Form nicht gibt, dann fehlt einem das Wie, selbst wenn man über die nötigen Worte verfügt. Man stelle sich vor, dass man auf Spanisch jedem Gegenstand ein Geschlecht zuweisen muss: Hund, Tisch, Baum, Dosenöffner. Man stelle sich vor, dass man auf Ungarisch überhaupt keiner Sache ein Geschlecht zuweisen kann: *er, sie, es* – alle dasselbe Wort. *Thou art my friend, but you are my king* – Ihr seid mein Freund, aber du bist mein König; eine solche Unterscheidung wurde im Englischen von Elizabeth I. getroffen. Andererseits gibt es einige orientalische Sprachen, die praktisch völlig auf Geschlecht und Numerus verzichten und in denen du mein Freund bist, *du* meine Mutter oder mein Vater, und DU mein Priester, und *DU* bist mein König, und Du bist mein Diener, und Du bist mein

Diener, den ich morgen feuern werde, wenn Du nicht aufpasst, und DU bist mein König, dessen Politik ich rundheraus ablehne, und anstelle von Hirn hast DU Sägespäne im Kopf, DEINE Hoheit, und DU bist zwar mein Freund, aber trotzdem knalle ich DIR eine, wenn DU so etwas noch mal zu mir sagst: Und wer zum Teufel bist du eigentlich …?

Wie heißt du?, dachte sie in einem runden, warmen, blauen Zimmer.

Gedanken ohne Namen in einem blauen Zimmer: Ursula, Priscilla, Barbara, Mary, Mona und Naticia beziehungsweise Bärin, Alte Dame, Plappermaul, Bitternis, Affe und Pobacke. Name. Namen? Was umfasst ein Name? Welcher Name umfasst mich? Im Land des Vaters meines Vaters stünde sein Name an erster Stelle, Wong Rydra. In Mollyas Heimat trüge ich überhaupt nicht den Namen meines Vaters, sondern den meiner Mutter. Worte sind Namen für Dinge. Zu Platons Zeit waren Dinge Namen für Ideen – wie ließe sich das platonische Ideal besser beschreiben? Aber waren Worte tatsächlich Namen für Dinge, oder war das nur ein semantischer Irrweg? Worte waren Symbole für *ganze Kategorien* von Dingen, während ein Name nur einem einzigen Ding gegeben wurde: Ein Name für etwas, das nach einem Symbol verlangt, irritiert, ruft Belustigung hervor. Ein Symbol für etwas, das einen Namen erfordert, irritiert ebenfalls: eine Erinnerung, die eine losgerissene Jalousie umfasst, seinen schnapsgeschwängerten Atem, ihre Empörung und zerknitterte Kleidung, die hinter einem angestoßenen, billigen Nachttisch klemmte: »Alles klar, *Frau*, komm her!«, und sie, die Hände schmerzhaft um die Messingstange gekrampft, hatte geflüstert: »Mein *Name* ist *Rydra!*« Ein Individuum, etwas von ihrer Umgebung und von allen Dingen in ihrer Umgebung Abgesondertes; ein Individuum war etwas, für das sich Symbole als unzulänglich erwiesen, und deshalb hatte man Namen erfunden. Ich bin erfunden. Ich bin kein rundes, warmes, blaues Zimmer. Ich bin jemand in diesem Zimmer; ich bin …

Ihre Lider waren über ihren Augäpfeln halb geschlossen gewesen. Sie öffnete sie und prallte mit einem Mal gegen ein Netz, das sie festhielt. Es presste ihr die Luft aus den Lungen, und sie fiel nach hinten zurück, drehte sich hin und her, um das Zimmer zu betrachten.

Nein.

Sie »betrachtete« nicht »das Zimmer«.

Sie tat *etwas* mit *etwas*. Das erste Etwas war eine winzige Vokabel, die auf eine unmittelbare, aber passive Wahrnehmung verwies, die wiederum auditiv, olfaktorisch oder visuell sein konnte. Das zweite Etwas bestand aus drei gleichermaßen winzigen Phonemen, die in verschiedenen Tonhöhen ineinander übergingen: das erste ein Indikator, der die Größe des Zimmers bei ungefähr 7,5 Kubikmetern festlegte, ein zweites, das die Farbe und das mußmaßliche Material der Wände – irgendein blaues Metall – identifizierte, während das dritte gleichzeitig ein Platzhalter für Partikel war, die die Funktion des Raums bezeichnen sollten, wenn sie diese denn in Erfahrung brachte, und eine Art grammatischer Marker, mit dessen Hilfe sie sich, unter Verwendung nur dieses einen Symbols, auf die Erfahrung als Ganzes beziehen konnte, solange das nötig war. Alle vier Laute beanspruchten auf ihrer Zunge und in ihren Gedanken weniger Raum als der eine unbeholfene Diphthong in *Raum*. Babel-17; sie hatte das schon früher empfunden, bei anderen Sprachen, dieses Sichöffnen, dieses Sichweiten, wenn der Verstand gezwungen wurde, plötzlich zu wachsen. Aber das jetzt, das war, als stellte sich ein seit Jahren verschwommener Blick plötzlich scharf.

Sie setzte sich erneut auf. Funktion?

Wofür wurde das Zimmer verwendet? Sie erhob sich langsam, und das Netz umfing ihren Brustkorb. Eine Art Krankenstation. Sie blickte auf das … nicht das »Netz«, sondern ein Vokaldifferenzial aus drei Partikeln, wobei jeder Partikel eine Betonung des dreifachen Knotens bestimmte, sodass die schwächsten Punkte im Gewebe identifiziert wurden, wenn der Zusammenklang des

Differenzials seinen tiefsten Punkt erreichte. Sie begriff, dass das ganze Netz sich auflösen würde, wenn sie die Fäden an diesen Stellen durchtrennte. Hätte sie darin wild um sich geschlagen, anstatt es in dieser neuen Sprache zu benennen, dann wäre es mehr als fest genug gewesen, um sie zu halten. Der Übergang von »auswendig gelernt« zu »bekannt« hatte sich ereignet, während sie …

Wo war sie gewesen? Erwartung, Aufregung, Angst! Sie holte ihr Denken zurück ins Englische. Auf Babel-17 zu denken war so, als würde sie plötzlich durch das Wasser bis zum Grund eines Brunnens sehen, von dem sie noch einen Moment zuvor geglaubt hatte, dass er kaum einen Meter tief war. Der Schwindel war überwältigend.

Erst nach einem Blinzeln bemerkte sie die anderen. Brass hing in der großen Hängematte an der gegenüberliegenden Wand – sie sah die Zacken einer gelben Klaue über den Rand ragen. In den beiden kleineren Hängematten auf der anderen Seite waren offenbar Kinder aus dem Trupp. Über einer Kante sah sie, als ein Kopf sich im Schlaf drehte, glänzendes schwarzes Haar: Carlos. Die dritte Person konnte sie nicht sehen. Die Neugier schloss eine kleine, unfreundliche Faust um etwas Wichtiges in ihrem Unterleib.

Dann verblasste die Wand.

Sie hatte gerade versucht, sich zu verorten, wenn schon nicht in Raum und Zeit, dann zumindest in einem Feld von Möglichkeiten. Mit dem Verblassen der Wand hatte der Versuch ein Ende. Sie beobachtete.

Es geschah im oberen Teil der Wand zu ihrer Linken. Sie leuchtete auf, wurde durchscheinend, in der Luft bildete sich eine Metallzunge und senkte sich sacht zu ihr herab.

Drei Männer:

Der ihnen am nächsten war, am oberen Ende der Rampe, hatte ein Gesicht wie grob behauener und schnell zusammengefügter brauner Fels. Er trug altmodische Kleidung, aus einer Zeit, als es noch keine Konturumhänge gab. Sie passte sich automatisch dem

Körper an, bestand aber aus einem porösen Kunststoffmaterial
und sah eher wie eine Rüstung aus. Ein schwarzer, mehrlagiger
Stoff verbarg eine Schulter und einen Arm. Seine abgetragenen
Sandalen waren bis über die Waden geschnürt. Fellbüschel unter
den Riemen sorgten dafür, dass sie nicht scheuerten. Seine einzige kosmetische Chirurgie bestand aus künstlichem Silberhaar
und nach oben geschwungenen metallischen Augenbrauen. An
einem langgezogenen Ohrläppchen hing ein dicker Silberring.
Er berührte, während er von Hängematte zu Hängematte blickte,
das Vibrapistolenhalfter, das sich an seinen Bauch schmiegte.

Der zweite Mann trat vor ihn. Er war eine schlanke, phantastische Mixtur chirurgischen Einfallsreichtums, eine Art Greif,
eine Art Affe, eine Art Seepferd: Schuppen, Federn, Klauen und
ein Schnabel waren einem Körper eingepflanzt, der, da war sie
sich sicher, ursprünglich katzenhaft gewesen war. Er ging an der
Seite des ersten Mannes in die Hocke, kauerte auf operativ ver-
längerten Hinterläufen und strich dabei mit den Fingerknöcheln
über den Metallboden. Als der erste Mann beiläufig die Hand
sinken ließ und ihn am Kopf kraulte, blickte er hoch.

Rydra wartete darauf, dass sie etwas sagten. Ein Wort würde
zur Identifikation genügen: Allianz oder Invasoren. In Gedanken
war sie bereit, sich sofort auf jede Sprache zu stürzen, die sie
hörte, zutage zu fördern, was sie über die dazugehörigen Denk-
gewohnheiten wusste, über Neigungen zu logischen Ambiguitäten, über das Vorhandensein oder Fehlen verbaler Präzision
und wie sie sich das zunutze machen konnte …

Der zweite Mann trat wieder beiseite, und sie sah den dritten, der reglos im Hintergrund stand. Er war größer und kräf-
tiger gebaut als die anderen, trug nur Hosen und hatte leicht
gekrümmte Schultern. An seine Handgelenke waren gekrümmte
Sporne angesetzt – so etwas sah man manchmal bei den üble-
ren Elementen der Transportler-Unterwelt, und es vermittelte
die gleiche Botschaft wie die Schlagringe und Totschläger ver-
gangener Jahrhunderte. Sein Kopf war kürzlich kahlrasiert

worden, und nun kehrte das Haar als dunkle, elektrostatische Bürste zurück. Um einen knotigen Bizeps lag, wie eine blutige Schramme oder eine entzündete Narbe, ein Band aus rotem Fleisch. Vor etwa fünf Jahren war dieses Brandzeichen bei Figuren in Kriminalromanen so verbreitet gewesen, dass es inzwischen kaum noch jemand benutzte, weil es als hoffnungslos klischeehaft galt. Damit wurden die Verurteilten in den Strafhöhlen von Titin gekennzeichnet. Etwas an diesem Mann wirkte so grobschlächtig, dass sie den Blick abwandte. Etwas an ihm war so anmutig, dass sie wieder hinsah.

Die beiden Männer oben auf der Rampe drehten sich zu dem dritten um. Sie wartete auf Worte, um zu definieren, festzulegen, zu identifizieren. Die Männer musterten sie und schritten dann in die Wand hinein. Die Rampe zog sich langsam wieder zurück.

Rydra stemmte sich hoch. »Bitte«, rief sie laut. »Wo sind wir?«

Der Silberhaarige sagte: »Jebel Tarik.« Die Wand wurde wieder zur Wand.

Rydra blickte auf das Netz hinab (das in einer anderen Sprache etwas anderes war) und zerriss erst einen Strang und dann einen weiteren. Die Spannung löste sich, das Netz zerfiel, und sie sprang auf den Boden. Als sie sich aufrichtete, sah sie, dass das andere Kind aus dem Trupp Kile war, der mit Lizzy in der Reparaturabteilung arbeitete. Brass begann inzwischen ebenfalls, gegen seine Fesseln anzukämpfen. »Halt mal für eine Sekunde still.« Sie fing an, auch bei ihm einzelne Fäden zu zerreißen.

»Was hat er zu dir gesagt?«, erkundigte sich Brass. »War das sein Name, oder hat er dir gesagt, dass du dich hinlegen und die Kla"e halten sollst?«

Sie zuckte mit den Achseln und zerriss einen weiteren Faden. »Jebel, das heißt auf Altmaurisch *Berg*. Vielleicht Tariks Berg.«

Brass setzte sich auf, und die zerfransten Fäden fielen von ihm ab. »Wie machst du das?«, fragte er. »Ich habe mich zehn Minuten lang gegen das Ding gestemmt, und es hat nicht nachgegeben.«

»Das erzähle ich dir ein andermal. Tarik könnte der Name von jemandem sein.«

Brass blickte auf das zerrissene Netz, kratzte sich mit der Klaue hinter einem bepelzten Ohr, schüttelte dann verwirrt den Kopf und bäumte sich auf.

»Immerhin sind es keine Invasoren«, sagte Rydra.

»Wer sagt das?«

»Ich bezweifle, dass viele Menschen auf der anderen Seite der Achse jemals von Altmaurisch gehört haben. Die Menschen von der Erde, die dorthin ausgewandert sind, kamen alle aus Nord- und Südamerika, bevor Amerikasia gegründet wurde und Panafrika Europa geschluckt hat. Außerdem sind die Titin-Strafhöhlen in Caesar.«

»Ach ja«, sagte Brass. »Der. Aber das heißt nicht, dass einer ihrer Absolventen das auch sein muss.«

Sie blickte dorthin, wo die Wand sich geöffnet hatte. Der Versuch, ihre Situation zu erfassen, schien ebenso vergeblich wie der, das blaue Metall zu erfassen.

»Was zum Henker ist denn überhaupt 'assiert?«

»Wir sind ohne Piloten losgeflogen«, sagte Rydra. »Ich vermute, wer auch immer auf Babel-17 sendet, kann auch auf Englisch senden.«

»Ich glaube nicht, dass wir ohne 'iloten losgeflogen sind. Mit wem hat der 'atron gesprochen, kurz bevor wir losgerast sind? Wenn wir keinen 'iloten gehabt hätten, dann wären wir nicht hier. Wir wären ein Ölfleck auf der nächstgrößeren Sonne.«

»Wahrscheinlich dieselbe Person, die auch die Schaltkreise zerbrochen hat.« Während der Putz der Bewusstlosigkeit bröckelte, schickte Rydra ihre Gedanken in die Vergangenheit. »Sieht fast so aus, als wollte der Saboteur mich nicht töten. TW-55 hätte mich genauso leicht erwischen können wie den Baron.«

»Ich frage mich, ob der S'ion auf dem Schiff auch Babel-17 s'richt?«

Rydra nickte. »Das wüsste ich auch gerne.«

Brass schaute sich um. »Sonst ist niemand hier? Wo ist der Rest der Crew?«

»Sir, Ma'am ...?«

Sie drehten sich um.

Eine weitere Öffnung in der Wand. Ein dünnes Mädchen, deren braunes Haar mit einem grünen Tuch zurückgebunden war, hielt ihnen eine Schüssel hin.

»Der Meister hat gesagt, dass Sie wach sind, deshalb habe ich Ihnen das hier gebracht.« Ihre Augen waren dunkel und groß, und die Lider flatterten wie Vogelflügel. Sie machte eine Bewegung mit der Schüssel.

Ihre Offenheit sprach Rydra an; allerdings nahm sie auch Angst vor Fremden wahr. Die schlanken Finger des Mädchens hielten die Schale mit sicherem Griff. »Es ist nett von dir, uns das zu bringen.«

Das Mädchen deutete eine Verbeugung an und lächelte.

»Du hast Angst vor uns, ich weiß«, sagte Rydra. »Das musst du aber nicht.«

Die Angst ließ nach; knochige Schultern entspannten sich.

»Wie heißt dein Meister?«, fragte Rydra.

»Tarik.«

Rydra blickte über die Schulter und nickte Brass zu.

»Und wir befinden uns in Tariks Berg, ja?« Sie nahm die Schüssel entgegen. »Wie sind wir hierhergelangt?«

»Er hat Ihr Schiff im Zentrum der Cygnus-42-Nova eingefangen, kurz bevor Ihre Stasegeneratoren diesseits des Sprungs versagt haben.«

Brass zischte, was bei ihm einem Pfeifen entsprach. »Kein Wunder, dass wir das Bewusstsein verloren haben. Da sind wir ja ziemlich schnell abgedriftet.«

Der Gedanke zog den Stöpsel in Rydras Bauch. »Dann sind wir also in den Einzugsbereich einer Nova geraten. Vielleicht hatten wir also doch keinen Piloten.«

Brass nahm die weiße Serviette von der Schüssel. »Hier,

Ca'tain, nimm dir was von dem Hähnchen.« Es war gegrillt und noch heiß.

»Einen Moment bitte«, sagte sie. »Ich muss kurz nachdenken.« Sie wandte sich wieder dem Mädchen zu. »Tariks Berg ist also ein Schiff. Und wir befinden uns an Bord?«

Das Mädchen legte die Hände hinter den Rücken und nickte. »Und es ist ein gutes Schiff.«

»Ich gehe davon aus, dass ihr eigentlich keine Passagiere mitnehmt. Was für Fracht transportiert ihr?«

Sie hatte die falsche Frage gestellt. Wieder Angst; kein persönliches Misstrauen gegen Fremde, sondern etwas Förmlicheres und Umfassendes. »Wir transportieren keine Fracht, Ma'am.« Dann platzte es aus ihr heraus: »Ich soll überhaupt nicht mit Ihnen reden. Sie müssen mit Tarik sprechen.« Sie zog sich in die Wand zurück.

»Brass«, sagte Rydra, drehte sich zu ihm um und kratzte sich am Kopf. »Es gibt keine Weltraumpiraten mehr, oder?«

»Seit siebzig Jahren sind keine Transportschiffe mehr gekapert worden.«

»Das dachte ich mir. Auf was für einem Schiff befinden wir uns also?«

»Keine Ahnung.« Dann zuckten seine bronzefarbenen Wangen im blauen Licht. Seidige Brauen zogen sich über seinen tiefliegenden Augen zusammen. »Sie haben die *Rimbaud* aus Cygnus-42 *herausgefischt*? Jetzt weiß weiß ich, warum sie ihr Schiff Tariks Berg nennen. Das Ding muss ein verdammter Schlachtkreuzer sein.«

»Wenn es ein Kriegsschiff ist, dann sieht Tarik jedenfalls nicht wie die Sternenfahrer aus, die mir bisher über den Weg gelaufen sind.«

»Und Ex-Sträflinge dürfen sowieso nicht den Streitkräften beitreten. Was meinst du, worüber wir hier gestolpert sind, Ca'tain?«

Sie nahm einen Schlegel aus der Schüssel. »Wir warten wohl besser, bis wir das nächste Mal mit Tarik sprechen.« In den anderen Hängematten regte sich etwas. »Ich hoffe, den Kids geht es gut. Warum habe ich dieses Mädchen nicht gefragt, ob der Rest unserer Crew an Bord ist?« Sie trat an Carlos' Hängematte. »Wie geht es *dir* heute Morgen?«, fragte sie fröhlich. Zum ersten Mal sah sie die Schnallen, mit denen das Netz unter der Hängematte befestigt war.

»Mein Kopf«, sagte Carlos und bleckte die Zähne. »Ich glaube, ich habe einen Kater.«

»Nicht so, wie du gerade dreinschaust. Was weißt du überhaupt von Katern?« Es dauerte dreimal so lange, die Schnallen zu öffnen, wie das Netz zu zerreißen.

»Der Wein«, sagte Carlos, »bei der Feier. Hab zu viel davon getrunken. He, was ist passiert?«

»Das erzähle ich dir, wenn ich es herausgefunden habe. Runter mit dir.« Sie stieß die Hängematte an, und er kam mit einer Rolle auf die Beine.

Carlos strich sich das Haar aus den Augen. »Wo sind die ganzen anderen?«

»Kile ist da drüben. Mehr sind nicht in diesem Raum.«

Brass hatte Kile befreit, der jetzt auf der Kante der Hängematte saß und versuchte, die Fingerknöchel in seine Nase zu bekommen.

»He, Baby«, sagte Carlos. »Alles in Ordnung?«

Kile fuhr mit den Zehen an seiner Achillessehne entlang, gähnte und sagte gleichzeitig etwas Unverständliches.

»Das hast du nicht«, sagte Carlos, »weil ich das überprüft habe, sobald ich zurückgekommen bin.«

Tja, dachte sie, es gab immer noch Sprachen, die sie fließender hätte beherrschen können.

Jetzt kratzte Kile sich am Ellbogen. Plötzlich steckte er die Zunge in einen Mundwinkel und blickte auf.

Rydra tat es ihm nach.

Abermals wurde die Rampe aus der Wand gefahren. Diesmal reichte sie bis zum Boden.

»Begleiten Sie mich, Rydra Wong?«

Tarik, mit Halfter und silbernem Haar, stand in der dunklen Öffnung.

»Der Rest meiner Crew«, sagte Rydra, »geht es ihnen gut?«

»Sie sind alle in anderen Abteilungen. Wenn Sie sie sehen möchten ...«

»Geht es ihnen gut?«

Tarik nickte.

Rydra gab Carlos einen Klaps auf den Kopf. »Wir sehen uns später«, flüsterte sie.

Der Gemeinschaftsraum war ein riesiges Gewölbe mit Galerien, die Wände stumpf wie Stein. Zahlreiche Flächen waren mit grünen und scharlachroten Tierkreiszeichen sowie Schlachtdarstellungen behängt. Und die Sterne – zuerst dachte sie, die lichtbetupfte Leere jenseits der Säulen der Galerien wäre ein echtes Aussichtsfenster; aber es handelte sich nur um eine große, dreißig Meter breite Projektion der Nacht jenseits des Schiffs.

Männer und Frauen saßen an Holztischen und redeten oder lümmelten in Sesseln entlang der Wände. Am unteren Ende einer breiten Treppe befand sich eine lange Theke mit Speisen und Krügen. In der Öffnung hingen Töpfe, Pfannen und Tabletts, und dahinter sah sie die Kombüse in Aluminium und Weiß, wo Männer und Frauen mit Schürzen das Abendessen zubereiteten.

Die Anwesenden wandten sich, als sie eintraten, nach ihnen um. Die Leute in ihrer Nähe berührten grüßend ihre Stirn. Sie folgte Tarik die Stufen zu den gepolsterten Bänken hinauf.

Der Greifenmann kam herbeigeeilt. »Meister, das ist sie?« Tarik wandte sich Rydra zu, und der Ausdruck auf seinem zerfurchten Gesicht wurde sanfter. »Das, Captain Wong, ist meine Kurzweil, meine Ablenkung, die Linderung meines Zorns. In ihm bewahre ich mir den Sinn für Humor, von dem alle anderen hier Ihnen sagen werden, dass er mir fehlt. He, Klik, spring und richte die Bänke für eine Besprechung her.«

Der gefiederte Kopf wurde geschwind eingezogen, ein schwarzes Auge blinzelte, und Klik klopfte die Kissen auf. Wenig später ließen Tarik und Rydra sich auf ihnen nieder.

»Tarik«, fragte Rydra, »auf welcher Route fliegt Ihr Schiff?«

»Wir halten uns im Spicelli-Bruch.« Er schob sich den Umhang von der dreihöckrigen Schulter zurück. »Was war Ihre ursprüngliche Position, bevor die Nova-Strömung Sie eingefangen hat?«

»Wir … Wir sind von den Kriegswerften bei Armsedge losgeflogen.«

Tarik nickte. »Dann haben Sie Glück gehabt. Die meisten Schattenschiffe hätten Sie, sobald Ihre Generatoren schlappgemacht hätten, einfach in der Nova wieder auftauchen lassen. Das wäre wohl eine ziemlich endgültige Entkörperlichung geworden.«

»Ja, wahrscheinlich.« Rydra spürte, wie ihr bei der Erinnerung das Herz in die Hose rutschte. Dann fragte sie: »Schattenschiffe?«

»Ja. Jebel Tarik ist ein Schattenschiff.«

»Ich fürchte, ich weiß nicht, was das ist.«

Tarik lachte, ein leiser, rauer Laut weit hinten in der Kehle. »Vielleicht ist das ganz gut so. Ich hoffe, Sie wünschen sich nie, ich hätte Ihnen das nicht erzählt.«

»Nur zu«, sagte Rydra. »Ich höre.«

»Funkwellen können den Spicelli-Bruch nicht durchdringen. Ein Schiff, selbst ein Berg wie Tarik, ist auf größere Entfernung unsichtbar. Außerdem erstreckt er sich entlang der Stase-Seite des Krebses.«

»Diese Galaxie befindet sich unterhalb der Invasoren«, sagte Rydra mit wachsendem Unbehagen.

»Der Bruch ist die Grenze entlang des Krebses. Wir … patrouillieren hier und sorgen dafür, dass die Schiffe der Invasoren … bleiben, wo sie hingehören.«

Rydra sah seine zögerliche Miene. »Aber nicht offiziell?«

Erneut lachte er. »Wie auch, Captain Wong?« Er strich über ein Federbüschel zwischen Kliks Schulterblättern. Der Hofnarr machte einen Buckel. »Selbst offizielle Kriegsschiffe können im Bruch wegen der Funkstörung keine Anweisungen empfangen. Also ist das Verwaltungshauptquartier der Allianz uns gegenüber nachsichtig. Wir machen unsere Arbeit gut; sie schauen weg. Sie können uns keine Befehle erteilen; und sie können uns auch nicht mit Waffen oder Vorräten versorgen. Also beachten wir bestimmte Bergungskonventionen und Kapervorschriften nicht. Die Sternenfahrer bezeichnen uns als Plünderer.« Er sah sie an und wartete auf eine Reaktion. »Wir sind treue Verteidiger der Allianz, Captain Wong, aber …« Er hob die Hand, ballte sie zur Faust und legte die Faust an seinen Bauch. »Aber wenn wir hungrig sind und lange kein Invasorenschiff vorbeigekommen ist – tja, dann nehmen wir uns, was uns über den Weg läuft.«

»Ich verstehe«, sagte Rydra. »Und verstehe ich es ebenfalls richtig, dass ich gekapert wurde?« Sie erinnerte sich an den Baron, an die Gier, die sein schlanker Körper zum Ausdruck gebracht hatte.

Tarik öffnete die Faust vor seinem Bauch. »Sehe ich hungrig aus?«

Rydra grinste. »Sie sehen sehr wohlgenährt aus.«

Er nickte. »Es war ein erfolgreicher Monat. Andernfalls würden wir hier nicht so freundschaftlich beisammensitzen. Vorerst sind Sie unsere Gäste.«

»Dann werden Sie uns dabei helfen, die ausgebrannten Generatoren zu reparieren?«

Tarik hob erneut die Hand, um ihr Einhalt zu gebieten. »… vorerst«, wiederholte er.

Rydra hatte sich auf ihrer Bank vorgebeugt; nun lehnte sie sich wieder zurück.

Tarik sagte zu Klik: »Bring uns die Bücher.« Der Hofnarr entfernte sich rasch und tauchte in ein Regal neben den Sofas ab. »Wir leben gefährlich«, fuhr Tarik fort. »Vielleicht lassen wir es uns deshalb gutgehen. Wir sind zivilisiert – wenn wir die Zeit dafür haben. Der Name Ihres Schiffes hat mich davon überzeugt,

dem Vorschlag des Schlächters nachzukommen und Sie einzufangen. Nur selten besuchen *Dichter* unsereins *Gelichter*.« Rydra
lächelte so höflich wie möglich über den holperigen Reim.

Klik kehrte mit drei Bänden zurück. Die Umschläge waren
schwarz mit Silberschnitt. Tarik hielt sie hoch. »Mein Lieblings-
buch ist das zweite. Besonders die längere Erzählung *Exilanten im
Nebel* hat mich beeindruckt. Sie meinten, dass Sie noch nie etwas
von Schattenschiffen gehört hätten, aber Sie kennen die Gefühle,
die ›aus der Nacht eine Schlinge machen, um dich einzufangen‹ –
so hieß es doch, oder? Ich muss zugeben, dass ich Ihr drittes Buch
nicht verstehe. Aber es enthält auch viele Bezüge und humorvolle
Anspielungen auf das Tagesgeschehen. Wir bekommen hier nicht
so viel mit.« Er zuckte mit den Achseln. »Wir … haben das erste
aus der Sammlung des Captains eines Frachters der Invasoren
erbeutet, der vom Kurs abgekommen war. Das zweite – tja, das
haben wir von einem Zerstörer der Allianz. Ich glaube, jemand
hat etwas auf die Innenseite des Buchdeckels geschrieben.« Er
öffnete das Buch und las vor: »›Für Joey auf seinem ersten Flug;
sie bringt wunderbar das zum Ausdruck, was ich seit jeher zu
sagen versuche. Mit viel, viel Liebe, Lenia.‹« Er schloss das Buch.
»Rührend. Das dritte ist erst vor einem Monat in meinen Besitz
gelangt. Ich werde es noch mehrere Male lesen, bevor ich etwas
darüber sage. Es erstaunt mich, wie der Zufall uns zusammen-
geführt hat.« Er legte sich die Bücher in den Schoß. »Wie lange
ist es her, dass das dritte erschienen ist?«

»Etwas weniger als ein Jahr.«

»Gibt es ein viertes?«

Sie schüttelte den Kopf.

»Darf ich fragen, mit welchem literarischen Werk Sie derzeit
befasst sind?«

»Im Moment mit nichts. Ich habe ein paar kurze Gedichte
geschrieben, die mein Verleger als Sammlung herausgeben
möchte, aber ich will warten, bis ich noch ein großes, in sich
geschlossenes Werk als Gegengewicht habe.«

Tarik nickte. »Ich verstehe. Aber Ihre Zurückhaltung beraubt uns eines großen Vergnügens. Sollten Sie sich zum Schreiben entschließen, wäre mir das eine Ehre. Zu den Mahlzeiten gibt es bei uns immer Musik und dramatische oder komische Unterhaltung, inszeniert vom gewitzten Klik. Wenn Sie einen Prolog oder einen Epilog beisteuern würden, ganz wonach Ihnen der Sinn steht, dann wüsste das Publikum das sehr zu schätzen.« Er streckte ihr seine braune, harte Hand hin. Wertschätzung ist kein warmes Gefühl, überlegte Rydra, sondern ein kühles, das ein Lächeln und einen entspannten Rücken mit sich bringt. Sie nahm seine Hand.

»Danke, Tarik«, sagte sie.

»Ich danke Ihnen«, erwiderte Tarik. »Nun, da ich Ihr Wohlwollen genieße, werde ich Ihre Crew freilassen. Sie dürfen sich auf Jebel ebenso frei bewegen wie meine eigenen Leute.« Der Blick seiner braunen Augen schweifte ab, und sie ließ seine Hand los. »Schlächter.« Er nickte, und sie drehte sich um.

Der Sträfling, der ihn auf der Rampe begleitet hatte, stand nun eine Stufe unter ihnen.

»Was war das für ein Punkt mit Kurs auf Rigel?«, fragte Tarik.

»Die Allianz auf der Flucht, die Invasoren auf den Fersen.«

Tariks Gesicht legte sich in Falten und entspannte sich dann wieder. »Nein, lass sie vorbeifliegen. Wir essen diesen Monat schon gut genug. Warum unsere Gäste durch Gewalt verstören? Das ist Rydra ...«

Der Schlächter hieb die rechte Faust in die linke Handfläche. Weiter unten wandten einige Leute den Kopf. Rydra zuckte zusammen und versuchte, den leise bebenden Muskeln, dem erstarrten Gesicht mit den vollen Lippen einen Sinn zu entreißen: stechende, sprachlose Feindseligkeit; Aufbegehren gegen den Stillstand, Angst vor dem Verharren in der Bewegung, Geborgenheit in einem Schweigen tobender Aktivität –

Jetzt redete Tarik wieder, diesmal mit leiserer, bedächtigerer, schrofferer Stimme. »Du hast recht. Aber welcher ganze Mensch

ist nicht hin- und hergerissen, wenn es um wichtige Angelegenheiten geht, nicht wahr, Captain Wong?« Er erhob sich. »Schlächter, schlage einen Kurs ein, der uns dichter an sie heranführt.
Sind sie eine Stunde entfernt? Gut. Dann beobachten wir sie
eine Weile, und dann stürzen wir uns auf …« Er hielt inne und
lächelte Rydra an. »… die Invasoren.«

Die Hände des Schlächters lösten sich voneinander, und Rydra
sah, wie Erleichterung (oder Befreiung) die Spannung aus seinen
Armen weichen ließ. Er atmete wieder.

»Bereite alles vor, und ich geleite unseren Gast an einen
Zuschauerplatz.«

Ohne zu antworten, schritt der Schlächter die Treppe hinab.
Die Leute, die sich in der Nähe befanden, hatten das Gespräch
mitgehört, und die Information sickerte jetzt durch den Saal.
Männer und Frauen erhoben sich von ihren Bänken. Einer stieß
sein Trinkhorn um. Rydra sah das Mädchen, das sie auf der
Krankenstation bedient hatte, mit einem Lappen herbeieilen.

Am oberen Ende der Treppe zur Galerie blickte sie über das
Geländer hinweg auf den Gemeinschaftsraum hinab, der sich
inzwischen geleert hatte.

»Kommen Sie.« Tarik bedeutete ihr, ihm zwischen den Säulen
hindurch dorthin zu folgen, wo Dunkelheit und Sterne auf sie
warteten. »Das Allianzschiff kommt hier vorbei.« Er wies auf eine
bläuliche Wolke. »Wir haben Geräte, mit denen wir diesen Nebel
ein gutes Stück weit durchdringen können, aber ich bezweifle,
dass das Allianzschiff weiß, dass es von Invasoren verfolgt wird.«
Er trat an einen Schreibtisch und drückte auf eine erhabene
Scheibe. In dem Nebel blinkten zwei Lichtpunkte. »Rot für die
Invasoren«, erklärte Tarik. »Blau für die Allianz. Unsere kleinen
Spinnenboote werden gelb sein. Von hier aus können Sie den
Verlauf des Aufeinandertreffens mitverfolgen. Alle unsere Senso-
ren und Navigatoren arbeiten stets, damit die Formation einheit-
lich bleibt, auf Jebel und lenken die strategischen Operationen

über Fernsteuerung. Aber in begrenztem Umfang kämpft jedes Spinnenboot unabhängig von den anderen. Für die Crew ist das ein gutes Training.«

»Was für Schiffstypen sind das, auf die Sie da Jagd machen?« Es erheiterte sie, dass Tariks leicht altertümliche Ausdrucksweise auf sie abfärbte.

»Das von der Allianz ist ein militärisches Versorgungsschiff. Der Invasor verfolgt es mit einem kleinen Zerstörer.«

»Wie weit sind sie auseinander?«

»Sie dürften in etwa zwanzig Minuten aufeinandertreffen.«

»Und Sie werden sechzig Minuten warten, bevor Sie … über die Invasoren herfallen?«

Tarik lächelte. »Ein Versorgungsschiff hat gegen einen Zerstörer kaum eine Chance.«

»Ich weiß.« Sie sah, wie er, hinter seinem Lächeln verborgen, darauf wartete, dass sie Einwände erhob. Sie suchte bei sich selbst nach Einwänden, doch der Weg wurde ihr von einer Zusammenballung leiser, melodischer Klänge versperrt, die ihr, kleiner als eine Münze, auf der Zunge lagen: Babel-17. Diese Klänge umrissen den Begriff von einer Neugier des exakt erforderlichen Umfangs, der in jeder anderen Sprache eine unbeholfene Verkettung mehrsilbiger Wörter werden musste. »Ich habe noch nie bei einem Raumgefecht zugeschaut«, sagte sie.

»Ich würde Sie in mein Flaggschiff mitnehmen, aber selbst die kleine Gefahr, die dort besteht, ist Gefahr genug. Von hier aus können Sie die ganze Schlacht sehr viel besser mitverfolgen.«

Die Aufregung holte sie ein. »Ich würde Sie gerne begleiten.« Sie hoffte, dass er es sich anders überlegen würde.

»Bleiben Sie hier«, sagte Tarik. »Dieses Mal reitet der Schlächter mit mir. Für den Fall, dass Sie die Stase-Strömungen beobachten wollen, gibt es hier einen Sensorenhelm. Beim Einsatz von Kriegswaffen entsteht allerdings ein solches elektromagnetisches Durcheinander, dass sich wohl selbst aus einer Reduktion nur wenig ersehen lässt.« Auf dem Tisch flammte eine Reihe von Lichtern auf.

»Entschuldigen Sie mich. Ich gehe jetzt meine Männer inspizieren und meinen Jäger durchchecken.« Er verneigte sich knapp. »Ihre Crew ist aufgewacht. Man wird sie hier heraufbringen, und Sie können den Leuten ihren Status als meine Gäste so erklären, wie es Ihnen angemessen erscheint.«

Während Tarik zur Treppe ging, blickte sie zu dem flimmernden Bildschirm hoch und dachte kurz darauf: Was für einen erstaunlichen Friedhof sie hier auf diesem Koloss von einem Schiff haben; wahrscheinlich braucht es sechs körperlose Seelen, um die ganzen Sensordaten für Tarik und seine Spinnenboote zu interpretieren – der Gedanke kam ihr wieder auf Baskisch. Sie blickte sich um und entdeckte auf der anderen Seite der Galerie die durchscheinenden Gestalten ihres Auges, ihres Ohrs und ihrer Nase.

»Bin ich froh, euch zu sehen!«, sagte sie. »Ich wusste nicht, ob Tarik Einrichtungen für Körperlose hat!«

»Und ob er das hat!«, lautete die baskische Antwort. »Später nehmen wir dich mit auf eine Reise durch die hiesige Unterwelt, Captain. Da wirst du behandelt wie die Fürsten des Hades.«

Aus dem Lautsprecher kam Tariks Stimme: »Alle mal herhören: Die Strategie lautet Irrenhaus. Irrenhaus. Zum dritten Mal: Irrenhaus. Insassen versammeln, um vor Cäsar zu treten. Psychotiker an Station K bereithalten. Neurotiker versammeln sich am Tor vor Station R. Unzurechnungsfähige bereiten sich am Tor von Station T auf ihre Entlassung vor. Alles klar, zieht eure Zwangsjacken aus.«

Am unteren Rand des dreißig Meter breiten Bildschirms erschienen drei Gruppen von gelben Lichtern – die drei Gruppen von Spinnenbooten, die das Schiff der Invasoren angreifen würden, sobald es das Versorgungsschiff der Allianz überholt hatte. »Neurotiker vorrücken. Kontakt halten, um Trennungsangst zu vermeiden.« Die mittlere Gruppe setzte sich langsam in Bewegung. Aus den untergeordneten Lautsprechern hörte Rydra, von Rauschen unterbrochen, jetzt leisere Stimmen: Die Männer erstatteten Bericht an die Navigatoren auf Jebel.

Halt uns auf Kurs, Kippi, und lass dich nicht durchschütteln.

Klar doch. Falke, kannst du dich bitte rechtzeitig zurückmelden?

Entspann dich. Meine Gauner-Einheit hängt dauernd fest.

Wer hat dir gesagt, dass du loskannst, ohne sie überholen zu lassen?

Kommt schon, meine Damen, seid zur Abwechslung mal nett zu uns.

He, Schweinsfuß, möchtest du hoch oder tief reinbefördert werden?

Tief, schnell und mit Wucht. Würg mich nicht ab.

Sorg du einfach dafür, dass deine Berichte reinkommen, Honigschnitte.

Über den Hauptlautsprecher sagte Tarik: »Der Jäger und der Gejagte sind ins Gefecht eingetreten …« Das rote Licht und das blaue Licht begannen auf dem Bildschirm zu blinken. Calli, Ron und Mollya näherten sich vom oberen Ende der Treppe.

»Was ist hier …?«, sagte Calli, verstummte jedoch auf einen Wink Rydras hin.

»Das rote Licht dort ist ein Invasorenschiff. Wir greifen es in wenigen Augenblicken an. Wir sind die gelben Lichter hier unten.« Dabei beließ sie es.

»Dann wünsche ich uns viel Glück«, sagte Mollya trocken.

Nach fünf Minuten war nur noch das rote Licht übrig. Mittlerweile war Brass lärmend die Stufen hochgekommen, um sich zu ihnen zu gesellen. Tarik verkündete: »Der Jäger ist zum Gejagten geworden. Lasst die Irren Straftäter abschizzen.« Die gelbe Gruppe zur Linken rückte vor und schwärmte dabei aus.

Das Invasorenschiff da sieht ziemlich groß aus, Falke.

Keine Bange. Aber es will uns plattmachen.

Verdammt, ich mag keine harte Arbeit. Hast du schon einen Bericht für mich?

Klaro. Schweinsfuß, hör auf, den Strahl von meinem Marienkäfer zu stören!

Schon gut, schon gut. Hat jemand Projektor neun und zehn überprüft?

Du denkst immer im richtigen Moment an alles, was?
Reine Neugier. Sieht die Spirale dahinten nicht hübsch aus?
»Neurotiker, mit Größenwahn vorrücken. Napoleon Bonaparte an der Spitze. Jesus Christus bildet die Nachhut.« Die Schiffe zur Rechten bewegten sich jetzt in einer Karoformation vorwärts. »Schwere Depression anregen, nicht-kommunikativ mit unterdrückter Feindseligkeit.«

Hinter sich hörte sie junge Stimmen. Der Patron brachte den Trupp die Treppe hoch. Oben angekommen verstummten sie angesichts der riesigen Repräsentation der Nacht. Flüsternd gaben die Kinder die Erklärungen zum Schlachtgeschehen unter sich weiter.

»Beginnt mit der ersten psychotischen Episode.« Gelbe Lichter stürmten in die Finsternis hinein.

Der Invasor hatte sie offenbar endlich entdeckt, denn er begann sich zu entfernen. Das wuchtige Schiff konnte den Spinnen nicht entkommen, wenn es nicht die Strömung wechselte, und sein Spielraum war zu klein, um sich abzusetzen. Die drei Gruppen von gelben Lichtern – geformt, ungeformt und verteilt – näherten sich weiter. Nach drei Minuten brach der Invasor die Flucht ab. Auf dem Bildschirm war plötzlich ein roter Funkenschauer zu sehen. Das Invasorenschiff hatte ein Geschwader von Abfangjägern ins All gespuckt, die sich ebenfalls in drei Standard-Angriffsgruppen aufteilten.

»Das Lebensziel hat sich zerstreut«, verkündete Tarik. »Verzagt nicht.«

Kommt schon, sollen die Schnullis doch versuchen, uns zu kriegen!

Vergiss nicht, Kippi, tief, schnell und mit Wucht!

Wenn sie aus Angst in die Offensive gehen, haben wir sie in der Tasche!

»Vorbereiten auf Durchdringung feindlicher Abwehrmechanismen. Alles klar. Medikation verabreichen!«

Doch die Formation der Invasorenjäger war nicht offensiv. Ein Drittel fächerte sich vor den Sternen auf, die zweite Gruppe zog in einem Winkel von sechzig Grad über die Bahn der ersten hinweg, und die dritte Gruppe vollführte eine weitere Rotation um sechzig Grad, sodass sie gemeinsam ein dreifaches Verteidigungsnetz vor dem Mutterschiff bildeten. Die roten Jäger drehten ab und verteilten sich erneut, wobei sie den Raum vor dem Invasoren mit einem Netz kleiner Schiffe überzogen.

»Passt auf. Der Feind hat seine Abwehrmechanismen fester zusammengezogen.«

Was hat es denn mit dieser neuen Formation auf sich?

Da kommen wir schon durch. Machst du dir Sorgen –?

Rauschen übertönte einen der Sprecher.

Verdammt, sie nehmen Schweinsfuß unter Beschuss!

Zieh mich zurück, Kippi. So ist's gut. Schweinsfuß?

Hast du gesehen, wie sie ihn erwischt haben? He, los geht's.

»Rechts aktive Therapie verabreichen. Seid so zielsicher wie möglich. Die Mitte soll sich am Lustprinzip erfreuen. Die linke Flanke hält sich zurück.«

Fasziniert schaute Rydra zu, wie gelbe Lichter das Gefecht mit den roten aufnahmen, die nach wie vor hypnotisch ihrem Raster, Gewebe, Netz –

Netz! Das Bild drehte sich in ihrem Kopf, und auf der anderen Seite erschienen alle fehlenden Linien. Das Netz war identisch mit dem Dreifachnetz, das sie vor wenigen Stunden von den Hängematten gerissen hatte, zuzüglich des Zeitfaktors, weil es sich bei den Fäden um die Bahnen von Schiffen handelte und nicht um Schnüre; aber es funktionierte auf die gleiche Weise. Sie nahm sich ein Mikrofon von den Armaturen. »Tarik!« Das Wort brauchte eine Ewigkeit, um neben all den anderen Lauten, die gerade in ihrem Gehirn tanzten, vom postdentalen An- zum palatalen Verschlusslaut zu gelangen. Sie brüllte den Navigatoren an ihrer Seite zu: »Calli, Mollya, Ron, koordiniert das Schlachtfeld für mich.«

»Hä?«, sagte Calli. »Na gut.« Er begann, die Anzeige des Stellarimeters in seiner Handfläche einzustellen. Zeitlupe, dachte sie.

Sie bewegen sich alle in Zeitlupe. Sie wusste, was getan werden sollte, was getan werden musste, und beobachtete, wie die Situation sich veränderte.

»Rydra Wong, Tarik ist beschäftigt«, erklang die harsche Stimme des Schlächters.

Calli blickte über die Schulter. »Koordinaten 3-B, 41-F und 9-K. Ziemlich schnell, was?«

Sie hatte das Gefühl, vor einer Stunde nach ihnen gefragt zu haben. »Schlächter, haben Sie diese Koordinaten mitbekommen? Dann hören Sie, in … siebenundzwanzig Sekunden wird ein Jäger durch …« Sie nannte ihm einen aus drei Zahlen bestehenden Koordinatenpunkt. »Beschießen Sie den mit den Neurotika, die am dichtesten dran sind.« Während sie auf eine Antwort wartete, sah sie, wo der nächste Treffer erfolgen musste. »Vierzig Sekunden noch, ab jetzt – acht, neun, zehn, *jetzt* wird ein Invasorenschiff durch…« – ein weiterer Koordinatensatz – »…kommen. Beschießen sie es mit dem Nächstbesten. Ist das erste Schiff außer Gefecht?«

»Ja, Captain Wong.«

Ihre Verblüffung und Erleichterung nahmen sich keine Zeit zum Atemholen. Jedenfalls hörte der Schlächter zu; sie gab ihm die Koordinaten dreier weiterer Schiffe im *Netz*. »Jetzt greifen Sie die hier direkt an, und dann sehen Sie, wie alles auseinanderfällt!«

Als sie das Mikrofon beiseitelegte, verkündete Tariks Stimme: »Vorrücken zur Gruppentherapie!«

Die gelben Spinnenboote stießen erneut in die Finsternis vor. Wo Invasoren hätten sein sollen, gab es nur Leere; wo Verstärkung hätte sein sollen, gab es nur Verwirrung. Ein roter Jäger nach dem anderen floh von seiner Position.

Die gelben Lichter hatten ihre Schuldigkeit getan. Ein Vibrastrahl flammte auf und zertrümmerte das rote Leuchten des Invasorenschiffs.

Ratt sprang wie wild herum und hielt sich dabei an Carlos'

und Flops Schultern fest. »He, wir haben gewonnen!«, rief der kleinwüchsige Rekonversionstechniker. »Wir haben gewonnen!«

Im Trupp wurde gemurmelt. Rydra fühlte sich merkwürdig weit entfernt. Die anderen sprachen so langsam, brauchten so unglaublich viel Zeit, um Dinge zu sagen, die sich mit einigen wenigen, einfachen …

»Alles in Ordnung, Ca'tain?« Brass legte ihr eine gelbe Pfote um die Schulter.

Sie versuchte zu sprechen, brachte jedoch nur ein Grunzen heraus. Taumelnd lehnte sie sich an seinen Arm.

Der Patron hatte sich umgedreht. »Geht es Ihnen gut?«, fragte er.

»Ssssss«, und sie begriff, dass sie nicht wusste, wie man das auf Babel-17 formulierte. Ihr Mund biss sich in Form und Konsistenz der englischen Sprache fest. »Übel«, sagte sie. »Himmel, ist mir übel.«

Noch während sie die Worte sprach, verflog ihr Schwindel.

»Vielleicht sollten Sie sich lieber hinlegen?«, meinte der Patron.

Sie schüttelte den Kopf. Die Anspannung in ihren Schultern und in ihrem Rücken und die Übelkeit legten sich. »Nein. Mir geht es gut. Ich glaube, ich bin nur ein bisschen zu sehr in Aufregung geraten.«

»Setz dich für eine Minute hin«, sagte Brass und half ihr, sich an die Armaturen zu lehnen. Aber sie drückte sich hoch.

»Wirklich. Mir geht es schon wieder gut.« Sie holte tief Luft. »Siehst du?« Sie schlüpfte unter Brass' Armen weg. »Ich mache jetzt einen Spaziergang. Danach geht es mir besser.« Noch immer unsicher auf den Beinen stapfte sie los. Sie spürte, dass die anderen sie nur widerwillig gehen ließen, aber mit einem Mal wollte sie anderswo sein. Sie folgte dem Verlauf der Galerien.

Als sie die oberen Ebenen erreichte, ging ihr Atem wieder normal. Dann tauchten plötzlich aus sechs verschiedenen Richtungen Korridore mit Rollrampen auf, die auf andere Ebenen hinunterführten. Verwirrt hielt sie inne, weil sie nicht wusste, wohin sie sich wenden sollte. Auf ein Geräusch hin drehte sie sich um.

Eine Gruppe von Tariks Leuten durchquerte den Korridor. Der Schlächter, der unter ihnen war, hielt inne und lehnte sich gegen den Türrahmen. Er grinste sie an, sah ihre Verwirrung und zeigte nach rechts. Ihr war nicht nach Sprechen zumute, deshalb lächelte sie nur und fasste sich zum Gruß an die Stirn. Als sie sich in Richtung der Rampe zur Rechten in Bewegung setzte, machte sie sich überrascht klar, welche Bedeutung sein Grinsen gehabt hatte. Darin lag der Stolz über ihren gemeinsamen Erfolg (der es ihr ermöglicht hatte zu schweigen), ja; und die schlichte Freude darüber, ihr seine wortlose Hilfe anzubieten. Aber das war alles. Keine Spur von der zu erwartenden Belustigung darüber, dass sich da jemand verlaufen hatte. Deren Vorhandensein hätte sie nicht gestört. Aber ihre Abwesenheit fand sie bezaubernd. Außerdem passte sie zu der scharfkantigen Brutalität, die sie zuvor bei ihm beobachtet hatte, und auch zu seiner Anmut, die an ein großes Tier gemahnte.

Sie lächelte immer noch, als sie den Gemeinschaftsraum erreichte.

2

Sie beugte sich über das Geländer des Stegs, um das geschäftige Treiben in der halbrunden Senke der Ladebucht zu beobachten. »Patron, bring die Kinder runter, damit sie an den Karrenwinden helfen. Tarik meinte, dass sie ein bisschen Unterstützung brauchen könnten.«

Der Patron ging mit dem Trupp zu dem Sessellift, der in Jebels Maschinenraum hinabführte.

»... alles klar, wenn ihr unten seid, geht ihr zu dem Mann dort in dem roten Hemd und bittet ihn darum, euch eine Arbeit zuzuweisen. Ja, Arbeit. Guck nicht so überrascht, Dummkopf. Kile, schnall dich bitte an, ja. Das sind achtzig Meter – wenn du da runterfällst, kannst du dir ganz schön den Kopf stoßen. He, ihr beiden, hört auf damit. Ich weiß, dass er angefangen hat. Kommt einfach mit runter und seid konstruktiv …«

Rydra beobachtete, wie Maschinenteile und organische Vorräte – der Allianz wie der Invasoren – von den Bergungsmannschaften, die an den Wracks der beiden Schiffe und dem Jägerschwarm zu Werke gingen, weitergereicht wurden; die gestapelten, sortierten Kisten wurden an der Wand des Ladebereichs aufgeschichtet.

»Bald werfen wir die Jägerschiffe über Bord. Ich fürchte, von der *Rimbaud* müssen wir uns dann auch trennen. Gibt es etwas, das Sie noch gerne retten würden, Captain?« Als sie Tariks Stimme hörte, drehte sie sich um.

»Es gibt ein paar wichtige Papiere und Aufzeichnungen, die ich holen muss. Ich lasse meinen Trupp hier und nehme meine Offiziere mit.«

»Gerne.« Tarik trat neben sie an die Brüstung. »Sobald wir hier fertig sind, gebe ich Ihnen ein paar Arbeiter mit, für den Fall, dass Sie etwas Großes holen möchten.«

»Das wird nicht …«, begann sie. »Ah, ich verstehe. Sie brauchen Treibstoff, nicht wahr?«

Tarik nickte. »Und Stasekomponenten, und Ersatzteile für unsere Spinnenschiffe. Wir werden die *Rimbaud* nicht anrühren, bevor Sie an Bord fertig sind.«

»Ich verstehe. Das ist wohl nur fair.«

»Ich bin beeindruckt«, wechselte Tarik das Thema, »von der Art und Weise, wie Sie das Verteidigungsnetz der Invasoren zerstört haben. Ebendiese Formation macht uns seit jeher gewisse Probleme. Der Schlächter hat mir erzählt, dass Sie keine fünf Minuten gebraucht haben, um sie in ihre Einzelteile zu zerlegen, und wir haben dabei nur eine Spinne verloren. Das ist ein Rekord. Mir war nicht klar, dass Sie nicht nur eine Dichterin, sondern auch eine Meisterstrategin sind. Sie haben viele Talente. Wir hatten allerdings Glück, dass Schlächter Sie beim Wort genommen hat. *Ich* wäre nicht klug genug gewesen, um Ihre Anweisungen so spontan zu befolgen. Wären die Ergebnisse nicht so lobenswert, dann hätte er mich damit sehr aufgebracht. Andererseits waren seine Entscheidungen schon immer gewinnbringend für mich.« Er ließ den Blick über die Ladebucht schweifen.

Auf einer erhobenen Plattform in der Mitte saß der Ex-Sträfling gemütlich in einem Sessel und überwachte schweigend die Abläufe unter sich.

»Er ist ein seltsamer Mann«, sagte Rydra. »Wofür war er im Gefängnis?«

»Ich habe ihn nie gefragt«, sagte Tarik und hob das Kinn. »Er hat es mir nie gesagt. Es gibt viele seltsame Leute auf Jebel. Und auf so engem Raum ist es wichtig, dass jeder seine Privatsphäre hat. O ja. Nach etwa einem Monat werden Sie gelernt haben, wie klein der Berg ist.«

»Ich habe nicht nachgedacht«, entschuldigte sich Rydra. »Ich hätte das nicht fragen sollen.«

Die komplette vordere Hälfte eines abgeschossenen Jägers der Invasoren wurde von einem gezackten Fließband durch eine sechs Meter breite Rinne gezogen. Demonteure schwärmten mit Bolzenschussgeräten und Laserschneidern daran empor. Kräne ergriffen den glatten Rumpf und drehten ihn langsam.

Ein Arbeiter an der Backbordscheibe schrie plötzlich auf und sprang hastig beiseite. Seine Werkzeuge fielen klappernd am Rumpf hinab. Die Backbordklappe schwang auf, und eine Gestalt in einem hautengen silbernen Anzug ließ sich die acht Meter aufs Fließband hinabfallen, rollte zwischen zwei Zacken hindurch, kam wieder auf die Füße, sprang die nächsten drei Meter zum Boden hinab und rannte. Die Kapuze glitt der Gestalt vom Kopf, und schulterlanges braunes Haar kam zum Vorschein und wurde wild herumgeschleudert, als sie den Kurs änderte, um einem Rollschlitten auszuweichen. Sie bewegte sich schnell, aber trotzdem mit einer gewissen Unbeholfenheit. Dann erkannte Rydra, dass das, was sie für einen dicken Bauch gehalten hatte, in Wirklichkeit eine Schwangerschaft im siebten Monat war. Ein Mechaniker warf einen Schraubenschlüssel nach ihr, aber sie wich aus, sodass er von ihrer Hüfte abprallte. Sie rannte auf einen offenen Bereich zwischen den gestapelten Vorräten zu.

Dann zerschnitt ein vibrierendes Fauchen die Luft: Die Invasorin blieb stehen und knallte mit dem Hintern auf den Boden; das Fauchen wiederholte sich. Sie kippte zur Seite, zuckte mit einem Bein, zuckte erneut.

Oben auf seinem Turm steckte der Schlächter seine Vibrapistole ins Halfter zurück.

»Das war unnötig«, sagte Tarik bestürzend sanft.

»Hätten wir nicht …« Aber ihr fiel nichts ein, was sie hätte vorschlagen können. Auf Tariks Gesicht lag ein Ausdruck von Schmerz und Neugier. Der Schmerz, begriff sie, galt nicht dem zweifachen Tod auf dem Deck unter ihnen; es war der Verdruss eines Ehrenmannes, der bei einer hässlichen Tat erwischt worden war. Seine Neugier galt ihrer Reaktion. Und es mochte ihr Leben wert sein, eine Reaktion auf das zu zeigen, was ihr die Eingeweide zusammenzog. Sie sah, wie er zum Sprechen ansetzte: Er würde sagen – und so sagte sie es für ihn –: »Sie setzen Schwangere als Pilotinnen auf Kampfschiffen ein. Ihre Reflexe sind besser.« Rydra sah ihn an. Würde er sich wieder entspannen? Ja, jetzt.

Der Schlächter erhob sich bereits von dem Sessellift und trat auf den Laufsteg. Während er auf sie zukam, schlug er sich ungeduldig mit der Faust auf den muskulösen Oberschenkel. »Sie sollten alles abstrahlern, bevor sie sich an die Arbeit machen. Sie hören einfach nicht zu. Schon das zweite Mal in zwei Monaten.« Er schnaubte.

Unten drängten sich die Besatzung der Jebel und ihr Trupp um die Leiche.

»Nächstes Mal werden sie es tun.« Tariks Stimme war noch immer leise und ausdruckslos. »Schlächter, anscheinend hast du Captain Wongs Interesse erregt. Sie hat sich gefragt, was für ein Kerl du wohl bist, und ich konnte es ihr einfach nicht sagen. Vielleicht kannst du ihr erklären, warum du …«

»Tarik«, sagte Rydra. Ihr Blick suchte ihn, blieb aber an Schlächters dunklen Augen hängen. »Ich würde gerne an Bord meines Schiffes gehen und mich um alles kümmern, bevor Sie damit anfangen, es auszuschlachten.«

Tarik atmete aus; er hatte die Luft angehalten, seit sie das Fauchen der Vibrapistole gehört hatten. »Natürlich.«

»Nein, kein Ungeheuer, Brass.« Sie schloss die Tür zur Kapitänskabine der *Rimbaud* auf und trat hindurch. »Nur zweckdienlich. Es ist einfach …« Und sie sagte eine Menge mehr zu ihm, bis ein unwilliger Ausdruck auf seine reißzahnverzerrten Lippen trat und er den Kopf schüttelte.

»Red Englisch mit mir, Ca'tain. Ich verstehe dich nicht.«

Sie nahm das Wörterbuch von der Konsole und legte es oben auf die Sternenkarten. »Tut mir leid«, sagte sie. »Das Zeug ist wirklich fies. Wenn man es erst einmal gelernt hat, macht es einem alles so einfach. Hol die Tonbänder aus dem Abspielgerät. Ich möchte sie mir noch mal anhören.«

»Was ist da drauf?« Brass brachte sie ihr.

»Transkriptionen des letzten Babel-17-Dialogs bei den Kriegswerften, kurz vor unserem Abflug.« Sie steckte sie auf die Spindel und schaltete das erste ein.

Eine wohlklingende Tonflut rieselte durch den Raum und nahm sie mit zehn- bis zwanzigsekündigen Salven gefangen, die sie inzwischen verstehen konnte. Der Plan zur Unterminierung von TW-55 wurde in halluzinatorischer Lebhaftigkeit vor ihr ausgebreitet. Als sie an einer Stelle ankam, die sie nicht verstand, verharrte sie zitternd vor der Mauer der Nichtkommunikation. Während sie zuhörte, während sie verstand, durchlief sie psychedelische Wahrnehmungen. Wenn das Verständnis wich, leerten sich vor Schreck ihre Lungen, und sie musste blinzeln und den Kopf schütteln (einmal biss sie sich versehentlich auf die Zunge), ehe sie wieder dazu in der Lage war, etwas aufzunehmen.

»Captain Wong?«

Das war Ron. Sie drehte den Kopf, der ihr nun leicht wehtat, in seine Richtung.

»Captain Wong, ich wollte nicht stören.«

»Schon in Ordnung«, sagte sie. »Was ist denn?«

»Das hier habe ich in der Pilotenkanzel gefunden.« Er hielt eine kleine Bandspule hoch.

Brass stand noch immer neben der Tür. »Was hatte das in meinem Teil des Schiffs zu suchen?«

Rons Gesichtszüge trugen einen inneren Kampf darum aus, welchen Ausdruck sie annehmen sollten. »Ich habe es mir gerade zusammen mit Patron angehört. Captain Wong – oder sonst jemand – bittet darauf bei der Flugaufsicht der Kriegswerften um eine Starterlaubnis, gefolgt vom Freigabesignal an den Patron, sich bereit zu machen.«

»Ich verstehe«, sagte Rydra. Sie nahm die Spule. Dann runzelte sie die Stirn. »Das Band stammt aus meiner Kabine. Ich verwende die Drei-Nocken-Spulen, die ich von der Universität mitgebracht habe. Alle anderen Geräte an Bord sind mit Vier-Nocken-Spulen ausgestattet. Das Band kam von diesem Gerät hier.«

»Also«, sagte Brass, »hat sich hier offenbar jemand reingeschlichen und die Aufnahme gemacht, während du nicht da warst.«

»Wenn ich nicht da bin, ist hier alles so gut abgeriegelt, dass nicht mal ein körperloser Floh unter der Tür durchkriechen könnte.« Sie schüttelte den Kopf. »Das gefällt mir nicht. Ich weiß nicht, was man mir als Nächstes vermasseln wird. Tja …« – sie stand auf – »zumindest weiß ich jetzt, was ich in Sachen Babel-17 unternehmen muss.«

»Und das wäre?«, fragte Brass. Patron war an die Tür gekommen und blickte Ron über die geblümte Schulter.

Rydra ließ den Blick über ihre Crew schweifen. Unbehagen
oder Misstrauen, was war schlimmer? »Das kann ich euch jetzt
schlecht sagen, oder?«, antwortete sie. »So einfach ist das.« Sie
ging zur Tür. »Ich wünschte, ich könnte es. Aber nach dieser
ganzen Sache wäre das ein bisschen dumm.«

»Aber ich möchte lieber mit Tarik sprechen!«

Klik sträubte die Federn und zuckte mit den Schultern.
»Meine Dame, ich würde Ihre Wünsche über die eines jeden
anderen an Bord des Bergs stellen, Tarik ausgenommen. Und es
ist Tariks Wunsch, dem der Ihre entgegensteht. Er wünscht, nicht
gestört zu werden. Er plant gerade Jebels Kurs für die Dauer des
nächsten Zeitzyklus. Er muss die Strömungen sorgfältig begutachten und selbst die Masse der uns umgebenden Sterne auf die
Waagschale legen. Das ist eine beschwerliche Aufgabe, und …«

»Und wo ist der Schlächter? Dann frage ich eben ihn, obwohl
ich lieber direkt mit …«

Der Hofnarr wies ihr mit einer grünen Klaue den Weg. »Er
befindet sich im biologischen Operationssaal. Gehen Sie unten
durch den Gemeinschaftsraum und nehmen Sie den ersten
Aufzug bis Ebene 12. Direkt zu Ihrer Linken.«

»Danke.« Sie ging die Stufen zur Galerie hoch.

Oben angekommen fand sie die riesige Iristür und drückte
auf die Eingangsscheibe. Blätter falteten sich zusammen, und sie
blinzelte ins grüne Licht.

Sein runder Kopf und seine leicht hochgezogenen Schultern
zeichneten sich schemenhaft vor einem blubbernden Behälter ab,
in dem eine winzige Gestalt trieb: Die zahllosen Bläschen, die um
sie herum aufstiegen, sammelten sich weiß unter ihren Füßen,
verfingen sich zwischen den verschränkten Armen wie ein Funkenschauer, umsprudelten den vorgebeugten Kopf und schäumten
im Kleinkinderhaar, das in der kaum merklichen Strömung trieb.

Der Schlächter drehte sich um, sah sie und sagte: »Es ist gestorben.« Er nickte heftig, streitlustig. »Bis vor fünf Minuten hat es noch gelebt. Siebeneinhalb Monate. Es hätte überleben sollen. Es war kräftig genug!« Seine linke Faust klatschte in seine rechte Handfläche, wie sie es bei ihm schon im Gemeinschaftsraum beobachtet hatte. Bebende Muskeln kamen zur Ruhe. Er deutete mit dem Daumen auf einen Operationstisch, wo die Leiche der Invasorin lag – seziert. »Sie wurde schwer verletzt, bevor sie rausgekommen ist. Ihre inneren Organe waren übel zugerichtet. Haufenweise Nekrosen quer durch den Unterleib.« Er drehte die Hand, sodass der Daumen über die Schulter auf den dahintreibenden Homunkulus zeigte, wodurch die Geste, die zuerst grob erschienen war, eine sparsame Anmut gewann. »Trotzdem – es hätte überleben sollen.«

Er schaltete das Licht im Tank ab, und der Blasenstrom kam zum Erliegen. Dann trat er hinter dem Labortisch hervor. »Was will die Dame?«

»Tarik plant Jebels Route für die nächsten Monate. Könnten Sie ihn bitten ...« Sie hielt inne. Dann fragte sie: »Warum?«

Rons Muskeln, dachte sie, waren lebende Tonbänder, die ihre Botschaften wie eine knallende Peitsche oder eine klingende Saite äußerten. An diesem Mann waren die Muskeln Schilde, mit denen er die Welt aus- und sich selbst einsperrte. Etwas in seinem Innern sprang immer wieder hoch und schlug von innen gegen den Schild. Sein zerfurchter Bauch bewegte sich, die Brust zog sich zusammen, als er ausatmete; seine Stirn glättete sich und legte sich wieder in Falten.

»Warum?«, wiederholte sie. »Warum hast du versucht, das Kind zu retten?«

Er verzog zur Antwort das Gesicht, und seine linke Hand kreiste um das Sträflingsmal auf seinem anderen Bizeps, als brannte es plötzlich. Dann gab er sich voller Abscheu geschlagen. »Gestorben. Zu nichts mehr gut. Was will die Dame?«

Das, was wieder und wieder hochgesprungen war, zog sich nun

zurück – und sie tat es ihm nach. »Ich möchte wissen, ob Tarik mich zum Verwaltungshauptquartier der Allianz fliegen kann. Ich muss wichtige Informationen über die Invasion dorthin bringen. Mein Pilot hat mir gesagt, dass der Spicelli-Bruch bis auf zehn hyperstatische Einheiten heranreicht, eine Strecke, die sich mit einem Spinnenschiff zurücklegen lässt, Jebel könnte also die ganze Zeit über im funkgestörten Raum bleiben. Wenn Tarik mich zum Hauptquartier begleitet, garantiere ich für seinen Schutz und seine sichere Rückkehr in die dichteren Bereiche des Bruchs.«

Er sah sie aufmerksam an. »Bis zur Drachenzunge?«

»Ja. So heißt laut Brass die Spitze des Bruchs.«

»Mit einer Schutzgarantie?«

»Genau. Ich kann meine Referenzen von General Forester von der Allianz vorweisen, wenn … «

Aber er gebot ihr mit einem Wink zu schweigen. »Tarik«, sagte er in die Sprechanlage an der Wand.

Die Anlage war gerichtet, deshalb konnte sie die Antwort nicht hören.

»Lass Jebel im ersten Zyklus die Drachenzunge hinabreisen.«

Es folgte entweder eine Nachfrage oder ein Einwand …

»Flieg die Zunge runter, dann ist es gut.«

Er nickte auf das unverständliche Flüstern hin und sagte: »Es ist gestorben.« Dann schaltete er ab. »Alles klar. Tarik wird Jebel zum Hauptquartier fliegen.«

Erstaunen unterlief ihre anfängliche Ungläubigkeit – dasselbe Erstaunen, das sie auch empfunden hätte, als er ohne nachzufragen auf ihren Plan eingegangen war, die Verteidigung der Invasoren auszuschalten, wenn Babel-17 denn derartige Gefühle zu jenem Zeitpunkt zugelassen hätte. »Oh, danke«, sagte sie, »aber du hast mich noch nicht einmal gefragt …« Dann beschloss sie, das alles anders zu formulieren.

Aber der Schlächter ballte die Faust.

»Zu wissen, welche Schiffe zerstört werden sollen, und Schiffe werden zerstört.« Er schlug sich die Faust vor die Brust.

»Und jetzt die Drachenzunge runterfliegen, und Jebel fliegt die Drachenzunge runter.« Erneut schlug er sich vor die Brust.

Sie wollte Fragen stellen, aber nach einem Blick auf den toten Fötus und die dunkle Flüssigkeit sagte sie stattdessen: »Danke, Schlächter.« Während sie durch die Iristür trat, dachte sie über das nach, was er zu ihr gesagt hatte, und versuchte, eine Erklärung für das zu finden, was er getan hatte. Selbst die ruppige Art und Weise, wie er sich ausdrückte …

Seine Worte …!

Plötzlich wurde ihr alles klar, und sie rannte den Korridor entlang.

3

»Brass, er kann nicht ›ich‹ sagen!« Sie beugte sich aufgeregt über den Tisch, getrieben von überraschter Neugier.

Der Pilot schloss die Klauen um sein Trinkhorn. Die Holztische im Gemeinschaftsraum wurden gerade für das Abendessen gedeckt.

»Mir, mein, meines. Ich glaube, das kann er auch alles nicht sagen. Oder denken. Ich frage mich, wo zum Teufel er herkommt.«

»Kennst du eine Sprache, in der es kein Wort für ›ich‹ gibt?«

»Mir fallen ein paar ein, in denen es nicht oft verwendet wird, aber keine einzige, die keinen Begriff davon hat, und wenn es nur in einer Verbindung ist.«

»Und das bedeutet was?«

»Ein seltsamer Mann mit einer seltsamen Art zu denken. Ich weiß nicht, warum, aber er hat ein Bündnis mit mir geschlossen, er ist auf dieser Reise sozusagen mein Gleichgesinnter und mein Bindeglied zu Tarik. Ich würde ihn gerne verstehen, damit ich ihm nicht wehtue.«

Rydra ließ den Blick über die geschäftigen Vorbereitungen im Gemeinschaftsraum schweifen. Das Mädchen, das ihnen

Hühnchen gebracht hatte, blickte jetzt in ihre Richtung, nachdenklich und immer noch verängstigt, aber ihre Angst schmolz im Angesicht der Neugier, die sie zwei Tische näher heranführte, und kurz darauf verpuffte die Neugier zu Gleichgültigkeit, und sie lief los, um weitere Löffel aus der Schublade in der Wand zu holen.

Rydra fragte sich, was geschehen würde, wenn sie ihre Wahrnehmung der Bewegungen und des nervösen Zuckens der Menschen in Babel-17 übersetzte. Es war nicht bloß eine Sprache, das hatte sie inzwischen verstanden, sondern eine flexible Matrix analytischer Möglichkeiten, in der das gleiche »Wort« die Belastungen, denen ein Netz medizinischer Bandagen ausgesetzt war, oder ein Verteidigungsgitter von Raumschiffen definierte. Was würde es mit den Spannungen und Sehnsüchten in einem menschlichen Gesicht anstellen? Vielleicht würde das Beben eines Augenlids oder eines Fingers zu Mathematik werden, bedeutungslos. Oder vielleicht … Während sie nachdachte, stieg sie in Gedanken auf die sich überstürzende Kompaktheit von Babel-17 um. Und sie ließ den Blick über – über die Stimmen schweifen.

Was sich da ausbreitete und wechselweise definierte, waren nicht die Stimmen selbst, sondern die gedanklichen Ichkonstrukte, die die Stimmen hervorbrachten, sie miteinander verflochten, sodass sie wusste, dass der Mann, der gerade den Saal betrat, der trauernde Bruder von Schweinsfuß war, und dass das Mädchen, das sie bedient hatte, verliebt war, so furchtbar verliebt in den toten Jungen aus dem körperlosen Sektor, der ihren Träumen schmeichelte, was mit dem allgemeinen Hunger einherging, bei dem einen ein Bauchungeheuer mit Zähnen, bei dem anderen eine träge Pfütze, gefolgt vom vertrauten Ansturm halbwüchsigen Trubels, als der Trupp von der *Rimbaud* hereingestürzt kam,

Sie saß im großen Gemeinschaftsraum, während Männer und Frauen zum Abendessen hereinströmten, und nahm dabei so viel mehr wahr.

getrieben von der tiefen Sorge des Patrons, immer weiter, inmitten von Überschwang, Hunger und Liebe, eine *Angst*! Ein Gong ertönte im Saal, blitzte rot in den indigofarbenen Kacheln auf, und sie suchte nach Tarik oder dem Schlächter, weil ihre Namen Teil der Angst waren, aber sie fand weder den einen noch den anderen; stattdessen

Man deckte für sie ein, brachte ihr erst eine Flasche, dann Brot, das sie sah und über das sie lächelte, aber sie sah noch so viel anderes.

war da ein dünner Mann namens Geoffry Cord, in dessen Gehirn von gekreuzten Drähten Funken stoben: *Bring Tod mit dem Messer in der Scheide an meinem Bein,* und erneut: *Mit meiner stählernen Zunge erschaffe mir einen Ort in einem Horst hoch oben auf Jebel,* und die Ichkonstrukte um ihn

Um sie herum saßen die Leute und entspannten sich, während die Kellner zur Essenstheke eilten, wo die Braten und die gedünsteten Früchte standen.

herum, tastend und hungernd, brummend über Belustigungen und Verletzungen, ein kleines bisschen liebend und nach mehr tastend, all das durchdrungen von der Entspannung angesichts der bevorstehenden Mahlzeit einerseits und andererseits von der Erwartung dessen, was der schlaue Klik heute Abend präsentieren würde, von den Gedanken der Darsteller des Pantomimenstücks, auf ihre Vorstellung eingestimmt, während sie die Zuschauer begutachteten, mit denen sie zuvor gearbeitet und geschlafen hatten, ein älterer

Sie sah so viel mehr als den kleinen dämonischen Spaßmacher auf der Bühne, der sagte: »Bevor unsere Abendunterhaltung beginnt, möchte ich unseren Gast, Captain Wong, darum bitten, ein paar Worte zu sprechen oder vielleicht etwas für uns vorzutragen.« Und sie wusste mit einem sehr kleinen Teil ihres Verstands – mehr brauchte es nicht –, dass sie diese Chance nutzen musste, um ihn bloßzustellen.

Navigator mit geometrischem Kopf beeilte sich, dem Mädchen, das in dem Stück so tun sollte, als wäre sie verliebt, eine silberne Spange zu geben, die er selbst zurechtgeschmolzen und graviert hatte, um zu sehen, ob sie so tun würde, als wäre sie in ihn verliebt, doch inmitten all dessen wandte ihr Verstand sich wieder dem Alarmsignal Geoffry Cord zu, *Ich muss heute Abend handeln, wenn die Schauspieler ihre Vorstellung beenden,* und weil sie sich auf nichts konzentrieren konnte außer auf seine Dringlichkeit, beobachtete sie, wie er sich in seinen Plänen verwickelte, nach vorn zu eilen, sobald die Pantomime begann, als wollte er besser sehen, wie viele es taten, um sich an den Tisch zu stehlen, wo Tarik sitzen würde, um Tarik dann die Klinge mit ihrem Schlangenzahn zwischen die Rippen zu stoßen, mit der Rinne im Metall, die ein lähmendes Gift enthielt, und sich dann auf den hohlen Zahn zu beißen, der mit hypnotischen Drogen gefüllt

Diese Erkenntnis überdeckte für einen Moment alles andere, schrumpfte dann jedoch wieder auf die ihr angemessene Größe, denn sie wusste, dass Cord sie nicht daran hindern durfte, zum Hauptquartier zu gelangen, also stand sie auf, ging zur Bühne am anderen Ende des Gemeinschaftsraums und griff sich unterwegs rasch eine tödliche Klinge aus Cords Geist, die in die Risse Geoffry Cords eindringen würde.

war, sodass man, wenn man ihn gefangen nahm, glauben würde, er stünde unter der Kontrolle eines anderen, und letztendlich würde er eine wilde Geschichte vorbringen, die ihm während vieler schmerzhafter Stunden mit dem Personafix unterhalb der Hypnosebene eingepflanzt worden war, wonach er unter der Kontrolle des Schlächters stand; und dann würde er es irgendwie so arrangieren, dass er mit dem Schlächter allein war, und ihm in die Hand oder das Handgelenk oder ins Bein beißen und ihm so die gleichen

hypnotischen Drogen injizieren, die seinen Mund vergifteten und den massigen Straftäter hilflos machen würden, und damit

wäre er seinem Willen unterworfen, und wenn der Schlächter
nach dem Mord letztendlich über das Schicksal von Jebel
bestimmte, würde Geoffry Cord der Stellvertreter des Schlächters
sein, wie der Schlächter derzeit Tariks Stellvertreter war, und
wenn Tariks Jebel der Jebel des
Schlächters war, würde sich   *Ihre Angst löste sich von ihrem*
Geoffry dem Willen des Schläch- *weit ausgreifenden Schiffs-*
ters auf die gleiche Weise unter- *Bild, während sie seinen*
werfen, wie sich der Schlächter, *brennenden Zorn spürte und*
so vermutete er, Tariks Willen   *trotzdem überleben würde,*
unterworfen hatte, und sie   *seine Angst so porös, porös*
würden mit großer Strenge   *wie ein Schwamm.*
regieren, und alle Fremden
würden vom Berg verstoßen werden, um im Vakuum zu sterben,
und sie würden mit Macht über jedes Schiff herfallen, ob nun
Invasoren, Allianz oder Schatten im Bruch, und Rydra riss ihre
Gedanken von ihm los und streifte kurz die Oberfläche von Tarik
und dem Schlächter und sah keine Hypnotika, aber auch, dass
sie mit keinem Hinterhalt rechneten, und Rydra sah ihre eigene
verzögerte Angst, die sie mit doppelter und halbierter Stimme
von dem fortzog, was sie in ihrem Ausgleiten und Überlappen
empfand, und nein ja, sie war dazu fähig, noch während sie sich
in Bewegung setzte, um die Worte und Bilder auszuwählen, die
ihn zu ihrem Verrat treiben und drängen würden, und nein ja,
nachdem seine Angst sie einmal getroffen und sie sich wieder
davon erholt hatte, kehrte sie zu einer einzigen, durch Wahrnehmung und Handeln, Sprache und Kommunikation, die nun
eins waren, gezogene Linie zurück, wählte mit jener Sorgfalt,
welche die gedehnte Zeit ihr gestattete, Laute aus, die überzeugen
würden, und sie erreichte die Tribüne neben Klik, dem wunderschönen Tier, und stieg hinauf, hörte die Stimmen, die in der
Stille des Saals sangen, und warf ihre Worte nun von der Schleu-
der ihrer strahlenden Stimme, sodass sie außerhalb von ihr
hingen, und sie beobachtete sie und beobachtete

sein Beobachten: der Rhythmus, der für die meisten Ohren im Gemeinschaftsraum wenig vertrackt war, schmerzte ihn, weil er zeitlich auf seine körperlichen Abläufe abgestimmt war, um sie zu erschüttern und gegen sie zu arbeiten … und es überraschte sie, dass er überhaupt so lange durchgehalten hatte.

»Alles klar, Cord,
Lord willst du sein in Tariks Berg;
dein Werk braucht mehr als Verschlagenheit,
einen Bauch voller Mord und auch weiche Knie.
Öffne den Mund. Öffne die Hände.
Um Macht zu verstehen,
benutze deinen Kopf und sieh.
Ehrgeiz befleckt wie rubinroter Saft
deine Geisteskraft, geboren in rasender Wut,
kalte Brut, erneut geschwungen
in tödlicher Bahn,
im Wahn wähnst du dich als Opfer und füllst
die Schädeltasse mit Mord auf den Lippen.
So sagt sich voraus der Weg deiner Finger
zur Klinge, geschmiegt in die geschnürte Scheide,
deren Schneide den Plan blasser Finger besorgt;
Geborgen harrtest du aus, und die gefälschten
Stunden, Wunden, die dir das Personafix schlug
als Trug, um sie ins Straucheln zu bringen,
wenn das Klingen des Donners Tarik zerreißt.
Du spickst Früchte mit Nadeln, dein Giftkanal
aus Stahl liegt bereit, doch meiner Zeilen Klang,
stark und lang, zertrümmert deinen glosenden
Stern,
den Kern deines Denkens. Das Lied,
das du nun hörst,
stört deine Pläne. Sensenmann,
tritt heran …

Sie sah Geoffry Cord direkt an. Geoffry Cord sah sie direkt an – und kreischte los.

Sein Schrei ließ etwas zerplatzen. Sie hatte auf Babel-17 gedacht und ihre englischen Worte auf dieser Grundlage gewählt. Nun dachte sie wieder auf Englisch.

Geoffry Cord riss den Kopf zur Seite, sodass sein schwarzes Haar erbebte, warf seinen Tisch um und rannte zornentbrannt auf sie zu. Das vergiftete Messer, das sie nur in seinen Gedanken gesehen hatte, war jetzt in seiner Hand und zielte auf ihren Bauch.

Sie sprang zurück, trat, als er sich auf die Tribüne hochschwang, nach seinem Handgelenk, verfehlte es, traf ihn dafür aber im Gesicht. Er stürzte hintenüber und rollte über den Boden.

Gold, Silber, Bernstein: Brass rannte von einer Seite des Saals herbei. Der silberhaarige Tarik kam mit sich bauschendem Umhang von der anderen. Und der Schlächter hatte sie bereits erreicht, stand zwischen ihr und dem sich wieder aufrichtenden Cord.

»Was hat das zu bedeuten?«, wollte Tarik wissen.

Cord hatte sich auf ein Knie erhoben, das Messer immer noch in der Hand. Seine schwarzen Augen schweiften von einer Vibrapistolenmündung zur nächsten und dann zu Brass' ausgefahrenen Klauen. Er erstarrte.

»Ich schätze es nicht, wenn man meine Gäste angreift.«

»Das Messer war für Sie bestimmt, Tarik«, keuchte sie. »Schauen Sie sich die Protokolle von Jebels Personafix an. Er wollte Sie töten, den Schlächter mit Hypnose unter seine Kontrolle bringen und Jebel übernehmen.«

»Oh«, sagte Tarik, »einer von denen.« Er wandte sich dem Schlächter zu. »Es war auch Zeit, dass mal wieder einer auftauchte, was? Etwa ein Mal alle sechs Monate. Abermals bin ich Ihnen dankbar, Captain Wong.«

Der Schlächter trat vor und nahm Cord, dessen Leib wie erstarrt war und dessen Blick tanzte, das Messer ab. Rydra lauschte Cords Atemzügen in der Stille, während der Schlächter das Messer an der Klinge hielt und untersuchte. Die Klinge selbst, die in den dicken Fingern des Schlächters lag, bestand aus gepresstem Stahl. Der Parierring, ein sieben Zoll langes Stück Knochen, war starr, zerfurcht und mit Walnussöl gefärbt.

Mit der freien Hand griff der Schlächter Cord ins schwarze Haar. Und dann drückte er Cord das Messer nicht besonders schnell bis zum Griff ins rechte Auge, den Knauf zuerst.

Der Schrei wurde zu einem Gurgeln. Die zuckenden Hände lösten sich von den Schultern des Schlächters. Wer in der Nähe saß, stand auf.

Zweimal schlug Rydras Herz so fest, dass es ihr beinahe den Brustkorb zerriss. »Aber Sie haben nicht einmal überprüft … wenn ich falschgelegen hätte … vielleicht war mehr an der Sache dran als …« Ihre Zunge plapperte sinnlose Einwände. Und vielleicht war ihr das Herz stehen geblieben.

Der Schlächter musterte sie kalt; seine Hände waren beide blutig. »Er hat sich auf Jebel mit einem Messer auf Tarik oder die Dame zubewegt, also stirbt er.« Seine rechte Faust fuhr auf seine linke Handfläche nieder, wegen des roten Schmiermittels diesmal lautlos.

»Miss Wong«, sagte Tarik, »nach allem, was ich gesehen habe, besteht wenig Zweifel daran, dass Cord gefährlich war. Ich bin mir sicher, dass Sie ebenfalls nicht daran zweifeln. Sie sind äußerst nützlich. Ich bin Ihnen zu größtem Dank verpflichtet. Ich hoffe, diese Reise die Drachenzunge hinab erweist sich als verheißungsvoll. Der Schlächter hat mich gerade darüber unterrichtet, dass wir sie auf Ihre Bitte hin unternehmen.«

»Danke, aber …« Ihr Herz schlug nun wieder. Sie versuchte, eine Wortfolge zu finden, die sie an ihrem »aber« aufhängen konnte, doch die Sprache verharrte hinter ihren Lippen. Stattdessen wurde ihr sehr übel, und sie kippte halb blind vornüber. Der Schlächter fing sie mit roten Handflächen auf.

Wieder das runde, warme, blaue Zimmer. Aber allein, und jetzt
endlich konnte sie über das nachdenken, was im Gemeinschaftsraum vorgefallen war. Es war nicht das, was sie Mocky immer
wieder zu beschreiben versucht hatte. Es war das, als was Mocky
es ihr gegenüber wiederholt bezeichnet hatte: Telepathie. Aber
offenbar war Telepathie der Knotenpunkt überkommener Fähigkeiten und einer neuen Art zu denken. Sie eröffnete ihr Welten
der Wahrnehmung, des Handelns. Warum fühlte sie sich dann
krank? Sie erinnerte sich, wie die Zeit sich verlangsamte, wenn
ihr Verstand unter dem Einfluss von Babel-17 arbeitete, wie ihre
Denkprozesse sich beschleunigten. Wenn ihre Körperfunktionen
sich in vergleichbarer Weise steigerten, dann war ihr Körper
dieser Belastung vielleicht nicht gewachsen.

Die Tonbänder von der *Rimbaud* hatten ihr verraten, dass
sich der nächste »Sabotage«-Versuch im Verwaltungshauptquartier der Allianz ereignen würde. Sie wollte mit der Sprache,
dem Vokabular und der Grammatik dorthin, ihnen alles übergeben und sich zurückziehen. Fast war sie dafür bereit, die Suche
nach diesem mysteriösen Sprecher anderen zu überlassen. Aber
nein, noch nicht ganz, da war noch etwas, etwas, das gehört und
gesprochen werden musste …

Ihr wurde übel, und sie stürzte, blieb an einem blutigen Finger
hängen, erwachte mit einem Schreck. Die ichlose Brutalität des
Schlächters, durch etwas, von dem sie nichts wusste, in lineare
Form gehämmert und nicht einmal primitiv, war bei all ihrer
Grausamkeit menschlich. Selbst mit blutigen Händen war er
weniger gefährlich als die Präzision einer linguistisch korrigierten Welt. Was konnte sie zu einem Mann sagen, der selbst
nicht »ich« sagen konnte? Was konnte er zu ihr sagen? Tariks
Grausamkeiten, seine Güte, bewegten sich an den Rändern der
ausdrucksfähigen Zivilisation. Aber diese rote Bestialität … fas-
zinierte Rydra!

4

Sie erhob sich von ihrer Hängematte, und diesmal löste sie die Bandage. Sie fühlte sich nun schon seit fast einer Stunde besser, aber die meiste Zeit hatte sie still dagelegen und nachgedacht. Die Rampe neigte sich unter ihren Füßen.

Während die Wand der Krankenstation hinter ihr wieder feste Gestalt annahm, hielt sie im Korridor inne. Der Luftstrom pulsierte wie Atem. Ihre durchscheinenden Hosen strichen ihr über die bloßen Füße. Der Kragen ihrer schwarzen Seidenbluse lag ihr locker auf den Schultern.

Sie hatte sich während Jebels Nachtschicht gut ausgeruht. In Phasen hoher Aktivität wurden die Ruhezeiten gestaffelt, aber wenn sie lediglich von einem Ziel zum nächsten reisten, gab es Stunden, in denen fast alle Einwohner des Schiffes schliefen.

Anstatt in Richtung Gemeinschaftsraum zu gehen, bog sie in einen ihr unbekannten, leicht abfallenden Tunnel. Der Boden verströmte ein diffuses weißes Licht, das fünfzehn Meter weiter vorn erst bernsteinfarben und dann orange wurde – sie hielt inne und betrachtete im orangenen Licht ihre Hände, und noch zehn Meter weiter war das Orange zu Rot geworden. Dann …

Blau.

Der Raum öffnete sich um sie her, die Wände wurden weiter, und auch die Decke verschwand hoch über ihr in der Dunkelheit. Die Luft flackerte, und vor ihren Augen tanzten Flecken als Nachbilder des Farbwechsels. Substanzlose Nebel und ihr verwirrter Blick veranlassten sie, sich auf der Suche nach Orientierung umzudrehen.

Vor dem roten Eingang des Saals zeichnete sich der Schattenriss eines Mannes ab. »Schlächter?«

Er kam auf sie zu, und das blaue Licht verschleierte seine Züge. Er blieb stehen, nickte.

»Als es mir besser ging, habe ich beschlossen, einen Spaziergang zu machen«, erklärte sie. »Was für ein Teil des Schiffes ist das?«

»Die Quartiere der Körperlosen.«

»Das hätte ich wissen müssen.« Sie gingen nun nebeneinander.

»Streifst du auch nur umher?«

Er schüttelte den schweren Kopf. »Ein fremdes Schiff ist dicht an Jebel vorbeigezogen, und Tarik benötigt seine Sensorvektoren.«

»Allianz oder Invasoren?«

Der Schlächter zuckte mit den Schultern. »Nur um zu wissen, dass es kein menschliches Schiff ist.«

In den fünf erforschten Galaxien gab es neun Spezies, die über interstellare Antriebe verfügten. Drei hatten sich eindeutig mit der Allianz verbündet. Vier waren aufseiten der Invasoren. Zwei hatten sich bisher niemandem angeschlossen.

Sie waren inzwischen so weit im körperlosen Sektor, dass nichts mehr eine feste Form zu haben schien. Die Wände waren ein blauer Nebel ohne Ecken. Das hallende Knistern der Übertragungsenergie erzeugte ferne Blitze, und ihre Augen wurden von halb erinnerten Phantomen heimgesucht, die immer vor wenigen Augenblicken an ihnen vorbeigezogen, aber niemals anwesend waren.

»Wie weit gehen wir?«, fragte sie. Sie hatte beschlossen, ihn zu begleiten, und dachte beim Sprechen: Wenn er das Wort für »ich« nicht kennt, wie kann er dann ein »wir« verstehen?

Ob er sie nun verstand oder nicht, jedenfalls antwortete er: »Bald.« Dann sah er sie direkt aus dunklen Augen unter dichten Brauen hervor an und fragte: »Warum?«

Sein Tonfall war so anders, dass sie wusste, dass er sich auf nichts bezog, das in den vergangenen Minuten Gegenstand ihres Gesprächs gewesen war. Sie suchte ihre Erinnerungen nach etwas ab, das sie getan hatte und das ihm verwirrend erscheinen mochte.

Er wiederholte: »Warum?«

»Warum was, Schlächter?«

»Warum die Rettung Tariks vor Cord?«

In seiner Frage lag kein Einwand, nur ethische Neugier. »Weil ich ihn mag, und weil ich ihn brauche, damit er mich zum Hauptquartier bringt, und es käme mir komisch vor, wenn ich ihn …« Sie hielt inne. »Weißt du, wer ›ich‹ bin?«

Er schüttelte den Kopf.

»Wo kommst du her, Schlächter? Auf was für einem Planeten wurdest du geboren?«

Er zuckte mit den Achseln. »Der Kopf«, sagte er nach einem Augenblick. »Sie sagten, dass etwas mit dem Gehirn nicht stimmte.«

»Wer?«

»Die Ärzte.«

Blauer Nebel trieb zwischen ihnen dahin.

»Die Ärzte auf Titin?«, mutmaßte sie.

Der Schlächter nickte.

»Warum haben sie dich dann ins Gefängnis gesteckt, und nicht in ein Krankenhaus?«

»Das Gehirn ist nicht verrückt, haben sie gesagt. Diese Hand …« – er hielt seine Linke empor – »… töte in drei Tagen vier Menschen. Diese Hand …« – er hob die andere – »… töte sieben. Spreng vier Gebäude mit Thermit. Der Fuß …« – er klatschte auf sein linkes Bein – »… trat der Wache in der Telechron-Bank den Schädel ein. Dort gibt es viel Geld, zu viel zum Tragen. Trag etwa vierhunderttausend Credits. Nicht viel.«

»Du hast die Telechron-Bank ausgeraubt und vierhunderttausend Credits erbeutet!«

»Drei Tage, elf Menschen, vier Gebäude: aus jedem vierhunderttausend Credits. Aber Titin …« – sein Gesicht verzog sich – »… war kein Spaß.«

»Das habe ich gehört. Wie lange hat es gedauert, bis du gefasst wurdest?«

»Sechs Monate.«

Rydra stieß einen Pfiff aus. »Ich ziehe den Hut vor dir, wenn du es nach einem Banküberfall so lange geschafft hast, frei herumzulaufen. Und du weißt genug über Biotik, um einen schwierigen Kaiserschnitt durchzuführen und den Fötus am Leben zu erhalten. In diesem Kopf steckt so einiges.«

»Die Ärzte sagen, das Gehirn nicht dumm.«

»Hör mal, du und ich, wir reden noch miteinander. Aber zuerst muss ich …« – sie hielt inne – »… dem Hirn etwas beibringen.«

»Was?«

»Etwas über …« Sie zögerte. »Über *du* und *ich*. Du hörst diese Worte doch sicher hundertmal am Tag. Fragst du dich nie, was sie bedeuten?«

»Warum? Das meiste ergibt auch ohne sie einen Sinn.«

»He, sprich in der Sprache, mit der du aufgewachsen bist.«

»Nein.«

»Warum nicht? Ich möchte herausfinden, ob es eine ist, über die ich irgendetwas weiß.«

»Die Ärzte sagen, dass mit dem Gehirn etwas nicht stimmt.«

»Na schön. Was haben sie gesagt, was nicht stimmt?«

»Aphasie, Alexie, Amnesie.«

»Dann warst du ziemlich kaputt.« Sie runzelte die Stirn. »War das vor oder nach dem Banküberfall?«

»Vorher.«

Sie versuchte, Ordnung in das zu bringen, was sie erfahren hatte. »Dir ist etwas passiert, seit dem du nicht mehr sprechen und lesen und dich an nichts mehr erinnern kannst, und was machst du als Erstes? Du raubst die Telechron-Bank aus. Welche Telechron-Bank eigentlich?«

»Auf Rhea-IV.«

»Ach, eine kleine. Aber trotzdem – du bist sechs Monate lang in Freiheit geblieben. Hast du irgendeine Ahnung, was dir widerfahren ist, bevor du das Gedächtnis verloren hast?«

Der Schlächter zuckte mit den Achseln.

»Wahrscheinlich sind sie alle Möglichkeiten durchgegangen, dass du vielleicht unter Hypnose für jemand anders gearbeitet

hast. Du weißt nicht, welche Sprache du vor deinem Gedächt-
nisverlust gesprochen hast? Tja, deine heutigen Sprachmuster
müssen auf deiner früheren Sprache basieren, sonst hättest du
ich und *du* einfach zusammen mit anderen neuen Wörtern auf-
geschnappt.«

»Warum müssen diese Laute etwas bedeuten?«

»Weil du eben eine Frage gestellt hast, die ich nicht beantworten kann, wenn du sie nicht verstehst.«

»Nein.« Unbehagen verdunkelte seine Stimme. »Nein. Es gibt
eine Antwort. Die Worte der Antwort müssen nur einfacher sein,
weiter nichts.«

»Schlächter, es gibt gewisse Vorstellungen, für die es Worte
gibt. Wenn du die Worte nicht kennst, dann kannst du auch die
Vorstellungen nicht begreifen. Und wenn du die entsprechende
Vorstellung nicht begreifst, dann kennst du auch nicht die Antwort.«

»Das Wort *du* viermal, ja? Trotzdem nichts unklar, und *du*
bedeutet nichts.«

Sie seufzte. »Das liegt daran, dass ich das Wort phatisch
benutzt habe – rituell, ohne seine tatsächliche Bedeutung zu
beachten … als Redewendung. Hör zu, ich habe dir eine Frage
gestellt, die du nicht beantworten konntest.«

Der Schlächter runzelte die Stirn.

»Siehst du, du musst wissen, was diese Worte bedeuten, um
dir einen Reim auf das zu machen, was ich gerade gesagt habe.
Eine Sprache lernst du am besten, indem du zuhörst. Also hör
zu. Als du …« – sie deutete auf ihn – »… zu mir gesagt hast …« –
sie deutete auf sich – »… *wissen, welche Schiffe zerstört werden*
sollen, und Schiffe werden zerstört. Und jetzt die Drachenzunge
runterfliegen, und Jebel fliegt die Drachenzunge runter, schlug die
Faust …« – sie berührte seine linke Hand – »… zweimal gegen
die Brust.« Sie hob seine Hand an seine Brust. Die Haut fühlte
sich kühl und glatt an. »Die Faust wollte etwas mitteilen. Und
wenn du das Wort ›ich‹ verwendet hättest, dann hättest du nicht

deine Faust verwenden müssen. Du wolltest sagen: ›Du wusstest, welche Schiffe wir zerstören müssen, und ich habe die Schiffe zerstört. Du willst die Drachenzunge hinabreisen, und ich sorge dafür, dass Jebel die Drachenzunge hinabreist.‹«

Der Schlächter runzelte die Stirn. »Ja, die Faust, um etwas mitzuteilen.«

»Begreifst du nicht, dass man manchmal etwas sagen will, und es fehlt einem eine Vorstellung, die man dafür braucht, und ein Wort, das man für die Vorstellung braucht. Am Anfang war das Wort. So hat das mal jemand zu erklären versucht. Erst wenn etwas benannt ist, beginnt es zu existieren. Und das hier ist etwas, das für das Gehirn existieren muss, sonst müsstest du dir nicht an die Brust schlagen oder mit der einen Hand in die andere. Das Gehirn will, dass es existiert; lass mich dir das Wort dafür beibringen.«

Das Stirnrunzeln fraß sich tiefer in sein Gesicht.

Dann verwehte der Nebel vor ihnen. In einer sternenübersäten Schwärze trieb, zart und flackernd, etwas dahin. Sie hatten einen Sensorenport erreicht, der allerdings auf Frequenzen sendete, die sichtbarem Licht nahekamen. »Dort«, sagte der Schlächter, »dort ist das fremde Schiff.«

»Es kommt von Çiribia-IV«, sagte Rydra. »Das sind Freunde der Allianz.«

Der Schlächter war überrascht, dass sie es erkannt hatte. »Ein sehr seltsames Schiff.«

»Für uns sieht es komisch aus, nicht wahr?«

»Tarik wusste nicht, wo es herkommt.« Er schüttelte den Kopf.

»Ich habe seit meiner Kindheit keines mehr gesehen. Wir mussten Gesandte von Çiribia an den Rat der Äußeren Welten bewirten. Meine Mutter hat dort als Übersetzerin gearbeitet.« Sie stützte sich auf das Geländer und betrachtete das Schiff. »Kaum zu glauben, dass etwas so Zartes, Bebendes fliegen oder Stasesprünge machen kann. Aber das kann es.«

»Haben sie dieses Wort, *ich*?«

»Tatsächlich haben sie drei Formen davon: ich-unter-einer-Temperatur-von-sechs-Grad-Celsius, ich-zwischen-sechs-und-dreiundneunzig-Grad-Celsius und ich-über-dreiundneunzig.«

Der Schlächter wirkte verwirrt.

»Das hat mit ihrer Fortpflanzungsweise zu tun«, erklärte Rydra. »Bei Temperaturen von unter sechs Grad sind sie steril. Sie können nur befruchtet werden, wenn die Temperatur zwischen sechs und dreiundneunzig Grad liegt, aber damit sie auch tatsächlich ein Kind zur Welt bringen können, muss sie über dreiundneunzig betragen.«

Das çiribianische Schiff bewegte sich wie eine zitternde Feder über den Bildschirm.

»Vielleicht kann ich es dir so erklären: Obwohl es neun Spezies von Lebensformen gibt, die zwischen den Galaxien unterwegs sind, und alle so weitverbreitet sind wie wir, alle technisch nicht weniger intelligent, mit ebenso komplexen Wirtschaftssystemen, und obwohl sieben von ihnen im gleichen Krieg wie wir kämpfen, begegnen wir ihnen so gut wie nie; und sie begegnen uns oder einander ebenso selten; so selten, dass selbst ein erfahrener Raumfahrer wie Tarik eines ihrer Schiffe nicht identifizieren kann, wenn er es passiert. Möchtest du wissen, warum?«

»Warum?«

»Weil die Kompatibilitätsfaktoren für eine Kommunikation unglaublich niedrig sind. Nehmen wir die Çiribianer, die über genug Wissen verfügen, um ihre gekochten Eier mit dem dreifachen Dotter von Stern zu Stern zu segeln; sie haben kein Wort für ›Haus‹, ›Zuhause‹ oder ›Behausung‹. ›Wir müssen unsere Familien und unser Zuhause beschützen.‹ Ich erinnere mich noch, dass es, als wir das Abkommen zwischen den Çiribianern und uns beim Rat der Äußeren Welten vorbereitet haben, fünfundvierzig Minuten gedauert hat, diesen Satz auf Çiribianisch zu sagen. Ihre ganze Kultur gründet auf Temperaturschwankungen. Wir können von Glück reden, dass sie wissen, was eine ›Familie‹

ist, denn außer den Menschen sind sie nämlich die Einzigen, die so etwas haben. Aber für das Wort ›Haus‹ braucht es letztendlich folgende Umschreibung: ›… ein umschlossener Raum, der einen Temperaturunterschied zur äußeren Umgebung herstellt, und zwar um so viele Grade, dass ein Wesen mit einer gleichbleibenden Körpertemperatur von sechsunddreißig Komma sechs dort angenehm leben kann, wobei dieser geschlossene Raum zugleich dazu in der Lage ist, die Temperatur in den Monaten der warmen Jahreszeit zu senken und in der kalten Jahreszeit anzuheben, und einen Platz aufweist, an dem organische Nährstoffe gekühlt werden können, damit sie sich besser halten, oder deutlich über die Temperatur kochenden Wassers hinaus erwärmt werden können, um die Geschmacksmechanismen der eingeborenen Bewohner zu verwöhnen, die, aufgrund von Gebräuchen, die über Millionen von heißen und kalten Jahreszeiten zurückreichen, gewohnheitsmäßig solche Maßnahmen zur Temperaturveränderung entwickelt haben …‹ Und so weiter und so fort. Letztendlich haben sie dann eine entfernte Vorstellung davon, was ein ›Zuhause‹ ist und warum es beschützt werden sollte. Wenn man ihnen dann noch einen Bauplan der Klimaanlage und der Zentralheizung gibt, dringt man allmählich zu ihnen durch. Also: Es gibt ein großes Solarenergie-Umwandlungskraftwerk, das die gesamte elektrische Energie für den Rat liefert. Die Teile davon, welche die Hitze verstärken und reduzieren, nehmen mehr Raum ein als Jebel. Ein Çiribianer kann sich durch dieses Kraftwerk schlängeln und es anschließend einem anderen Çiribianer beschreiben, der es noch nie gesehen hat, und zwar so, dass der Zweite eine genaue Nachbildung davon bauen kann, bis hin zur Farbe, in der die Wände gestrichen sind – und das ist tatsächlich geschehen, weil sie nämlich fanden, dass wir bei einem der Schaltkreise eine geniale Idee hatten, die sie selbst ausprobieren wollten –, mit jedem Bauteil am richtigen Platz, in der richtigen Größe, kurz gesagt: Er kann all das vollständig beschreiben, und zwar in neun Worten. In neun sehr kurzen Worten.«

Der Schlächter schüttelte den Kopf. »Nein. Ein Sonnenwärme-Umwandlungssystem ist zu kompliziert. Diese Hände zerlegen eines vor nicht so langer Zeit. Zu groß. Nicht …«

»Ja, Schlächter, neun Worte. Auf Englisch bräuchte man dafür mehrere Bücher voller Baupläne und elektronischer und architektonischer Spezifikationen. Sie haben die richtigen neun Worte. Wir nicht.«

»Unmöglich.«

»Unmöglich ist das dort drüben auch.« Sie deutete auf das çiribianische Schiff. »Aber da ist es, und es fliegt.« Sie beobachtete das Gehirn, sowohl intelligent als auch verletzt, beim Denken. »Wenn du die richtigen Worte kennst«, sagte sie, »dann spart das eine Menge Zeit und macht die Dinge einfacher.«

Nach einer Weile fragte er: »Was ist ich?«

Sie grinste. »Erst einmal ist es sehr wichtig. Sehr viel wichtiger als alles andere. Das Gehirn lässt alles Mögliche vor die Hunde gehen, solange ›ich‹ am Leben bleibt. Das liegt daran, dass das Gehirn ein Teil von ich ist. Ein Buch *ist*, ein Schiff *ist*, Tarik *ist*, das Universum *ist*, aber dir ist sicher aufgefallen, dass ich *bin*.«

Der Schlächter nickte. »Ja. Aber ich bin was?«

Nebel zog sich vor dem Bullauge zusammen und hüllte die Sterne und das çiribianische Schiff in Dunst. »Das ist eine Frage, die nur du beantworten kannst.«

»Du musst aber auch wichtig sein«, sinnierte der Schlächter. »Das Gehirn hat nämlich mitbekommen, dass du bist.«

»Braver Junge!«

Plötzlich legte er ihr die Hand an die Wange. Sein Sporn ruhte leicht auf ihrer Unterlippe. »Du und ich«, sagte der Schlächter. Er bewegte sein Gesicht dicht an das ihre heran. »Niemand sonst ist hier. Nur du und ich. Aber wer ist wer?«

Sie nickte, sodass ihre Wange sich unter seinen Fingern bewegte. »Langsam verstehst du es.« Seine Brust war kühl gewesen; seine Hand war warm. Sie legte ihre Hand über seine. »Manchmal machst du mir Angst.«

»Ich und mir«, sagte der Schlächter. »Nur eine morphologische Unterscheidung, ja? Das reimt das Gehirn sich schon vorher zusammen. Warum macht du mir manchmal Angst?«

»Machst du. Eine morphologische Korrektur. Du machst mir Angst, weil du Banken ausraubst und den Leuten Messergriffe in den Kopf bohrst, Schlächter!«

»Das machst du?« Dann wich seine Überraschung. »Ja, das macht du, nicht wahr? Du hast es vergessen.«

»Aber das habe ich nicht gemacht«, sagte Rydra.

»Warum macht das ich Angst? ... Korrektur, mir. Das auch mitgehört.«

»Weil es etwas ist, das ich noch nie getan habe, noch nie tun wollte, niemals könnte. Und ich mag dich, ich mag es, wenn deine Hand an meiner Wange liegt, und wenn du nun plötzlich beschließen würdest, *mir* einen Messergriff ins Auge zu stoßen, tja ...«

»Ach. Du würdest mir nie einen Messergriff ins Auge stoßen«, sagte der Schlächter. »Ich muss mir keine Sorgen machen.«

»Du könntest es dir anders überlegen.«

»Das wirst du nicht.« Er betrachtete sie genau. »Ich glaube nicht, dass du mich töten wirst. Das weißt du. Ich weiß das. Es ist etwas anderes. Warum erzähle ich dir nicht etwas anderes, das mir Angst macht? Vielleicht erkennst du ein Muster, und dann wirst du es verstehen. Das Gehirn ist nicht dumm.«

Seine Hand glitt zu ihrem Nacken, und in seinem verwirrten Blick lag ein Ausdruck von Sorge. Sie hatte diesen Blick schon einmal gesehen, kurz bevor er sich in dem Operationssaal von dem toten Fötus abgewandt hatte. »Einmal ...«, begann sie langsam, »... tja, da gab es einen Vogel.«

»Vögel machen mir Angst?«

»Nein. Aber dieser Vogel hat mir Angst gemacht. Ich war noch ein Kind. Du erinnerst dich nicht daran, ein Kind gewesen zu sein, oder? Bei den meisten Menschen hat das, was sie als Kind waren, viel mit dem zu tun, was sie jetzt sind.«

»Und auch mit dem, was ich bin?«

»Ja, auch mit mir. Der Vogel war ein Geschenk meines Arztes – ein Beo, eine Vogelart, die sprechen kann. Aber er weiß nicht, was er sagt. Er wiederholt nur Worte, wie ein Tonbandgerät. Das wusste ich aber nicht. Sehr oft weiß ich, was ein Mensch mir sagen will, Schlächter. Ich habe das bisher nie verstanden, aber seit ich auf Jebel bin, ist mir klar, dass es etwas mit Telepathie zu tun hat. Wie dem auch sei, dieser Beo wurde zum Reden abgerichtet, indem er Regenwürmer zu fressen bekam, wenn er das Richtige sagte. Weißt du, wie groß ein Regenwurm ist?«

»Etwa so?«

»Genau. Und manche von ihnen sind sogar noch fünf oder zehn Zentimeter länger. Und ein Beo ist etwa fünfundzwanzig oder dreißig Zentimeter lang. Mit anderen Worten: Ein Regenwurm kann bis zu fünf Sechstel so lang sein wie der Beo, und darauf kommt es jetzt an. Der Vogel wurde darauf abgerichtet zu sagen: ›Hallo Rydra, draußen ist wunderschönes Wetter, und ich bin glücklich.‹ Aber im Kopf des Vogels bedeutete das nur eine äußerst schlichte Kombination visueller und olfaktorischer Wahrnehmungen, die sich in etwa als *Gleich gibt es wieder einen Regenwurm* übersetzen ließe. Als ich also ins Gewächshaus ging und zu diesem Beo Hallo sagte, und er antwortete: ›Hallo Rydra, draußen ist wunderschönes Wetter, und ich bin glücklich‹, wusste ich sofort, dass er log. Es würde gleich wieder einen Regenwurm geben, das sah und roch ich, und er war so dick und fünf Sechstel so lang, wie ich groß war. Und ich sollte ihn essen. Ich wurde leicht hysterisch. Meinem Arzt habe ich nie davon erzählt, weil mir bis jetzt nie ganz klar war, was eigentlich passiert war. Aber wenn ich daran zurückdenke, dann kommt mir noch immer das Zittern.«

Der Schlächter nickte. »Nachdem du mit dem Geld von Rhea verschwunden warst, hast du dich irgendwann in einer Höhle in der Eishölle von Dis verkrochen. Du wurdest von Würmern angegriffen, vier Meter langen Würmern. Sie haben sich mit dem

Säureschleim auf ihrer Haut aus dem Fels gebohrt. Du hattest Angst, aber du hast sie getötet. Du hast mit der Batterie deines elektrischen Schlittens ein elektrisches Netz improvisiert. Du hast sie getötet, und als du wusstest, dass du sie besiegen konntest, hattest du keine Angst mehr. Du hast sie nur deshalb nicht gegessen, weil die Säure ihr Fleisch vergiftet hat. Obwohl du seit drei Tagen nichts gegessen hattest.«

»Tatsächlich? Das habe ich … hast du getan?«

»Du hast nicht vor den gleichen Dingen Angst wie ich. Ich habe nicht vor den gleichen Dingen Angst wie du. Das ist gut, oder?«

»Wahrscheinlich schon.«

Sanft schmiegte er sein Gesicht an ihres, löste sich dann von ihr und suchte in ihrem Gesicht nach einer Reaktion.

»Wovor fürchtest du dich?«, fragte sie.

Er schüttelte den Kopf, nicht verneinend, sondern verwirrt. Sie beobachtete ihn, während er sich bemühte, seine Gedanken in Worte zu fassen.

»Das Kind, das Kind, das gestorben ist«, sagte er. »Das Gehirn hat Angst, Angst um dich, dass du allein sein wirst.«

»Wie viel Angst davor, dass du allein sein wirst, Schlächter?«

Er schüttelte erneut den Kopf.

»Einsamkeit ist nicht gut.«

Sie nickte.

»Das Gehirn weiß das. Lange Zeit wusste es das nicht, aber nach einer Weile hat es gelernt. Auf Rhea warst du einsam, selbst mit all dem Geld. Noch einsamer auf Dis; und in Titin, selbst mit all den anderen Gefangenen, warst du am allereinsamsten. Niemand hat dich wirklich verstanden, wenn du mit den Leuten geredet hast. Du hast sie nicht wirklich verstanden. Vielleicht weil sie so viel *ich* und *du* gesagt haben, und du fängst gerade erst an zu lernen, wie wichtig du bist und ich bin.«

»Du wolltest das Kind selbst großziehen, damit es lernen würde … dieselbe Sprache zu sprechen, die du sprichst? Oder zumindest Englisch so zu sprechen, wie du es sprichst?«

»Dann beide nicht allein.«

»Ich verstehe.«

»Es ist gestorben«, sagte Schlächter. Abermals schnaubte er. »Aber jetzt bist du nicht mehr ganz so allein. Ich bringe dir bei, die anderen zu verstehen, ein wenig. Du bist nicht dumm, und du lernst schnell.« Jetzt wandte er sich ihr ganz zu, legte ihr seine Faust auf die Schulter und sagte ernst: »Du magst mich. Schon als ich hier auf Jebel eintraf, war etwas an mir, das dir gefällt. Ich habe dich Dinge tun sehen, die ich für schlecht hielt, aber du mochtest mich. Ich habe dir gesagt, wie man das Verteidigungsnetz der Invasoren zerstört, und du hast es für mich zerstört. Ich habe dir gesagt, dass ich zur Spitze der Drachenzunge reisen will, und du hast dafür gesorgt, dass ich dorthin gelange. Du tust alles, worum ich dich bitte. Es ist wichtig, dass ich das weiß.«

»Danke, Schlächter«, sagte sie nachdenklich.

»Wenn du jemals wieder eine Bank überfällst, gibst du mir alles Geld.«

Rydra lachte. »Oh, danke. Das wollte noch nie jemand für mich tun. Aber ich hoffe, du musst keine Bank …«

»Du wirst jeden töten, der mich zu verletzen versucht, wirst ihn sehr viel schlimmer töten, als du je zuvor jemanden getötet hast.«

»Aber du musst nicht …«

»Du wirst ganz Jebel töten, wenn es versucht, dich und mich voneinander zu trennen, sodass wir allein sind.«

»Ach Schlächter …« Sie wandte sich von ihm ab und hob die Faust an den Mund. »Was bin ich nur für eine Lehrerin! Du verstehst nichts von dem, worüber – ich – *ich* – rede.«

Die Stimme, verblüfft und langsam: »Ich verstehe dich nicht, denkst du.«

Sie wandte sich ihm wieder zu. »Aber ich verstehe, Schlächter! Ich verstehe dich. Bitte glaub mir. Aber vertrau mir auch, wenn ich dir sage, dass du noch einiges zu lernen hast.«

»Du vertraust mir«, sagte er fest.

»Dann hör zu. Im Moment sind wir uns auf halbem Weg entgegengekommen. Ich habe dir nicht wirklich beigebracht, was es mit *ich* und *du* auf sich hat. Wir haben uns selbst eine Sprache ausgedacht, und die sprechen wir jetzt.«

»Aber …«

»Hör mal, jedes Mal, wenn du in den letzten zehn Minuten *du* gesagt hast, hättest du ich sagen müssen. Jedes Mal, wenn du *ich* gesagt hast, meintest du *du*.«

Er senkte den Blick, hob ihn dann wieder, antwortete ihr aber noch immer nicht.

»Wenn ich als ich über etwas rede, musst du darüber als du reden. Und andersherum, verstehst du nicht?«

»Sind sie das gleiche Wort für die gleiche Sache, sodass sie sich gegeneinander austauschen lassen?«

»Nein, aber … ja! Sie bedeuten beide die gleiche Sache. In gewisser Weise sind sie das Gleiche.«

»Dann sind du und ich das Gleiche.«

Auf die Gefahr hin, ihn zu verwirren, nickte sie.

»Das vermute ich. Aber du« – er zeigte auf sie – »hast es mir beigebracht.« Er berührte sich.

»Und deshalb kannst du nicht rumlaufen und Leute umbringen. Oder zumindest denkst du vorher lieber verdammt gut darüber nach. Wenn du mit Tarik redest, dann gibt es mich und dich nach wie vor. Bei jedem, den du auf dem Schiff siehst, oder sogar auf einem Bildschirm, sind ich und du immer noch da.«

»Darüber muss das Gehirn nachdenken.«

»Du musst darüber nachdenken, und zwar nicht nur mit deinem Gehirn.«

»Wenn ich das muss, dann werde ich es. Aber wir sind eins, mehr als alle anderen.« Erneut berührte er ihr Gesicht. »Weil du mich gelehrt hast. Weil du mit mir vor nichts Angst haben musst. Ich habe gerade gelernt, und bei anderen Leuten mache ich vielleicht Fehler; denn wenn ein *Ich* ohne viel darüber nachzudenken ein *Du* tötet, ist das ein Fehler, nicht wahr? Verwende ich die Worte jetzt richtig?«

Sie nickte.

»Bei dir werde ich keine Fehler begehen. Das wäre zu schrecklich. Ich werde so wenige Fehler begehen wie irgend möglich. Und eines Tages werde ich es gelernt haben.« Dann lächelte er. »Hoffen wir allerdings, dass niemand versucht, bei mir Fehler zu machen. Wenn sie es tun, dann tut es mir leid für sie, weil ich wahrscheinlich sehr schnell und ohne viel darüber nachzudenken bei ihnen einen Fehler machen werde.«

»Für den Anfang ist das ganz in Ordnung, denke ich«, sagte Rydra. Sie nahm seine Arme in die Hände. »Ich bin froh, dass wir beide zusammen sind, Schlächter.« Dann hoben sich seine Arme und zogen sie an seinen Leib, und sie schmiegte ihr Gesicht an seine Schulter.

»Ich danke dir«, flüsterte er. »Ich danke und danke dir.«

»Du bist warm«, sagte sie an seiner Schulter. »Halt mich für eine kleine Weile fest.«

Als er sie doch losließ, blinzelte sie durch blauen Nebel zu seinem Gesicht empor, und ihr wurde kalt. »Was ist los, Schlächter?«

Er nahm ihr Gesicht zwischen die Hände und beugte sich vor, bis sein bernsteinfarbenes Haar ihr über die Stirn strich.

»Schlächter, ich habe dir doch erzählt, dass ich weiß, was andere denken? Tja, jetzt merke ich, dass etwas nicht stimmt, und du hast gesagt, ich müsse keine Angst vor dir haben, aber jetzt machst du mir Angst.«

Sie hob sein Gesicht. Es waren Tränen darauf.

»Hör mal, genau wie es dir Angst machen würde, wenn etwas mit mir nicht in Ordnung wäre, wird es mir für lange Zeit höllische Angst machen, wenn etwas mit dir nicht stimmt. Sag mir, was los ist.«

»Ich kann nicht«, sagte er heiser. »*Ich* kann nicht. *Ich* kann es *dir* nicht erzählen.« Und das eine, was sie sofort verstand, war, dass es sich um das Schrecklichste handelte, was er sich mithilfe seines neuen Wissens ausmalen konnte.

Sie beobachtete, wie er seinen inneren Kampf austrug, und kämpfte selbst mit sich: »Vielleicht kann ich dir helfen, Schlächter! Ich habe die Fähigkeit, in das Gehirn vorzudringen und herauszufinden, was los ist.«

Er wich zurück und schüttelte den Kopf. »*Du* darfst das nicht. *Du* darfst das *mir* nicht antun. Bitte.«

»Schlächter, n-nein.« Sie war verwirrt. »D-dann tue ich … ich das nicht.« Die Verwirrung schmerzte sie. »Schlächter … ich-ich tue es nicht!« Ihre Zunge stolperte über sich selbst, wie damals, als sie eine Teenagerin gewesen war.

»Ich …«, setzte er an, und sein schwerer Atem wurde langsam leichter, »ich war lange Zeit allein und nicht ich. Ich muss noch eine Weile allein sein.«

»Ich v-verstehe.« Sie empfand Misstrauen, doch es war kaum merklich, und sie wurde leicht damit fertig. Es war in den Raum zwischen sie eingedrungen, als er zurückwich. Aber auch das war menschlich. »Schlächter? Kannst du meine Gedanken lesen?«

Er wirkte überrascht. »Nein. Ich verstehe nicht einmal, wie du meine liest.«

»Also gut. Ich dachte, vielleicht gibt es etwas in meinem Kopf, das du empfangen hast und das dir Angst vor mir macht.«

Er schüttelte den Kopf.

»Das ist gut. Teufel auch, mir würde es auch nicht gefallen, wenn jemand unter meiner Kopfhaut rumspioniert. Ich glaube, das kann ich verstehen.«

»Ich sage dir jetzt«, sagte er und kam dabei wieder auf sie zu: »Ich und du sind eins; aber ich und du sind sehr verschieden. Ich habe viel gesehen, von dem du nie etwas erfahren wirst. Du weißt von Dingen, die ich nie sehen werde. Du hast ein wenig dabei geholfen, dass ich nicht mehr allein bin. In dem Gehirn, in meinem Gehirn, gibt es viel, das mit Verletzen und Rennen und Kämpfen zu tun hat, und obwohl ich in Titin war, auch mit

Gewinnen. Wenn du jemals in Gefahr bist, aber in echter Gefahr, und jemand bei dir vielleicht einen Fehler macht, dann geh ins Gehirn und schau nach, was dort ist. Benutze, was du brauchst. Ich bitte dich nur darum zu warten, bis du alles andere versucht hast.«

»Ich warte, Schlächter«, sagte sie.

Er streckte ihr die Hand hin. »Komm.«

Sie nahm seine Hand, wobei sie darauf achtete, sich nicht an den Spornen zu verletzen.

»Es ist nicht notwendig, die Stasesträmungen um das fremde Schiff zu beobachten, wenn es der Allianz freundlich gesonnen ist. Du und ich bleiben für eine Weile zusammen.«

Sie ging so, dass ihre Schulter seinen Arm berührte. »Freund oder Feind«, sagte sie, während sie durch das von Geistern erfüllte Zwielicht schritten. »Diese ganze Invasion – manchmal kommt sie mir so dumm vor. Das zu denken ist dort, wo ich herkomme, nicht erlaubt. Hier auf Jebel Tarik geht ihr dieser Frage mehr oder weniger aus dem Weg. Darum beneide ich euch.«

»Du reist wegen der Invasion zum Verwaltungshauptquartier der Allianz, stimmt's?«

»Das ist richtig. Aber sei nicht überrascht, wenn ich zurückkomme, nachdem ich dort war.« Wenige Schritte später blickte sie erneut auf. »Da ist noch etwas, auf das ich mir nur zu gerne einen Reim machen würde. Die Invasoren haben meine Eltern getötet, und das zweite Embargo hätte beinahe mich umgebracht. Zwei meiner Navigatoren haben ihre Frau an die Invasoren verloren. Trotzdem hat Ron sich gefragt, ob die Kriegswerften notwendig sind. Niemand mag die Invasion, aber sie geht trotzdem weiter. Sie ist etwas so Großes, dass ich noch nie darüber nachgedacht habe, ihr den Rücken zu kehren. Es ist seltsam, einen ganzen Haufen Menschen zu sehen, die auf ihre seltsame und vielleicht auch zerstörerische Weise genau das tun. Vielleicht sollte ich mir einfach gar nicht die Mühe machen, zum Hauptquartier zu fliegen, sondern Tarik stattdessen sagen, dass er umkehren und Kurs auf die dichtesten Bereiche des Bruchs nehmen soll.«

»Die Invasoren«, sagte der Schlächter beinahe sinnierend, »sie verletzen viele Leute, dich, mich. Mich verletzen sie auch.«

»Sie haben dich verletzt?«

»Das Gehirn ist krank, ich habe es dir erzählt. Das waren die Invasoren.«

»Was haben sie gemacht?«

Der Schlächter zuckte mit den Achseln. »Das Erste, woran ich mich erinnern kann, ist, dass ich aus Nueva-nueva York geflohen bin.«

»Ist das der große Hafenterminal im Krebshaufen?«

»Genau.«

»Haben die Invasoren dich gefangen genommen?«

Er nickte. »Und etwas getan. Vielleicht experimentiert, vielleicht gefoltert.« Er zuckte mit den Achseln. »Das spielt keine Rolle. Ich erinnere mich nicht. Aber als ich entkommen bin, hatte ich nichts: keine Erinnerungen, keine Stimme, keine Worte, keinen Namen.«

»Vielleicht warst du ein Kriegsgefangener, vielleicht sogar jemand Wichtiges, bevor sie dich gefangen haben ...«

Er beugte sich vor und legte seine Wange an ihre Lippen, um sie zum Schweigen zu bringen. Als er sich aufrichtete, lächelte er, traurig, wie sie sah. »Es gibt Dinge, die das Gehirn nicht wissen kann, aber es kann mutmaßen: Ich war immer ein Dieb, ein Mörder, ein Verbrecher. Und ich war kein Ich. Die Invasoren haben mich einmal erwischt. Ich bin entkommen. Die Allianz hat mich später bei Titin gefangen. Ich bin entkommen ...«

»Du bist von Titin *geflohen*?«

Er nickte. »Wahrscheinlich wird man mich wieder fassen, weil es Verbrechern in diesem Universum nun einmal so ergeht. Und vielleicht werde ich abermals entkommen.« Er zuckte mit den Achseln. »Vielleicht fängt man mich aber auch nicht wieder.« Er sah sie an, und seine Überraschung galt nicht ihr, sondern etwas in ihm selbst. »Ich war bisher kein Ich, aber jetzt gibt es einen Grund, frei zu bleiben. Man wird mich nicht wieder fangen. Es gibt einen Grund.«

»Was ist der Grund, Schlächter?«

»Dass ich bin«, sagte er leise, »und dass du bist.«

5

»Machst du gerade dein Wörterbuch fertig?«

»Das habe ich schon gestern fertiggestellt. Das hier ist ein Gedicht.« Sie klappte ihr Notizbuch zu. »Wir sollten schon bald an der Zungenspitze sein. Schlächter hat mir heute Morgen erzählt, dass die Çiribianer uns seit vier Tagen Gesellschaft leisten. Brass, hast du eine Ahnung, was sie …«

Verstärkt durch die Lautsprecher erklang Tariks Stimme: »Jebel für sofortige Verteidigung bereit machen. Wiederhole, sofortige Verteidigung.«

»Was zum Teufel ist denn jetzt los?«, fragte Rydra. Um sie herum erhoben sich die Leute im Gemeinschaftsraum in einmütiger Geschäftigkeit. »Hör mal, trommel die Crew zusammen und schaff sie zu den Ausstiegsschächten.«

»Starten dort die S'innenboote?«

»Genau.« Rydra stand auf.

»Mischen wir diesmal ein bisschen mit, Ca'tain?«

»Wenn wir müssen«, sagte Rydra und machte sich auf den Weg durch den Saal.

Sie war eine Minute vor ihrer Crew da und fing den Schlächter an der Ausstiegsluke ab. Jebels Kampfbesatzung eilte in einem geordneten Wirrwarr durch den Korridor.

»Was ist los? Sind die Çiribianer feindselig geworden?«

Er schüttelte den Kopf. »Invasoren zwölf Grad vom galaktischen Zentrum.«

»So nah beim Verwaltungshauptquartier?«

»Ja. Und wenn Jebel Tarik nicht zuerst angreift, dann ist Jebel erledigt. Sie sind größer als Jebel, und Jebel wird direkt in sie hineinfliegen.«

»Tarik wird sie angreifen?«

»Ja.«

»Dann mal los, greifen wir sie an!«

»Du begleitest mich?«

»Ich bin eine Meisterstrategin, schon vergessen?«

»Jebel ist in Gefahr«, sagte der Schlächter. »Das hier wird eine größere Schlacht als die, die du beim letzten Mal beobachtet hast.«

»Dann ist es umso besser, wenn ich meine Talente zum Einsatz bringe. Ist dein Schiff dafür ausgelegt, eine ganze Crew aufzunehmen?«

»Ja. Aber wir verwenden per Fernsteuerung die Navigations- und Sensorendaten von Jebel.«

»Lass uns trotzdem eine Crew mitnehmen, nur für den Fall, dass wir unsere Strategie ändern wollen. Begleitet Tarik dich dieses Mal?«

»Nein.« Am oberen Ende des Korridors bog Patron um die Ecke, gefolgt von Brass, den Navigatoren, den durchscheinenden Gestalten der drei Körperlosen und dem Trupp.

Der Schlächter blickte zu den Neuankömmlingen und dann wieder zu Rydra. »Alles klar. Kommt rein. Einsteigen, die ganze Meute!«

Sie küsste seine Schulter, weil sie nicht an seine Wange herankam; der Schlächter öffnete die Ausstiegsluke und winkte sie durch.

Allegra griff, als sie die Leiter hochkletterte, nach Rydras Arm. »Kämpfen wir diesmal, Captain?« Ein aufgeregtes Lächeln lag auf ihrem sommersprossigen Gesicht.

»Kann gut sein. Hast du Angst?«

»Jau«, sagte Allegra immer noch grinsend und eilte in den

dunklen Tunnel davon. Rydra und der Schlächter bildeten die Nachhut.

»Sie werden keine Schwierigkeiten mit den Geräten haben, wenn sie diese von der Fernsteuerung übernehmen müssen, oder?«

»Dieses Spinnenboot ist drei Meter kürzer als die *Rimbaud*. In den Kabinen für die Körperlosen ist es enger, aber überall sonst läuft es aufs Gleiche raus.«

Rydra dachte: Wir haben auf einer vierzehn Meter langen Generatorenschaluppe an den Sensoren gearbeitet. Das hier ist ein Spaziergang, Captain – auf Baskisch.

»Die Kabine des Kapitäns ist anders«, fügte er hinzu. »Von dort werden die Waffen bedient. Wir werden den einen oder anderen Fehler machen.«

»Moralisieren kannst du später«, sagte sie. »Wir werden wie der Teufel für Jebel Tarik kämpfen. Aber für den Fall, dass es uns nichts bringt, wie der Teufel zu kämpfen, möchte ich von hier verschwinden können. Egal was geschieht, ich muss auf jeden Fall zurück zum Verwaltungshauptquartier.«

»Tarik wollte wissen, ob das çiribianische Schiff an unserer Seite kämpfen wird. Sie halten sich immer noch T-wärts.«

»Wahrscheinlich werden sie die ganze Sache beobachten und nicht verstehen, was da im Gange ist, solange niemand sie direkt angreift. Und falls das passiert, können sie bestens auf sich selbst aufpassen. Aber ich bezweifle, dass sie uns bei einem Angriff unterstützen werden.«

»Das ist schlecht«, sagte der Schlächter. »Weil wir nämlich Hilfe brauchen.«

»Werkstatt-Strategie. Werkstatt-Strategie«, kam Tariks Stimme aus den Lautsprechern. »Wiederhole, Werkstatt-Strategie.«

Dort, wo in ihrer Kabine Sprachtabellen gehangen hatten, nahm hier ein Bildschirm – der dreißig Meter breiten Projektionsfläche in Jebels Galerie nachempfunden – die Wand ein. Wo ihre Konsole gewesen war, befanden sich aufgereiht und gestaffelte Steuerelemente für Bomben und Vibrawerfer. »Abscheuliche, unzivilisierte Waffen«, bemerkte sie, während sie sich dort, wo sich ihre Sitzblase befunden hatte, auf einer gewölbten Schockliege niederließ. »Aber höllisch wirkungsvoll, nehme ich an, wenn man weiß, was man tut?«

»Wie bitte?« Der Schlächter schnallte sich neben ihr an.

»Ich habe den verstorbenen Waffenmeister von Armsedge falsch zitiert.«

Der Schlächter nickte. »Du kümmerst dich um deine Crew. Ich gehe hier oben die Checklisten durch.«

Sie wechselte auf die Sprechanlage. »Brass, bist du angeschlossen?«

»Klar.«

»Auge, Ohre, Nase?«

»Hier unten ist es staubig, Captain. Wann wurde auf diesem Friedhof das letzte Mal gefegt?«

»Der Staub ist mir egal. Funktioniert alles?«

»Oh, alles funktioniert bestens …« Der Satz endete mit einem Geisterniesen.

»Gesundheit. Patron, wie steht's bei Ihnen?«

»Alles an seinem Platz, Captain.« Dann gedämpft: »Pack gefälligst die Murmeln wieder ein!«

»Navigation?«

»Alles gut. Mollya bringt Calli gerade Judo bei. Aber ich bin da und rufe sie, sobald etwas passiert.«

»Bleibt wachsam.«

Der Schlächter beugte sich zu ihr hinüber, strich ihr über das Haar und lachte.

»Ich mag sie auch«, sagte sie zu ihm. »Ich hoffe nur, dass wir sie nicht einsetzen müssen. Einer von ihnen ist ein Verräter, der schon zweimal versucht hat, mich abzumurksen. Ich möchte ihm lieber keine dritte Gelegenheit geben. Aber wenn ich muss, dann glaube ich, dass ich diesmal mit ihm fertig werde.«

Tariks Stimme über den Lautsprecher: »Tischler sammeln und auf zweiunddreißig Grad vom galaktischen Zentrum wegdrehen.

Hubsägen zum K-wärtigen Tor. Spaltsägen am R-wärtigen Tor
bereithalten. Fuchsschwänze am T-wärtigen Tor bereithalten.«
    Die Abschussschleuse öffnete sich. Es wurde schwarz in der
Kabine, und auf dem Bildschirm glitzerten Sterne und ferne Gase.
An der Waffenkonsole flackerten gelbe und rote Kontrollleuchten
auf. Aus den untergeordneten Lautsprechern tönte das viel-
stimmige Geplapper der Mannschaften, die mit der Navigations-
abteilung auf Jebel sprachen.
    Das wird eine harte Nummer. Siehst du sie, Jehosaphat?
    Sie ist direkt vor mir. Eine echt fette Mama.
    Hoffentlich hat sie uns noch nicht gesehen. Bleib ruhig, Kippi.
    »Schlagbohrer, Bandsägen und Drehbänke: Vergewissert euch,
dass eure Teile alle geölt sind und ihr an den Strom angeschlossen
seid.«
    »Das sind wir«, sagte der Schlächter. Seine Hände tanzten im
Halbdunkel über die Waffenkonsole.
    Was sind die drei Tischtennisbälle da im Moskitonetz?
    Tarik sagt, dass das ein çiribianisches Schiff ist.
    Solange es auf unserer Seite ist, Schätzchen, ist mir das recht.
    »Elektrische Werkzeuge: Operation beginnen. Handwerk-
zeuge für den letzten Schliff Maß nehmen.«
    »Null«, flüsterte der Schlächter. Rydra spürte, wie das Schiff
sprang. Die Sterne bewegten sich. Zehn Sekunden später sahen
sie die stumpfe Schnauze des Invasoren auf sich zukommen.
    »Hässlich, nicht wahr?«, sagte Rydra.
    »Jebel hat etwa die gleichen Abmessungen, nur kleiner. Und
wenn wir nach Hause kommen, wird sie wunderschön sein.
Gibt es keine Möglichkeit, die Çiribianer dazu zu kriegen,
uns zu helfen? Tarik wird die Invasoren direkt an ihren Luken
attackieren und versuchen, möglichst viele zu zerstören, aber das
wird sich in Grenzen halten. Dann werden sie angreifen, und
wenn sie Jebels Spinnenbooten zahlenmäßig immer noch überlegen sind und der Überraschungseffekt sich nicht besonders
stark zu Tariks Gunsten auswirkt, dann …« – sie hörte, wie in

der Dunkelheit eine Faust in eine Handfläche schlug – »… war es das.«

»Könnt ihr nicht einfach eine scheußliche, unzivilisierte Atombombe auf sie schmeißen?«

»Sie haben Deflektoren, die dafür sorgen würden, dass sie Tarik in der Hand explodiert.«

»Dann bin ich froh, dass ich meine Crew mitgenommen habe. Vielleicht müssen wir uns schnell Richtung Verwaltungshauptquartier verabschieden.«

»Wenn sie uns lassen«, sagte der Schlächter grimmig. »Welche Strategien also, um zu gewinnen?«

»Sage ich dir, sobald der Angriff beginnt. Ich habe eine Methode, aber wenn ich sie zu oft verwende, zahle ich einen hohen Preis.« Sie erinnerte sich daran, wie krank sie nach dem Vorfall mit Geoffry Cord gewesen war.

Während Tarik weiter Formationen bilden ließ, setzten die Männer ihre Gespräche mit Jebel fort, und die Spinnenboote glitten vor ihnen durch die Nacht.

Es begann so schnell, dass sie es beinahe gar nicht bemerkt hätte. Fünf Hubsägen hatten sich bis auf hundert Meter an die Invasoren herangeschlichen. Gleichzeitig schossen sie auf die Abschussschleusen, und rote Käfer krabbelten aus der Flanke des schwarzen Ebers hervor. Es dauerte viereinhalb Sekunden, bis die verbliebenen siebenundzwanzig Schleusen sich geöffnet hatten und ihre erste Salve von Kreuzern herausschossen. Aber Rydra dachte bereits auf Babel-17.

Dank ihrer erweiterten Zeitwahrnehmung sah sie, dass sie Hilfe brauchten. Und die Artikulation dieses Bedürfnisses war gleichzeitig die Lösung.

»Aus der Strategie ausbrechen, Schlächter. Folge mir mit zehn Schiffen. Meine Crew übernimmt.«

Es machte sie wahnsinnig, wie lange die englischen Worte auf ihrer Zunge brauchten! Die Aufforderung des Schlächters – »Kippi, setz Hubsägen auf die Spur an und lass sie dort!« – kam

ihr wie ein Tonband vor, das mit Viertelgeschwindigkeit abge-
spielt wurde. Aber ihre Crew hatte bereits das Spinnenboot über-
nommen. Sie zischte die Flugbahn in das Mikrofon.

Brass riss das Schiff herum, sodass sie im rechten Winkel zur
Angriffswelle flogen, und einen Moment lang sah sie die Hubsägen hinter sich. Dann eine Haarnadelkehre, und sie folgten der
ersten Welle von Invasorenkreuzern.

»Wärm ihnen die Hintern!«

Die Hand des Schlächters zögerte über einer Waffe. »Sie auf
Jebel zutreiben?«

»Einen Teufel werd ich. Feuer, Liebster!«

Er feuerte, und die Hubsägen taten es ihm nach.

Zehn Sekunden später war klar, dass sie recht hatte. Tarik lag
R-wärts. Vor ihnen waren die gekochten Eier, das Moskitonetz,
das hauchzarte, federleichte Çiribianer-Schiff. Çiribia gehörte zur
Allianz, und mindestens einer der Invasoren wusste das, denn
er schoss auf die seltsame Vorrichtung, die da am Himmel hing.
Rydra sah, wie das Geschützrohr des Invasoren grünes Feuer aus-
spie, aber das Feuer erreichte die Çiribianer nicht. Der Invasorenjäger verwandelte sich in weißglühenden Rauch, der schwarz
wurde und sich verflüchtigte. Dann widerfuhr einem weiteren
Jäger das gleiche Schicksal, dann noch dreien und noch dreien.

»Raus hier, Brass!« Damit schwenkten sie hoch und davon.

»Was war …«, stotterte der Schlächter.

»Ein çiribianischer Hitzestrahl. Den verwenden sie allerdings
nur, wenn sie angegriffen werden. Teil des Abkommens, das sie
'47 mit dem Rat unterzeichnet haben. Also sorgen wir dafür, dass
die Invasoren angreifen. Willst du noch mal?«

Brass' Stimme kam über den Lautsprecher. »Schon dabei,
Ca'tain.«

Sie dachte wieder auf Englisch und wartete, dass die Übelkeit
sie heimsuchte, vor der ihre Aufregung sie vorerst bewahrte.

»Schlächter.« Tarik jetzt wieder. »Was machst du da?«

»Es funktioniert, oder etwa nicht?«

»Ja. Aber du hast ein zwanzig Kilometer breites Loch in unserer Verteidigungslinie hinterlassen.«

»Sag ihm, dass wir es in einer Minute wieder stopfen, sobald wir den nächsten Schwung hindurchgetrieben haben.«

Das hatte Tarik anscheinend gehört. »Und was machen wir während der nächsten sechzig Sekunden, junge Frau?«

»Kämpfen wie der Teufel.« Der nächste Schwung zusammengetriebener Kreuzer verpuffte vor dem Hitzestrahl der Çiribianer. Dann kam aus den Unterlautsprechern:

He, Schlächter, die sind hinter dir her.

Sie haben geschnallt, dass du die Speerspitze bist.

Schlächter, du hast sechs auf den Fersen. Schüttel sie schnell ab.

»Denen kann ich problemlos ausweichen, Ca'tain«, rief Brass nach oben. »Die sind alle ferngesteuert. Ich habe mehr Freiheiten.«

»Noch ein mal, und damit wenden wir das Blatt ernsthaft zugunsten von Tarik.«

»Tarik ist ihnen jetzt schon zahlenmäßig überlegen«, sagte der Schlächter. »Dieses Spinnenboot muss erst mal seine Kletten abschütteln.« Er rief ins Mikrofon: »Hubsägen verteilen und die Formation der Jäger hinter uns aufbrechen.«

Wird gemacht. Haltet euch fest, Freunde.

He, Schlächter, einer von denen gibt nicht auf.

Tarik sagte: »Vielen Dank, dass ich meine Hubsägen zurückbekomme, aber da ist etwas hinter euch her, das es vielleicht auf einen Nahkampf abgesehen hat.«

Rydra warf ihm einen fragenden Blick zu.

»Helden«, schnaubte der Schlächter angewidert. »Sie werden versuchen, uns einzufangen, zu entern und mit uns zu kämpfen.«

»Nicht mit den Kindern an Bord! Brass, mach kehrt und ramm sie, oder lass es zumindest so sehr danach aussehen, dass sie denken, wir spinnen.«

»Dabei brechen wir uns vielleicht ein paar Ri"en …« Das Schiff schwenkte herum, und sie wurden gegen die Gurte der Schockliegen geschleudert.

Die Stimme eines der Jugendlichen drang durch die Sprechanlage: »Huiiii …«

Auf dem Bildschirm wich der Invasorenjäger zur Seite hin aus.

»Falls sie entern, stehen die Chancen gut«, sagte der Schlächter. »Sie wissen nicht, dass wir eine komplette Crew an Bord haben. Sie haben nicht mehr als zwei …«

»Aufpassen, Ca'tain!«

Der Invasorenjäger füllte den Bildschirm aus. *Klonnnggg* sangen die Knochen des Spinnenboots.

Der Schlächter riss an den Gurten der Schockliege und grinste. »Jetzt geht es in den Nahkampf. Was machst *du* da?«

»Ich begleite dich.«

»Hast du eine Vibrapistole?« Er zog das Halfter an seinem Bauch fester.

»Klar doch.« Sie schob ein Stück ihrer weiten Bluse zur Seite. »Und das hier auch. Vanadiumdraht, zwanzig Zentimeter. Üble Sache.«

»Komm.« Mit einer schnellen Bewegung schaltete er den Hebel des Gravitationsinduktors auf volle Feldstärke.

»Wozu das?«

Sie waren bereits im Korridor.

»Da draußen in einem Raumanzug zu kämpfen ist keine gute Idee. Künstliche Gravitationsfelder um beide Schiffe herum sorgen dafür, dass etwa sieben Meter über der Oberfläche eine atembare Atmosphäre herrscht, und sie halten die Wärme fest … mehr oder weniger.«

»Was heißt weniger?« Sie schwang sich hinter ihm in den Fahrstuhl.

»Da draußen hat es etwa zehn Grad unter null.«

Nach dem Abend, an dem sie sich auf Jebels Friedhof getroffen hatten, war ihm sogar seine Hose zu viel geworden. Jetzt trug er nur noch sein Halfter. »Ich denke, wir werden nicht so lange dort draußen sein, dass wir Mäntel brauchen.«

»Ich kann dir garantieren, dass jeder, der mehr als eine Minute dort draußen ist, tot sein wird, und zwar nicht wegen der Kälte.« Als sie durch die Schleuse schlüpften, wurde seine Stimme mit einem Mal tiefer. »Wenn du nicht weißt, was du tust, halt dich im Hintergrund.« Dann beugte er sich vor, um mit seinem bernsteinfarbenen Haar über ihre Wange zu streichen. »Aber du weißt es, und ich weiß es. Wir müssen unsere Sache gut machen.«

Während er den Kopf hob, öffnete er gleichzeitig die Luke. Kälte schlug ihnen entgegen. Sie spürte sie nicht. Die erhöhte Stoffwechselrate, die mit Babel-17 einherging, hüllte sie in einen Panzer körperlicher Gleichgültigkeit. Irgendetwas flog über ihre Köpfe hinweg. Sie wussten, was sie zu tun hatten, und taten es beide; sie duckten sich. Was immer es war, explodierte – eine Granate, die nur knapp an der Schleuse vorbeigeflogen war. Licht ließ das Gesicht des Schlächters erbleichen. Er sprang, und der verblassende Schein glitt an seinem Körper herab.

Sie folgte ihm, und der Zeitlupeneffekt von Babel-17 gab ihr Sicherheit. Im Sprung drehte sie sich. Jemand duckte sich hinter die drei Meter hohe Wölbung eines Auslegers. Sie schoss auf ihn, wobei ihr die Zeitlupe Gelegenheit gab, sorgfältig zu zielen. Sie wartete nicht ab, um zu sehen, ob sie getroffen hatte, sondern drehte sich weiter. Der Schlächter hielt auf den drei Meter breiten Stützpfeiler zu, den die Invasoren als Enterhaken verwendet hatten.

Wie ein Krebs mit drei Klauen hing das feindliche Schiff in einem schrägen Winkel zu ihnen in der Nacht. K-wärts erhob sich die abgeflachte Spirale der Heimatgalaxie. Die Schatten auf den glatten Rümpfen waren schwarz wie Pauspapier. Von der K-wärtigen Seite aus konnte niemand sie sehen, es sei denn, ihre Bewegung verdeckte einen flüchtigen Stern oder führte sie in das direkte Licht des Spicelli-Arms.

Sie sprang erneut – dieses Mal auf die Außenfläche des Invasorenkreuzers zu. Einen Moment lang wurde es sehr viel kälter. Dann landete sie in der Nähe der Stelle, an der der Enterhaken verankert war, und kam mit einer Rolle auf die Knie, während unter ihr jemand eine weitere Granate nach der Schleuse warf. Sie hatten noch nicht bemerkt, dass sie und der Schlächter schon draußen waren. Gut. Sie feuerte. Ein weiteres Zischen erklang von dort, wo sich der Schlächter befinden musste.

In der Dunkelheit unter ihr bewegte sich etwas. Dann traf eine Vibraentladung die Metallluke unter ihrer Hand. Sie kam aus der Schleuse ihres eigenen Schiffs, und Rydra verschwendete eine Viertelsekunde darauf, die Möglichkeit zu analysieren und zu verwerfen, der Spion aus ihrer Crew, vor dem sie sich fürchtete, könnte sich den Invasoren angeschlossen haben. Vielmehr hatte die Taktik der Invasoren darin bestanden, sie davon abzuhalten, ihr Schiff zu verlassen und sie in der Schleuse in die Luft zu jagen. Diese Taktik war gescheitert, deshalb hatten sie nun selbst in der Schleuse Deckung gesucht und schossen von dort. Sie feuerte und feuerte erneut. Aus seinem Versteck hinter dem anderen Enterhaken tat der Schlächter ihr es nach.

Ein Teil der Einfassung der Schleuse begann von den wiederholten Entladungen zu glühen. Dann ertönte eine vertraute Stimme: »Alles klar, Schlächter, lasst gut sein! Du hast sie erwischt, Ca'tain!«

Rydra kletterte affengleich die Enterbrücke entlang, und Brass schaltete das Licht in der Schleuse an und erhob sich in dem Schein, der sich wie ein Fächer über den Rumpf legte. Der Schlächter kam mit gesenkter Waffe aus seinem Versteck.

Das von unten kommende Licht verzerrte Brass' dämonische Gesichtszüge noch zusätzlich. In jeder Klaue hielt er eine schlaffe Gestalt.

»Der hier geht genau genommen auf mich.« Er schüttelte den Rechten. »Er hat versucht, ins Schiff reinzukriechen, da bin ich ihm auf den Kopf getreten.« Der Pilot wuchtete die schlaffen Leiber auf die Rumpfverkleidung. »Ich weiß ja nicht, wie es euch geht, aber mir ist kalt. Ich bin überhaupt nur hier raufgekommen, weil Diavolo mir erzählt hat, dass ich euch sagen soll, dass er uns irischen Whiskey s'endiert, wenn ihr bereit für eine Kaffee'ause

seid. Oder vielleicht wäre euch heißer Butterrum lieber? Kommt
schon, kommt schon! Ihr seid ja ganz blau!«

Vor dem Fahrstuhl wechselte ihr Kopf wieder zu Englisch,
und sie fing an zu bibbern. Der Frost im Haar des Schlächters
schmolz und bildete glitzernde Tropfen. Ihre Hand schmerzte
an der Stelle, wo sie fast ein Strahl erwischt hätte.

»He«, sagte sie, als sie auf den Korridor traten, »wenn du hier
oben bist, Brass, wer passt dann auf den Laden auf?«

»Ki"i. Wir haben wieder auf Fernsteuerung umgeschaltet.«

»Rum«, sagte der Schlächter. »Keine Butter und nicht heiß.
Nur Rum.«

»Ein Mann nach meinem Geschmack.« Brass nickte. Er legte
Rydra den einen Arm um die Schultern und dem Schlächter den
anderen. Was, wie sie begriff, freundlich gemeint war, aber er
trug sie auch beide halb.

Irgendwo im Schiff machte etwas *klong*.

Der Pilot warf einen Blick zur Decke. »Unsere Leute haben
gerade die Enterhaken gekappt.« Er schob sie in die Kapitäns-
kabine. Als sie auf die Schockliegen sanken, rief er in die Gegen-
sprechanlage: »He, Diavolo, komm hoch und füll die Leute hier
ab, ja? Sie haben es sich verdient.«

»Brass!« Er wollte gerade rausgehen, und sie packte ihn am
Arm. »Kannst du uns zum Verwaltungshauptquartier der Allianz
bringen?«

Er kratzte sich am Ohr. »Wir sind hier genau auf der Zungenspitze. Das Innere des Bruchs kenne ich nur von den Sternenkarten.
Aber die Sensoren verraten mir, dass wir uns mitten in etwas
befinden, bei dem es sich um den Beginn der Natal-Beto-Strömung
handeln dürfte. Ich weiß, dass die aus dem Bruch rausführt, und
wir können uns von ihr zur Atlas-Route und dann direkt vor die
Haustür des Verwaltungshau'tquartiers bringen lassen. Wir sind
nur achtzehn oder zwanzig Stunden davon entfernt.«

»Dann los.« Sie sah den Schlächter an. Er erhob keine Einwände.

»Gute Idee«, sagte Brass. »Etwa die Hälfte von Tarik ist … äh, kör'erlos.«

»Die Invasoren haben gewonnen?«

»Nee. Die Çiribianer haben schließlich den Schuss gehört, das große Ding geröstet und sich davongemacht. Aber erst nachdem Tarik so ein großes Loch in der Flanke hatte, dass drei S'innenboote hindurch'assen würden, und zwar seitwärts. Ki"i hat mir gesagt, dass alle, die noch leben, sich in einen abgeschotteten Bereich des Schiffs zurückgezogen haben, aber dort gibt es keinen Strom.«

»Was ist mit Tarik?«, fragte der Schlächter.

»Tot«, sagte Brass.

Diavolo steckte den weißen Kopf durch die Eingangsluke. »Bitteschön.«

Brass nahm die Flasche und die Gläser entgegen.

Rauschen ertönte aus der Sprechanlage. »Schlächter, wir haben gerade gesehen, wie ihr den Invasorenjäger losgemacht habt. Dann seid ihr also mit dem Leben davongekommen.«

Schlächter beugte sich vor und nahm das Mikrofon. »Schlächter lebt, Tarik.«

»Manche Leute haben einfach immer Glück. Captain Wong, ich erwarte, dass Sie einen Nachruf auf mich schreiben.«

»Tarik?« Sie setzte sich neben den Schlächter. »Wir fliegen jetzt zum Verwaltungshauptquartier der Allianz. Wir kommen mit Unterstützung zurück.«

»Sobald es Ihnen passt, Captain. Hier ist es nur ein bisschen voll.«

»Wir fliegen jetzt los.«

Brass war bereits zur Tür hinaus.

»Patron, geht es den Kindern gut?«

»Alle wohlbehalten. Captain, Sie haben niemandem die Erlaubnis erteilt, Feuerwerkskörper mit an Bord zu bringen, oder?«

»Nicht dass ich wüsste.«

»Mehr wollte ich nicht hören. Ratt, komm her …«

Rydra lachte. »Navigation?«

»Jederzeit bereit«, sagte Ron. Im Hintergrund hörte sie Mollyas Stimme: »*Nilitaka kulala, nilale milele …*«

»Du kannst nicht ewig schlafen«, sagte Rydra, »wir fliegen los!«

»Mollya bringt uns ein Gedicht auf Swahili bei«, erklärte Ron.

»Ach so. Sensoren?«

»*Haaatschi!* Ich hab's immer gesagt. Captain, halt deinen Friedhof sauber. Vielleicht brauchst du ihn eines Tages. Tarik ist der beste Beweis. Wir sind bereit.«

»Sag Patron, dass er einen der Jungs mit einem Staubwedel runterschicken soll. Bist du angeschlossen, Brass?«

»Alles überprüft und bereit, Ca'tain.«

Die Stasegeneratoren sprangen an, und sie ließ sich auf der Schockliege nach hinten sinken. In ihrem Inneren entspannte sich endlich etwas. »Ich hätte nicht gedacht, dass wir heil aus der Sache rauskommen.« Sie wandte sich dem Schlächter zu, der auf der Kante seiner Liege saß und sie beobachtete. »Du weißt, dass ich nervös wie eine Katze bin. Und mir ist ein bisschen übel. Ach verdammt, es geht los.« Mit der Entspannung stieg auch die Übelkeit, die sie so lange unterdrückt hatte, in ihr empor. »Ich habe bei alldem einfach das Gefühl, gleich auseinanderzufliegen. Kennst du das, wenn man an allem zweifelt, all seinen Gefühlen misstraut? Langsam glaube ich, dass ich nicht mehr ich selbst bin …« Ihr Atem tat ihr in der Kehle weh.

»Ich bin ich«, sagte er sanft, »und du bist du.«

»Sorge dafür, dass mir daran nie Zweifel kommen, Schlächter. Aber selbst da kann ich mir nicht sicher sein. In meiner Crew gibt es einen Spion. Das habe ich dir doch erzählt, oder? Vielleicht ist es Brass, und er schleudert uns wieder in eine Nova!« In ihrer Übelkeit versteckte sich ein Bläschen Hysterie. Die Blase platzte, und sie schlug dem Schlächter die Flasche aus der Hand. »Trink das nicht! D-D-Diavolo, vielleicht vergiftet er uns!« Unsicher kam sie auf die Füße. Über allem lag ein roter Schleier.

»… oder einer der T-T-Toten. Wie … soll ich gegen einen Geist
k-k-k-kämpfen?« Der Schmerz fuhr ihr in den Bauch, und sie
taumelte wie unter einem Schlag. Mit dem Schmerz kam die
Angst. Die Gefühle bewegten sich hinter seinem Gesicht, doch
selbst diese verschwammen, als sie versuchte, sie in den Blick zu
nehmen. »… um uns … uns zu t-t-töten!«, flüsterte sie, »… etwas
zu t-t-töten … s-s-sodass kein *D-du*, k-k-kein *Ich* …«

Sie tat es, um sich von dem Schmerz abzulenken, der Gefahr
bedeutete, und von der Gefahr, die Schweigen bedeutete. Er hatte
gesagt: *Wenn du jemals in Gefahr bist … dann geh ins Gehirn und
schau nach, was dort ist. Benutze, was du brauchst.*

Ein Bild in ihrem Kopf, ohne Worte: Einmal waren sie, Muels
und Fobo auf Trantor in eine Kneipenschlägerei verwickelt
gewesen. Sie hatte einen Schlag gegen den Kiefer abbekommen
und war nach hinten getaumelt, hatte sich benommen umgedreht,
und in dem Moment hatte jemand den Barspiegel hinter der
Theke runtergerissen und nach ihr geworfen. Ihr eigenes ent-
setztes Gesicht war schreiend auf sie zugekommen und an ihrer
ausgestreckten Hand zersplittert. Als sie in das Gesicht des
Schlächters sah, durch Schmerz und Babel-17 hindurch, geschah
all das von Neuem …

Teil 4

Der Schlächter

… wälzt sich im Kopf herum und erwacht
mit Drähten hinter den Augen, welche die Glieder
strecken. Er erwacht, verdrahtet,
die gespreizten Finger knisternd, an seiner Zunge würgend.
Wir erwachen, wälzen uns herum. – An den Boden genagelt
windet sich seine Wirbelsäule, die Brust geleert,
Luft in den Drähten, Funken
schimmern an der verkabelten Decke, berühren
seine funkensprühenden Fingernägel. Husten, Schreie.
Der Zwilling hinter den Augen hustet, schreit.
Der dunkle Zwilling krümmt sich auf dem Boden, verschluckt seine Zunge.
An dem dunklen Pfahl der Schaltkreise hinter den Augen gekreuzigt
reißt der dunkle Zwilling seine Wirbelsäule los, klatscht
die Handflächen an die Decke. Geladene Tropfen fliegen.
Die Decke, polarisiert, traktiert seine Wangen mit Metall.
Reißt Haut los. Zerrt an Rippen,
losgerissene Brustmuskeln aus Metall krümmen sich
schwarz, vertrocknet hinter den Rissen,
die seine zerbissenen Lippen sind.
Hinterbacken und Schulterblätter reiben sich am Boden
in schmieriger grüner Lake. – Sie erwachen.
Wir erwachen, wälzen uns herum. – Er, Blut gurgelnd, wälzt sich,
geboren, auf dem nassen Boden …

Aus Der dunkle Zwilling

1

»Wir haben eben den Bruch verlassen, Ca'tain. Seid ihr beiden schon betrunken?«

Rydras Stimme: »Nein.«

»Was soll ich davon bitte halten? Aber euch geht's wohl gut.«

Rydras Stimme: »Das Gehirn gut. Der Körper gut.«

»Wie? He, Schlächter, hatte sie wieder einen von ihren Anfällen?«

Die Stimme des Schlächters: »Nein.«

»Ihr klingt beide total komisch. Soll ich 'atron hochschicken, damit er nach euch sieht?«

Die Stimme des Schlächters: »Nein.«

»Alles klar. Ab hier dürften wir freie Flugbahn haben, und ich kann sogar noch ein 'aar Stunden eins'aren. Was sagt ihr dazu?«

Die Stimme des Schlächters: »Was gibt es zu sagen?«

»Wie wär's mit ›danke‹? Wisst ihr, ich flieg mir hier unten den Schwanz ab.«

Rydras Stimme: »Danke.«

»Tja, nichts zu danken. Ich lass euch beide jetzt in Ruhe. He, tut mir leid, falls ich euch bei irgendwas gestört habe.«

2

Schlächter, das wusste ich nicht! Das konnte ich unmöglich wissen!

Und im Echo schweißten ihrer beider Gedanken einen Schrei zusammen: konnte ich – unmöglich. Dieses Licht …

Ich habe es Brass gesagt, habe ihm gesagt, dass du offenbar eine Sprache ohne das Wort »ich« sprichst, und ich habe gesagt, dass ich so eine Sprache nicht kenne; aber es gab eine, völlig einleuchtend, nämlich Babel-17 …!

Kongruente Synapsen bebten teilnahmsvoll, bis Bilder feste Gestalt annahmen, und aus sich selbst erschuf sie, sah sie ihn –

– in der einsamen Arrestzelle auf Titin kratzte er mit seinem Sporn eine Karte in die grüne Wandfarbe über den Palimpsest der Obszönitäten von Gefangenen aus zwei Jahrhunderten, eine Karte, die sie nach seiner Flucht in die falsche Richtung führen würde; sie schaute zu, wie er drei Monate lang in dem kaum mehr als einen Meter großen Raum auf und ab ging, bis er mit seinen gut zwei Metern Größe auf einundfünfzig Kilo heruntergehungert war und in den Ketten seines Hungers zusammenbrach.

Auf einem dreifach geflochtenen Seil aus Worten kletterte sie aus der Grube: wagen, schlagen, tragen; morden, ordnen, horten; Bande, handle, wandle.

Er holte seine Gewinne bei der Spielbank ab und wollte gerade über den kastanienbraunen Teppich des *Casino Cosmica* Richtung Tür gehen, als sich ihm der schwarze Croupier in den Weg stellte und mit einem Lächeln auf den dicken Geldkoffer wies. »Möchten Sie noch einen letzten Versuch wagen, mein Herr? Eine Herausforderung für einen Spieler mit Ihren Fähigkeiten?« Er wurde zu einem prachtvollen 3-D-Schachbrett mit glänzenden Keramikfiguren geführt. »Sie spielen gegen den Computer des Hauses. Für jede verlorene Figur müssen Sie tausend Credits einsetzen. Für jede von Ihnen geschlagene Figur gewinnen Sie denselben Betrag. Schach bringt Ihnen fünfhundert ein oder kostet Sie fünfhundert.

Bei Schachmatt kann der Gewinner das Hundertfache der bislang erzielten Einsätze nach Hause tragen.« Es war ein Spiel, mit dem seine exorbitanten Gewinne ausgeglichen werden sollten – und sie waren wirklich exorbitant. »Gehe nach Hause und nehme jetzt dieses Geld«, sagte er zu dem Croupier. Der Croupier lächelte und sagte: »Das Haus besteht darauf, dass Sie spielen.« Fasziniert beobachtete sie, wie der Schlächter mit den Schultern zuckte, sich dem Spiel zuwandte – und den Computer in sieben Zügen schachmatt setzte. Sie gaben ihm seine Million Credits – und versuchten dreimal, ihn umzubringen, bevor er den Ausgang des Casinos erreichte. Sie hatten keinen Erfolg, aber es war eine interessantere Herausforderung als das Glücksspiel.

Während sie beobachtete, wie er in diesen Situationen funktionierte und reagierte, zitterte ihr Geist in seinem, beugte sich seinem Schmerz oder Genuss, seltsame Gefühle, weil sie so ichlos und unartikuliert waren, zauberisch, verführerisch, mythisch. *Schlächter –*

Es gelang ihr, das überstürzte Kreisen zu unterbrechen.

– wenn du von Anfang an Babel-17 verstanden hast, überschlugen sich die Fragen im Wogen ihrer Gedanken, *warum hast du es dann nur willkürlich für dich selbst eingesetzt, bei einem Glücksspielabend, einem Banküberfall, nur um am nächsten Tag alles zu verlieren und keine Anstrengungen zu unternehmen, den Gewinn zu behalten?*

Wer sollte es behalten? Es gab kein »Ich«.

Sie war in einer verwirrenden, verkehrten Form von Sexualität in ihn eingedrungen. Sie einschließend, litt er Todesqualen. Das Licht – du machst es! Du machst es!, schrie er entsetzt.

Schlächter, fragte sie, die mehr Erfahrung damit hatte, Muster aus Worten über emotionalen Aufruhr zu legen, *wie sieht mein Geist aus, wenn er sich in deinem befindet?*

Hell, hell und bewegt, heulte er, die analytische Präzision von Babel-17, die ihre Verschmelzung rau wie Stein zum Ausdruck brachte, die so viele Muster erzeugte und umformte.

So ist es nun mal, Poetin zu sein, erklärte sie, und die indirekte Verbindung durchtrennte für einen Moment den Strom. *Auf Griechisch bedeutet Poet Hersteller oder Baumeister.*

Da ist eins! Da ist jetzt ein Muster. Ahhh! – so hell, so hell!

Bloß diese einfache semantische Verbindung? Sie war erstaunt.

Aber die Griechen waren vor dreitausend Jahren Poeten, und du bist jetzt eine Poetin. Du ziehst Worte über solche Distanzen ruckartig zusammen, und ihr Kielwasser blendet mich. All deine Gedanken sind Feuer, vor Gestalten, die sich mir entziehen. Sie klingen wie zu tiefe Musik, die mich erschüttert.

Weil du noch nie zuvor erschüttert wurdest. Aber ich bin geschmeichelt.

Du bist so groß in mir, dass ich zerreißen werde. Ich sehe das Muster namens Das kriminelle und das künstlerische Bewusstsein treffen sich mit einer gemeinsamen Sprache im gleichen Kopf …

Ja, ich hatte gerade begonnen, etwas in der –

Flankiert von Formen namens Baudelaire *– Ahhh! – und* Villon.

Das sind alte französische Po-

Zu hell! Zu hell! Das »Ich« in mir ist nicht stark genug, um sie aufzunehmen. Rydra, wenn ich die Nacht und die Sterne ansehe, dann ist das nur eine passive Handlung, aber du bist selbst als Beobachterin aktiv und hüllst die Sterne in einen helleren Schein.

Was du wahrnimmst, veränderst du, Schlächter. Aber dafür musst du es wahrnehmen.

Ich muss – das Licht; in der Mitte von dir sehe ich Spiegel und Bewegung miteinander verschmolzen, und die Bilder sind vernetzt, sie kreisen, und alles ist eine Entscheidung.

Meine Gedichte! Es war das peinliche Gefühl, nackt dazustehen.

Definitionen von »ich«, eine jede davon großartig und präzise.

Sie dachte: I/Aye/Eye (auf Englisch), das Selbst, das *Ja* eines Seefahrers, das Organ visueller Wahrnehmung.

Er fing an: *Du –*

You/Ewe/Yew (auf Englisch), das andere Selbst, ein weibliches Schaf, das keltische Pflanzensymbol für den Tod.

– du entzündest meine Worte mit Bedeutungen, auf die ich nur flüchtige Blicke erhasche. Was umfasse ich? Was bin ich, wenn ich dich umfasse?

Sie beobachtete weiter und sah, wie er raubte, mordete, Chaos anrichtete, weil die semantische Validität von *mein* und *dein* in einem Wirbel zerfranster Synapsen zerstört worden war. *Schlächter, ich habe sie in deinen Muskeln singen hören, diese Einsamkeit, die dich dazu gebracht hat, Tarik dazu zu bringen, die Rimbaud einzufangen, nur damit du jemanden bei dir hast, der diese analytische Sprache spricht, aus demselben Grund, aus dem du das Kind zu retten versucht hast,* flüsterte sie.

Bilder krallten sich in ihr Gehirn.

Langes Gras wisperte am Wehr. Aleppos Monde verschleierten den Abend. Das Steppenmobil summte, und mit verhaltener Ungeduld tippte er mit der Spitze seines linken Sporns auf das Rubinzeichen am Lenkrad. Lill schmiegte sich an ihn und lachte. »Weißt du, Schlächter, wenn Mr. Big wüsste, dass du in einer so romantischen Nacht mit mir hier rausgefahren bist, wäre er ziemlich wütend auf dich. Nimmst du mich, wenn du hier fertig bist, wirklich mit nach Paris?« Eine namenlose Wärme mischte sich in seinem Innern mit einer namenlosen Ungeduld. Ihre Schulter fühlte sich unter seiner Hand feucht an, ihre Lippen waren rot. Sie hatte sich das champagnerfarbene Haar hinter ein Ohr gestrichen. Ihr Körper machte neben ihm eine wellenförmige Bewegung, die ihr den Vorwand dafür verschaffte, ihm das Gesicht zuzuwenden. »Wenn das mit Paris nur ein Witz war, sage ich es Mr. Big. Wenn ich ein schlaues Mädchen wäre, würde ich warten, bis du mich dorthin gebracht hast, bevor ich zulasse, dass wir … uns näher miteinander vertraut machen.« Ihr Atem duftete in der brütend heißen Nacht wunderbar. Er bewegte die andere Hand an ihrem Arm hinauf. »Schlächter, bring mich weg von dieser heißen, toten Welt. Sümpfe, Höhlen, Regen! Mr. Big macht mir Angst, Schlächter! Bring mich von ihm weg, nach Paris. Tu nicht nur so. Ich möchte dich so gerne begleiten.« Erneut gab sie einen Laut von sich, der wie ein Lachen klang, aber nur von ihren Lippen kam. »Ich denke mal, ich … ich bin wohl doch kein so schlaues Mädchen.« Er legte seinen Mund an ihren – und brach ihr mit einer raschen Bewegung das Genick. Mit geöffneten Augen sank sie nach hinten. Die Spritze, die sie ihm gerade in die Schulter hatte stoßen wollen, fiel ihr aus der Hand, rollte über die Armaturen und landete zwischen den Pedalen. Er trug sie zum Wehr und kam bis zur Hüfte schlamm-verschmiert zurück. Auf dem Sitz schaltete er das Funkgerät ein. »Es ist erledigt, Mister Big.«

»Sehr gut. Ich habe zugehört. Du kannst dir dein Geld morgen früh abholen. Es war sehr dumm von ihr, mich um diese fünfzig-tausend betrügen zu wollen.«

Das Steppenmobil rollte dahin, die warme Brise trocknete den Schlamm an seinen Armen, das lange Gras raschelte um die Roll-ketten.

Schlächter …!

Aber das bin ich, Rydra.

Ich weiß. Aber ich …

Das Gleiche musste ich zwei Wochen später mit Mr. Big machen. Was hast du ihm versprochen, wohin du ihn mitnimmst?

In die Spielhöhlen auf Minos. Und einmal musste ich in der Hocke –

– aber es war sein Körper, der unter dem grünen Licht von Kreto hockte, mit weit geöffnetem Mund atmend, um alle Geräusche zum Erliegen zu bringen, es war ihre Erwartung, ihre Angst, die beherrscht zu Ruhe wurde. Der Schauermann in seiner roten Uniform hält inne und wischt sich mit einem Tuch über die Stirn. Ein zügiger Schritt vorwärts, ein Tippen auf die Schulter. Der Arbeiter dreht sich überrascht um, und die Hände schnellen mit den Ballen voran nach oben, Sporne schlitzen dem Arbei-ter den Bauch auf, dessen Eingeweide sich über die Plattform ergießen, und dann rennen, während die Alarmsirenen einsetzen, mit einem Satz über die Sandsäcke hinweg, nach der Trosse greifen und sich an ihr hinunterschwingen, in das verblüffte Gesicht des Wachtpostens auf der anderen Seite, der sich gerade mit überrascht ausgebreiteten Armen umdrehte und ihn sah …

… raus ins Freie gerannt und entkommen, erzählte er ihr. Meine Spuren erfolgreich verwischt, sodass die Verfolger sie nach den Lavagruben verloren.

Es öffnet dich, Schlächter. All das Rennen öffnet mich?

Tut es weh, hilft es? Ich wusste es nicht.

Aber da waren keine Worte in deinem Kopf. Selbst Babel-17 war wie das Festplattenrauschen eines Computers, der mit einer rein synaptischen Analyse beschäftigt ist.

Ja. Verstehst du jetzt allmählich –

– steht bibbernd in den tosenden Höhlen von Dis, wo er neun Monate im Mutterleib gelegen hatte, alles hatte er gegessen, Lonnys Hund, und dann Lonny, der erfroren war, als er versucht hatte, über das aufgetürmte Eis zu klettern – bis der Planetoid plötzlich aus dem Schatten von Cyclops trat und Ceres am Himmel loderte, sodass die Höhle innerhalb von vierzig Minuten hüfthoch mit Eiswasser geflutet wurde. Als er schließlich seinen Motorschlitten frei bekommen hatte, war das Wasser warm und er war schmierig von Schweiß. Er raste mit Höchstgeschwindigkeit zum drei Kilometer breiten Zwielichtstreifen und programmierte einen Moment, bevor er vor Hitze benommen zusammenbrach, den Autopiloten. Zwei Minuten bevor er in Götterdämmerung eintraf, verlor er das Bewusstsein.

Undeutlich in der Finsternis deiner verlorenen Erinnerung, Schlächter, muss ich dich finden. Wer warst du vor Nueva-nueva York?

Und er wandte sich ihr sanft zu. *Hast du Angst, Rydra? Wie zuvor …*

Nein, nicht wie zuvor. Du lehrst mich etwas, und es erschüttert mein ganzes Bild von der Welt und von mir selbst. Vorher dachte ich, dass ich Angst hätte, Schlächter, weil ich nicht tun konnte, was du tun kannst. Die weiße Flamme wurde – schützend – blau und zitterte. *Aber ich hatte Angst, weil ich all das tun konnte, und zwar aus meinen eigenen Gründen, nicht aus deinem Mangel an Gründen, weil ich bin und du bist. Ich bin viel größer, als ich dachte, Schlächter, und ich weiß nicht, ob ich dir dafür, dass du es mir gezeigt hast, danken soll oder dich verfluchen.* Und etwas weinte im Innern, stammelte, verstummte. Sie drehte sich – verängstigt – in dem Schweigen, das sie ihm genommen hatte, und in dem Schweigen wartete etwas darauf, dass sie zum ersten Mal allein sprach.

Sieh dich an, Rydra.

In ihm gespiegelt sah sie, im Licht ihres Selbst, eine Dunkelheit ohne Worte anschwellen, nur Geräusche – die anschwollen! Und schrie angesichts ihres Namens und ihrer Gestalt auf. *Die zerbrochenen Schaltkreise! Schlächter, diese Tonbänder, die nur auf meinem Gerät aufgenommen werden konnten, während ich dort war! Natürlich …!*

Rydra, wir können sie bändigen, wenn wir ihnen Namen geben.

Wie soll uns das jetzt noch gelingen? Erst müssen wir uns selbst Namen geben. Und du weißt nicht, wer du bist.

Deine Worte, Rydra, können wir irgendwie deine Worte verwenden, um herauszufinden, wer ich bin?

Nicht meine Worte, Schlächter. Aber vielleicht deine, vielleicht Babel-17.

Nein …

Ich bin, flüsterte sie, *glaub mir, Schlächter, und du bist.*

3

»Hauptquartier, Captain. Werfen Sie einen Blick durch den Sensorenhelm. Das Funknetz hier sieht wie Feuerwerk aus, und körperliche Seelen sagen mir, dass es nach Pökelfleisch und Rührei riecht. He, danke, dass du hier hast abstauben lassen. Zu

Lebzeiten kriegte ich immer Heuschnupfen, was ich nie ganz los-geworden bin.«

Rydras Stimme: »Die Crew wird zusammen mit dem Captain und Schlächter von Bord gehen. Die Crew wird sie zu General Forester begleiten und nicht zulassen, dass man sie voneinander trennt.«

Die Stimme des Schlächters: »Auf der Konsole in der Kapitäns-kabine befindet sich eine Bandaufnahme, die eine Grammatik von Babel-17 enthält. Der Patron wird das Band sofort per Kurier an Dr. Markus T'mwarba auf der Erde schicken. Dann wird er T'mwarba per Stellarfon darüber informieren, dass das Band unterwegs ist, zu welcher Zeit es abgeschickt wurde und was es enthält.«

»Brass, Patron! Irgendwas stimmt da oben nicht!« Rons Stimme überlagerte das Signal des Captains. »Habt ihr schon jemals gehört, dass die so gesprochen hätten? He, Captain Wong, was ist los …?«

Teil 5

Markus T'mwarba

Im Älterwerden steige ich den November hinab.
Der asymptotische Zyklus des Jahres
stürzt ins Jetzt. In kristallener Versonnenheit
ziehe ich unter einer starren weißen Linie von Bäumen entlang,
wo trockene Blätter darauf warten,
von Schritten zergliedert zu werden.
Sie knistern, der gedämpfte Laut der Angst.
Alles, was ich höre, ist das und der Wind.
Ich frage die kalte Luft: »Wie lautet das Wort, das befreit?«
Der Wind sagt: »Wandel«, und die weiße Sonne:
        »Erinnere dich.«

Aus *Electra*

1

Die Tonbandspule, die dringliche Anweisung von General Forester und der wutentbrannte Dr. T'mwarba erreichten Danil D. Applebys Büro in Abständen von dreißig Sekunden.

Er öffnete gerade die flache Kiste, als ihn der Lärm auf der anderen Seite der Trennwand aufblicken ließ. »Michael«, fragte er die Sprechanlage. »Was ist da los?«

»Irgendein Irrer, der behauptet, Psychiater zu sein!«

»Ich bin kein Irrer!«, sagte Dr. T'mwarba laut. »Aber ich weiß, wie lange ein Paket braucht, um vom Verwaltungshauptquartier zur Erde zu gelangen, und es hätte heute Morgen mit der Post bei mir sein müssen. Das war es nicht, also hat es jemand abgefangen, und genau so etwas wird hier gemacht. Lassen Sie mich rein.«

Dann krachte die Tür gegen die Wand, und er war drin.

Michael reckte den Kopf um T'mwarbas Hüfte herum. »He, Dan. Tut mir leid. Ich rufe den …« Dr. T'mwarba deutete auf den Schreibtisch und sagte: »Das gehört mir. Her damit.«

»Spar dir die Mühe, Michael«, sagte der Zollbeamte, bevor die Tür wieder zugeknallt wurde. »Guten Abend, Dr. T'mwarba. Setzen Sie sich doch. Das ist an Sie adressiert, nicht wahr? Schauen Sie nicht so überrascht, dass ich das weiß. Ich kümmere mich auch um die Zusammenführung psychischer Einstufungen bei Sicherheitsfragen, und in meiner Abteilung kennen alle Ihre brillante Arbeit über schizoide Differenzierung. Es freut mich sehr, Sie kennenzulernen.«

»Warum bekomme ich mein Paket nicht?«

»Einen Moment, dann finde ich es heraus.« Während er die Anweisung zur Hand nahm, griff Dr. T'mwarba nach der Schachtel und steckte sie sich in die Tasche. »Jetzt können Sie es erklären.«

Der Zollbeamte öffnete den Brief. »Es heißt hier«, sagte er, während er das Knie an den Schreibtisch drückte, um einen Teil der innerhalb kürzester Zeit aufgebauten Feindseligkeit abzureagieren, »dass Sie möglicherweise … ähm, behalten Sie das Tonband, aber unter der Bedingung, dass Sie noch heute Abend an Bord des *Mitternachtsfalken* zum Verwaltungshauptquartier aufbrechen und es dorthin bringen. Ihr Flug wurde bereits gebucht, man dankt Ihnen im Voraus für die gute Zusammenarbeit, hochachtungsvoll, General X. J. Forester.«

»Warum?«

»Das schreibt er nicht. Ich fürchte, Doktor, dass ich Ihnen nicht gestatten kann, das zu behalten, wenn Sie nicht in diese Bedingungen einwilligen. Und wir können es uns zurückholen.«

»Das glauben Sie! Haben Sie eine Ahnung, was diese Leute wollen?«

Der Beamte zuckte mit den Schultern. »Sie haben auf das Paket gewartet. Von wem ist es?«

»Rydra Wong.«

»Wong?« Inzwischen hatte der Zollbeamte beide Knie gegen den Schreibtisch gestemmt. Nun ließ er sie sinken. »Die Dichterin Rydra Wong? Sie kennen Rydra auch?«

»Ich bin seit ihrem zwölften Lebensjahr ihr psychiatrischer Berater. Wer sind Sie?«

»Ich bin Danil D. Appleby. Hätte ich gewusst, dass Sie ein Freund von Rydra sind, hätte ich Sie selbst hier herauf begleitet!« Die Feindseligkeit wurde zu einem Sprungbrett, von dem aus er sich in überschwängliche Kameraderie katapultierte. »Wenn Sie an Bord des *Falken* abreisen, haben Sie doch noch Zeit für einen kurzen Spaziergang mit mir, oder? Ich wollte heute ohnehin früher Schluss machen. Ich muss noch … na ja, in Transport

Town vorbeischauen. Warum haben Sie nicht gesagt, dass Sie sie kennen? Dort, wo ich hingehe, gibt es ein wunderbar authentisches Lokal. Da kann man anständig essen und gut trinken. Interessieren sie sich für Ringkämpfe? Die meisten Leute halten sie für illegal, aber dort kann man sich welche ansehen. Heute Abend geben Ruby und Python eine Vorstellung. Wenn Sie nur diesen einen ersten Schritt mit mir zusammen machen, werden Sie es faszinierend finden. Und ich bringe Sie noch rechtzeitig zum *Falken*.«

»Ich glaube, ich weiß, welches Lokal Sie meinen.«

»Man geht eine Treppe runter, und dann ist da diese große Blase unter der Decke, in der gekämpft wird ...?« Mit überschäumender Begeisterung beugte er sich vor. »Tatsächlich hat Rydra mich dorthin mitgenommen.«

Dr. T'mwarba begann zu lächeln.

Der Zollbeamte klatschte die Hand auf den Schreibtisch. »Das war vielleicht eine wilde Nacht! Einfach wild!« Er kniff die Augen zusammen. »Sind Sie jemals von einer von diesen ...« Er schnippte dreimal mit den Fingern. »... im körperlosen Sektor ausgenommen worden? Das ist tatsächlich immer noch illegal. Aber machen Sie dort bei Gelegenheit mal einen Abendspaziergang.«

»Kommen Sie«, sagte der Doktor lachend. »Abendessen und was zu trinken. Die beste Idee, die ich heute gehört habe. Ich bin am Verhungern, und ich habe seit einem Monat keinen guten Kampf mehr gesehen.«

»In *dem* Lokal war ich noch nie«, sagte der Beamte, als sie die Magnetbahn verließen. »Ich habe angerufen, um einen Termin zu reservieren, aber man hat mir gesagt, das sei nicht nötig, ich solle einfach kommen; sie hätten bis sechs geöffnet. Ich dachte mir, was soll's, ich mach einfach früher Schluss.« Sie überquerten die Straße und kamen an den Kiosken vorbei, an denen zerlumpte, unrasierte Schauerleute sich Flugpläne für eintreffende Schiffe besorgten.

Drei Sternenfahrer in grünen Uniformen taumelten Arm in Arm
den Bürgersteig entlang. »Wissen Sie«, sagte der Zollbeamte, »ich
musste ganz schön mit mir kämpfen. Ich wollte das schon machen,
seit ich das erste Mal hier unten war – Teufel auch, seit ich das erste
Mal Bilder davon im Kino gesehen habe. Aber irgendwas ernsthaft
Bizarres würde im Büro einfach nicht durchgehen. Dann sagte ich
mir, es könnte etwas Einfaches sein, das man nicht sieht, wenn ich
Kleidung trage. Da wären wir.«

Der Beamte schob die Tür zum Plastiplasm Plus auf (»Addenda,
Überschriften und Fußnoten für den Schönen Körper«).

»Wissen Sie, ich wollte schon immer jemanden fragen, der
von so etwas Ahnung hat; glauben Sie, dass es psychologisch
irgendwie seltsam ist, so etwas zu wollen?«

»Ganz und gar nicht.«

Eine junge Dame mit blauen Augen, Lippen, Haaren und Flügeln sagte: »Sie können gleich reingehen. Wenn Sie sich nicht
zuerst unsere Kataloge ansehen wollen.«

»Oh, ich weiß genau, was ich will«, versicherte ihr der Zollbeamte. »Hier entlang?«

»Genau.«

»Genau genommen«, fuhr Dr. T'mwarba fort, »ist das Gefühl,
die Kontrolle über seinen Körper zu haben und ihn verändern
und formen zu können, wichtig für die Psyche. Sechs Monate
Diät zu machen oder ein erfolgreiches Muskelaufbauprogramm
zu durchlaufen kann einem ein starkes Gefühl von Befriedigung
verschaffen. Das Gleiche gilt für eine neue Nase, ein neues Kinn
oder einen Satz Schuppen und Federn.«

Sie befanden sich in einem Raum mit Operationstischen.
»Kann ich Ihnen helfen?«, fragte ein lächelnder polynesischer
Chirurg in einem blauen Frack. »Legen Sie sich doch hin.«

»Ich schaue nur zu«, sagte Dr. T'mwarba.

»In Ihrem Katalog wird es als Nummer 5463 geführt«, verkündete der Zollbeamte. »Ich möchte es … hier.« Er schlug sich
mit der linken Hand auf die rechte Schulter.

»O ja. Das gefällt mir auch sehr gut. Einen kleinen Moment.«
Er öffnete eine Klappe an einem Gestell neben dem Tisch.
Operationsbesteck glitzerte.

Der Chirurg ging zu der gläsernen Kühleinheit an der Wand
gegenüber, wo hinter frostbedeckten Glastüren verschwommen
komplexe Plastiplasm-Gebilde ruhten. Er kehrte mit einem Tablett zurück, auf dem verschiedene Einzelteile lagen. Das Einzige davon, was sich erkennen ließ, war die vordere Hälfte eines
Miniaturdrachens mit Edelsteinaugen, schimmernden Schuppen
und schillernden Flügeln; er war keine sechs Zentimeter lang.

»Wenn er mit Ihrem Nervensystem verbunden ist, können
Sie ihn pfeifen, fauchen, brüllen, mit den Flügeln schlagen und
Funken speien lassen. Es kann allerdings ein paar Tage dauern,
bis er in das Gesamtbild Ihres Körpers integriert ist. Wundern
Sie sich also nicht, wenn er anfangs nur rülpst und seekrank aussieht. Bitte ziehen Sie Ihr Hemd aus.«

Der Beamte öffnete seinen Kragen.

»Wir sorgen nur kurz dafür, dass Sie von der Schulter abwärts
nichts mehr spüren … Na also, das hat doch gar nicht wehgetan.
Das hier? Das ist ein lokaler Venen- und Arterienkonstriktor; wir
wollen doch, dass alles sauber bleibt. Jetzt schneiden wir sie einfach entlang der – tja, wenn es Ihnen unangenehm ist, schauen
Sie einfach nicht hin. Reden Sie mit Ihrem Freund. Es dauert
nur ein paar Minuten. Oh, das muss Sie aber im Bauch gekitzelt
haben! Keine Sorge. Nur noch ein Mal. Schön. Da ist Ihr Schultergelenk. Ich weiß; Ihr Arm sieht ein bisschen seltsam aus, wenn er
so ganz ohne dahängt. Wir stecken einfach diesen transparenten
Plastiplasm-Käfig rein. Genau die gleiche Artikulation wie Ihr
Schultergelenk, und er sorgt dafür, dass Ihre Muskeln nicht im
Weg sind. Sehen Sie, er hat Rillen für Ihre Arterien. Bewegen Sie
bitte das Kinn. Wenn Sie zusehen wollen, schauen Sie in den Spiegel. Jetzt fälteln wir einfach die Ränder. Behalten Sie ein paar Tage
lang dieses Vivaband auf dem Käfig drauf, bis alles zusammengewachsen ist. Es kann eigentlich kaum auseinandergehen,

solange Sie Ihren Arm nicht plötzlich belasten, aber Sie gehen besser auf Nummer sicher. Jetzt schließe ich den kleinen Kerl dadrinnen an den Nerv an. Das wird wehtun …«

»Gnnnnn!« Der Zollbeamte erhob sich halb.

»Setzen! Setzen! Alles klar, die kleine Lasche hier – sehen Sie in den Spiegel – dient dazu, den Käfig zu öffnen. Sie werden lernen, wie man ihn dazu bringt, rauszukommen und Kunststücke zu vollführen, aber seien Sie nicht ungeduldig. Es braucht ein bisschen Zeit. So, jetzt schalte ich die Empfindung in Ihrem Arm wieder an.«

Der Chirurg entfernte die Elektroden, und der Beamte stieß einen Pfiff aus.

»Zwiebelt ein bisschen. Das wird etwa eine Stunde anhalten. Falls Sie eine Rötung oder Entzündung beobachten, zögern Sie bitte nicht, sich noch einmal an mich zu wenden. Alles, was durch die Klappe kommt, wird hundertprozentig sterilisiert, aber alle fünf oder sechs Jahre holt sich jemand eine Infektion. Sie können Ihr Hemd jetzt wieder anziehen.«

Als sie auf die Straße traten, ließ der Zollbeamte die Schultern kreisen. »Wissen Sie, die behaupten, dass es absolut keinen Unterschied macht.« Er verzog das Gesicht. »Meine Finger fühlen sich komisch an. Meinen Sie, er hat vielleicht einen Nerv verletzt?«

»Wohl kaum«, sagte Dr. T'mwarba. »Aber Ihnen passiert das noch, wenn Sie die Schultern weiter so verdrehen. Sie reißen noch das Viviband los. Gehen wir essen.«

Der Beamte betastete seine Schulter. »Es fühlt sich seltsam an, ein zehn Zentimeter großes Loch dadrin zu haben, und der Arm funktioniert trotzdem noch.«

»Na schön«, sagte Dr. T'mwarba über seinem Becher, »mit Rydra waren Sie also zum ersten Mal in Transport Town.«

»Ja. Genau genommen – tja, ich bin ihr eigentlich nur das eine Mal begegnet. Sie hat eine Crew für einen regierungsfinanzierten

Flug zusammengestellt. Ich war nur dabei, um die Indizes zu
genehmigen. Aber an jenem Abend ist etwas geschehen.«
     »Und was genau?«
     »Ich bin einigen der seltsamsten, komischsten Gestalten
begegnet, die ich in meinem ganzen Leben kennengelernt habe,
und die dachten anders, benahmen sich anders und haben einander sogar auf andere Weise geliebt. Und sie haben mich zum
Lachen gebracht und mich wütend gemacht und glücklich und
traurig und aufgeregt, und ich habe mich sogar ein bisschen verliebt.« Er blickte zu der Kugel hoch, der Ringkampfarena, die
in der Bar schwebte. »Und mit einem Mal kamen Sie mir nicht
mehr so verrückt oder seltsam vor.«
     »Die Kommunikation hat also an jenem Abend funktioniert?«
     »Ich denke, schon. Es ist anmaßend von mir, sie bei ihrem
Vornamen zu nennen. Aber es kommt mir so vor, als wäre sie
meine … Freundin. Ich bin ein einsamer Mann in einer Stadt voll
einsamer Männer. Und wenn du einen Ort findest, an dem …
Kommunikation funktioniert, dann kommst du wieder, um
herauszufinden, ob es noch mal klappt.«
     »Und?«
     Danil D. Appleby senkte den Blick und begann, sein Hemd
aufzuknöpfen. »Essen wir.« Er hängte das Hemd über die Stuhl-
lehne und sah auf den Drachen hinab, der in seiner Schulter
eingesperrt war. »Du … du kommst sowieso wieder.« Er drehte
sich auf seinem Stuhl herum, nahm sein Hemd, faltete es ordent-
lich zusammen und legte es weg. »Dr. T'mwarba, haben Sie eine
Ahnung, warum jemand möchte, dass Sie ins Verwaltungshauptquartier kommen?«
     »Ich nehme an, es geht um Rydra und dieses Tonband.«
     »Weil Sie sagten, Sie seien ihr Arzt. Ich hoffe nur, dass es keinen
medizinischen Grund dafür gibt. Es wäre schrecklich, wenn ihr
irgendwas passiert wäre. Für mich, meine ich. Sie hat mir an
diesem einen Abend so viel vermittelt, auf so einfache Weise.« Er
lachte und strich mit den Fingern an dem Käfig entlang. Das Tier

darin gurgelte. »Und die Hälfte der Zeit hat sie nicht mal in meine Richtung geschaut, während sie all das gesagt hat.«

»Ich hoffe, es geht ihr gut«, sagte Dr. T'mwarba. »Ich will es ihr geraten haben.«

2

Bevor die *Mitternachtsfalke* landete, brachte er ihren Captain dazu, ihn mit der Flugüberwachung sprechen zu lassen. »Ich will wissen, wann die *Rimbaud* hier eingetroffen ist.«

»Einen Augenblick, Sir. Ich glaube, bisher ist sie das gar nicht. Auf jeden Fall nicht innerhalb der letzten sechs Monate. Wenn ich noch weiter zurückgehen soll, würde das einen Moment dauern ...«

»Nein. Eher in den letzten paar Tagen. Sind Sie sich sicher, dass die *Rimbaud* unter Captain Rydra Wong hier nicht vor Kurzem gelandet ist?«

»Wong? Ich glaube, die ist gestern gelandet, aber nicht an Bord der *Rimbaud*. Es handelte sich um ein nicht gekennzeichnetes Kampfschiff. Es gab ein bisschen Verwirrung, weil die Seriennummern abgeschliffen waren und das Schiff möglicherweise gestohlen ist.«

»Ging es Captain Wong gut, als sie ausgestiegen ist?«

»Anscheinend hat sie das Kommando an ihren ...« Die Stimme verstummte.

»Ja?«

»Entschuldigen Sie bitte, Sir. All das ist als geheim eingestuft. Ich habe den Hinweis übersehen, und jemand hat es versehentlich unter den regulären Akten abgelegt. Ich kann Ihnen keine weiteren Informationen geben. Die sind nur für autorisierte Personen freigegeben.«

»Ich bin Dr. Markus T'mwarba«, sagte der Arzt mit Nachdruck, obwohl er keine Ahnung hatte, ob ihn das weiterbringen würde.

»Ah, da ist eine Notiz, die Sie betrifft, Sir. Aber ich finde Sie nicht auf der Freigabeliste.«

»Und was zum Teufel steht nun dort, junge Frau?«

»Nur, dass Sie an General Forester verwiesen werden sollen, falls Sie nach Informationen verlangen.«

Eine Stunde später betrat er General Foresters Büro. »Na schön, was ist mit Rydra?«

»Wo ist das Tonband?«

»Wenn Rydra wollte, dass ich es bekomme, hatte sie gute Gründe dafür. Wenn sie wollte, dass Sie es bekommen, hätte sie es Ihnen gegeben. Glauben Sie mir, Sie werden es erst in die Finger kriegen, wenn ich es Ihnen gebe.«

»Ich hatte mit kooperativerem Verhalten gerechnet, Doktor.«

»Ich bin kooperativ. Ich bin hier, General. Aber Sie wollen zweifellos, dass ich etwas tue, und solange ich nicht genau weiß, was los ist, kann ich das nicht.«

»Das ist eine sehr unmilitärische Haltung«, sagte General Forester und kam um den Schreibtisch herum. »Und eine, mit der ich mich in letzter Zeit immer öfter herumschlagen muss. Ich weiß nicht, ob mir das gefällt. Aber ich weiß auch nicht, ob es mir missfällt.« Der Sternenfahrer saß im grünen Anzug auf der Schreibtischkante und berührte mit nachdenklicher Miene die Sterne an seinem Kragen. »Miss Wong war seit Langem die erste Person, zu der ich nicht sagen konnte: Tun Sie dies, tun Sie jenes, und fragen Sie nicht, wohin das führt. Als ich zum ersten Mal mit ihr über Babel-17 geredet habe, dachte ich, ich könnte ihr einfach die Mitschrift geben, und sie würde mir dann alles auf Englisch zurückgeben. Sie hat mir geradeheraus gesagt: Nein, ich würde ihr mehr erzählen müssen. Das war das erste Mal seit vierzehn Jahren, dass mir jemand gesagt hat, ich *müsse* etwas tun. Ich weiß wie gesagt nicht, ob mir das gefällt; aber auf jeden Fall respektiere ich es.« Seine Hände sanken schützend in seinen Schoß. (Schützend? Hatte Rydra ihm beigebracht, diese Bewegung zu deuten?, überlegte T'mwarba kurz.) »Man verfängt sich so leicht in seinem eigenen Ausschnitt der Welt. Wenn eine Stimme zu einem durchdringt, ist das wichtig. Rydra Wong …« Und der General hielt inne, mit einem Ausdruck auf dem Gesicht, der T'mwarba erschauern ließ, als er ihn mit jenem Blick betrachtete, den Rydra ihn gelehrt hatte.

»Geht es ihr gut, General Forester? Ist es etwas Medizinisches?«

»Ich weiß es nicht«, antwortete der General. »Hinten in meinem Büro ist eine Frau – und ein Mann. Ich kann nicht sagen, ob es sich bei der Frau um Rydra Wong handelt oder nicht. Sie ist jedenfalls nicht dieselbe Frau, mit der ich an jenem Abend auf der Erde über Babel-17 gesprochen habe.«

Aber T'mwarba stand bereits vor der Tür und stieß sie auf.

Ein Mann und eine Frau blickten hoch. Der Mann war auf eine anmutige Art massig und hatte bernsteinfarbenes Haar – ein Sträfling, erkannte der Arzt an dem Mal auf seinem Arm. Die Frau …

Er stemmte beide Fäuste in die Hüften. »Also gut, was werde ich gleich zu dir sagen?«

Sie sagte: »Nicht Verständnis.«

Die Art zu atmen, die Art, wie ihre Hände leicht gekrümmt in ihrem Schoß lagen, die Einzelheiten, deren Bedeutung sie ihm tausendmal vorgeführt hatte: Innerhalb der entsetzlichen Dauer eines Atemzugs erkannte er, wie viel sie aussagten. Einen Moment lang wünschte er, sie hätte ihm nie beigebracht, diese Dinge zu deuten, denn sie waren dahin, und ihr Fehlen bei einem vertrauten Körper war schlimmer als Narben oder Entstellungen. Er fing in einem Tonfall, mit dem sie vertraut war, zu sprechen an, so, wie er sie immer gelobt oder getadelt hatte: »Ich wollte sagen – wenn das ein Witz ist, meine Liebe, dann … versohle ich dir den Hintern.« Und dann schloss er mit einer Stimme für Fremde, für Vertreter und irrtümliche Anrufer, und fühlte sich dabei aus dem Gleichgewicht gebracht. »Wenn du nicht Rydra bist, wer bist du dann?«

Sie sagte: »Unverständnis der Frage. General Forester, ist dieser Mann Doktor Markus T'mwarba?«

»Ja, das ist er.«

»Hören Sie.« Dr. T'mwarba wandte sich dem General zu. »Ich bin mir sicher, dass Sie ihre Fingerabdrücke, ihren Metabolismus, ihre Netzhautmuster und alle möglichen anderen Identifikationsmerkmale überprüft haben.«

»Das ist der Körper von Rydra Wong, Doktor.«

»Alles klar: Hypnose, Erinnerungsprägung, Implantierung präsynaptierten Kortexmaterials – fällt Ihnen noch eine Methode ein, ein Bewusstsein in einen anderen Kopf zu bekommen?«

»Ja. Siebzehn. Es gibt keinen Hinweis darauf, dass irgendeine davon angewandt wurde.« Der General trat aus der Tür. »Sie hat deutlich gemacht, dass sie nur mit Ihnen sprechen möchte. Ich bin hier draußen.« Er schloss die Tür hinter sich.

»Ich bin mir ziemlich sicher, wer du nicht bist«, sagte Doktor T'mwarba nach einer Weile.

Die Frau blinzelte und sagte: »Mitteilung von Rydra Wong, im Wortlaut übermittelt, nicht Verständnis ihrer Bedeutung.« Mit einem Mal gewann das Gesicht seine natürliche Ausdrucksfähigkeit. Ihre Hände umfassten einander, und sie beugte sich leicht vor. »Mocky, ich bin froh, dass du hier bist. Ich kann das nicht lange aufrechterhalten, also los. Babel-17 ist mehr oder weniger wie Onoff, Algol, Fortran. Und ich bin doch eine Telepathin, nur habe ich gerade erst gelernt, wie ich meine Fähigkeiten beherrschen kann. Ich … Wir haben uns um die Sabotageversuche durch Babel-17 gekümmert. Aber jetzt sind wir Gefangene, und wenn du uns rausholen willst, musst du vergessen, wer ich bin. Verwende das Material am Ende des Tonbands und finde heraus, wer er ist!« Sie deutete auf den Schlächter.

Die Ausdrucksfähigkeit verschwand, und ihr Gesicht wurde wieder starr. Angesichts dieser Verwandlung stockte T'mwarba der Atem. Er schüttelte den Kopf und holte Luft.

Nach einer Weile kehrte er ins Büro des Generals zurück.

»Wer ist der Knastbruder?«, fragte er sachlich.

»Das finden wir gerade heraus. Ich hoffe, dazu heute früh noch einen Bericht zu erhalten.« Etwas auf dem Schreibtisch flackerte auf. »Da hätten wir ihn.« Er öffnete ein Fach am Schreibtisch und zog eine Mappe hervor. Als er das Siegel zerschnitt, hielt er inne. »Möchten Sie mir sagen, was Onoff, Algol und Fortran sind?«

»Natürlich lauschen Sie an Schlüssellöchern.« T'mwarba seufzte und ließ sich auf einer Sitzblase vor dem Schreibtisch nieder. »Das sind uralte Sprachen aus dem zwanzigsten Jahrhundert – künstliche Sprachen, die zur Programmierung von Computern verwendet und speziell für Maschinen entwickelt wurden. Onoff war die einfachste. Sie hat alles auf eine Kombination zweier Worte reduziert, *an* und *aus*, oder auch auf das binäre Zahlensystem. Die anderen waren komplizierter.«

Der General nickte und öffnete jetzt die Mappe. »Der Kerl ist mit ihr von dem geklauten Spinnenschiff gekommen. Die Crew hat sich ziemlich aufgeregt, als wir die beiden in getrennte Quartiere stecken wollten.« Er zuckte mit den Schultern. »Irgendetwas Psychisches. Wozu ein Risiko eingehen? Wir lassen sie beieinander.«

»Wo ist die Crew? Konnte sie Ihnen helfen?«

»Die? Das ist, als versuchte man, mit etwas aus einem Albtraum zu reden. Transportler. Wer kann mit denen schon reden?«

»Rydra konnte es«, sagte Doktor T'mwarba. »Ich würde gerne herausfinden, ob ich es auch kann.«

»Wenn Sie möchten. Wir halten sie im Hauptquartier fest.« Er öffnete die Mappe und verzog dann das Gesicht. »Seltsam. Ich habe hier einen ziemlich detaillierten Bericht über einen Zeitraum von fünf Jahren seines Lebens, angefangen mit ein paar kleinen Diebstählen über ein paar Gewalttaten, bis er schließlich dabei angelangt ist, Leuten das Licht auszuknipsen. Ein Banküberfall …« Der General schürzte die Lippen und nickte anerkennend. »Er hat zwei Jahre in den Strafhöhlen auf Titin abgesessen, ist geflohen – der Junge hat ganz schön was drauf. Anschließend ist er in den Spicelli-Bruch abgetaucht, wo er entweder umgekommen oder vielleicht an Bord eines Schattenschiffs gegangen ist … Also, umgekommen ist er jedenfalls nicht. Aber vor Dezember '61 –« Der General runzelte die Stirn. »– hat er anscheinend nicht existiert. Üblicherweise nennt man ihn den Schlächter.«

Plötzlich tauchte der General in eine Schublade ab und brachte eine weitere Mappe zum Vorschein. »Kreto, Erde, Minos, Callisto«, las er und klatschte mit dem Handrücken auf die Mappe. »Aleppo, Rhea, Olympia, Paradise, Dis!«

»Was ist das – die Reiseroute des Schlächters, bis er in Titin eingefahren ist?«

»Das trifft es zufälligerweise ganz genau. Aber es sind auch die Orte, an denen sich seit Dezember '61 zahlreiche Unfälle zugetragen haben. Wir sind gerade dabei, sie mit Babel-17 in Verbindung zu bringen. Bisher haben wir nur mit jüngeren ›Unfällen‹ gearbeitet, aber dann ist dieses Muster aufgetaucht, das schon ein paar Jahre älter ist. Berichte über die gleiche Art von Funkverkehr. Glauben Sie, dass Miss Wong unseren Saboteur mit nach Hause gebracht hat?«

»Möglich wäre es. Nur ist das dort drin nicht Rydra.«

»Tja, stimmt. Das lässt sich wohl so sagen.«

»Aus ähnlichen Gründen bin ich zu dem Schluss gelangt, dass es sich bei dem Herrn, der mit ihr dadrin ist, nicht um den Schlächter handelt.«

»Was glauben Sie, wer das ist?«

»Im Moment habe ich keine Ahnung. Meiner Meinung nach ist es allerdings ziemlich wichtig, dass wir es herausfinden.« Er stand auf. »Wo kann ich mit Rydras Crew sprechen?«

3

»Ein ziemlich schickes Lokal!«, sagte Calli, als sie den Aufzug im obersten Stockwerk des Allianzturms verließen.

»Es ist schön«, sagte Mollya, »wieder herumlaufen zu können.«

Ein Oberkellner in weißer, förmlicher Kleidung kam über den Zibetteppich herbeigeeilt, warf Brass einen leicht scheelen Blick zu und sagte dann: »Ist das Ihre Gesellschaft, Dr. T'mwarba?«

»Das ist richtig. Wir haben eine Nische am Fenster. Sie können uns gleich eine Runde Getränke bringen. Ich habe bereits bestellt.«

Der Kellner nickte, drehte sich um und führte sie zu einem hohen Bogenfenster. Von dort hatten sie einen Ausblick auf den Allianzplatz. Ein paar Leute drehten die Köpfe, um sie zu beobachten.

»Das Verwaltungshauptquartier kann ein sehr angenehmer Ort sein.« Dr. T'mwarba lächelte.

»Wenn man das Geld dafür hat«, sagte Ron. Er reckte den Hals, um zur blauschwarzen Decke zu blicken, wo die Lichter so angeordnet waren, dass sie die Sternbilder über Rymik simulierten, und pfiff leise. »Ich habe von Lokalen wie diesem gelesen, aber ich hätte nie gedacht, einmal eines zu besuchen.«

»Ich wünschte, ich hätte die Kids mitbringen können«, sinnierte der Patron. »Für die war ja schon das Anwesen des Barons eine tolle Sache.«

Bei der Nische angekommen rückte der Kellner Mollya den Stuhl zurecht.

»War das Baron Ver Dorco von den Kriegswerften?«

»Ja«, sagte Calli. »Gegrilltes Lamm, Pflaumenwein, die wundervollsten Fasane, die mir in zwei Jahren untergekommen sind. Und dann konnten wir sie nicht mal essen.« Er schüttelte den Kopf.

»Das gehört zu den peinlichen Angewohnheiten der Aristokratie.« T'mwarba lachte. »Bei der kleinsten Provokation werden sie urtümlich. Aber es sind nur noch einige wenige von uns übrig, und die meisten haben hinreichend gute Manieren, ihre Titel wegzulassen.«

»Der verstorbene Waffenmeister von Armsedge«, korrigierte der Patron ihn.

»Ich habe Berichte über seinen Tod gelesen. War Rydra auch dort?«

»Wir waren alle dort. Es war ein ziemlich wilder Abend.«

»Was genau ist passiert?«

Brass schüttelte den Kopf. »Tja, Ca'tain Wong ist vor uns hingegangen …« Als er damit fertig war, von den Ereignissen zu berichten, wobei die anderen Einzelheiten ergänzten, lehnte Dr. T'mwarba sich auf seinem Stuhl zurück.

»In den Zeitungen stand das anders. Kein Wunder. Was war dieser T-55 überhaupt?«

Brass zuckte mit den Achseln.

Ein Klicken ertönte, und das Diskorporafon im Ohr des Doktors schaltete sich ein: »Ein menschliches Wesen, das man von Geburt an wieder und wieder überarbeitet, bis es nicht mehr menschlich ist«, sagte das Auge. »Ich war bei Captain Wong, als der Baron ihn ihr zum ersten Mal gezeigt hat.«

Dr. T'mwarba nickte. »Können Sie mir sonst noch etwas erzählen?«

Patron, der versucht hatte, es sich auf dem Stuhl mit der harten Lehne bequem zu machen, beugte sich nun vor, sodass sein Bauch die Tischkante berührte. »Warum?«

Die anderen verstummten augenblicklich.

Der fette Mann betrachtete die übrige Crew. »Warum erzählen wir ihm all das? Er geht doch nur zu dem General und plaudert es aus.«

»Das stimmt«, sagte Dr. T'mwarba. »Alles, was Rydra helfen könnte.«

Ron stellte sein Glas auf den Tisch. »Das Militär war nicht eben nett zu uns, Doc«, erklärte er.

»Die führen uns nicht in schicke Restaurants aus.« Calli steckte sich seine Serviette in die Zirkon-Halskette, die er zu diesem Anlass trug. Ein Kellner stellte eine Schüssel mit Pommes frites auf den Tisch, wandte sich ab und kehrte mit einer Platte voller Hamburger zurück.

Auf der anderen Seite des Tischs nahm Mollya die schlanke, rote Flasche zur Hand und betrachtete sie fragend.

»Ketchup«, sagte Dr. T'mwarba.

»Ohhh«, hauchte Mollya und stellte sie auf die Damasttischdecke zurück.

»Diavolo sollte hier sein.« Der Patron lehnte sich bedächtig zurück und sah nun nicht mehr den Doktor an. »Er ist ein Künstler in Sachen Carbo-Synth, und er hat ein untrügliches Gespür für Proteinlieferanten, die wunderbar zu einer herzhaften Mahlzeit passen wie zum Beispiel zu einem mit Nüssen gefüllten Fasan oder zu Schnapperfilet mit Mayonnaise und zu allerlei Gutem, was eine hungrige Raumschiffbesatzung noch so in sich reinstopfen kann. Aber dieses raffinierte Zeug« – er verteilte sorgfältig Senf auf seinem Brötchen – »wenn man ihm ein Pfund echtes Hackfleisch gäbe, würde er wahrscheinlich aus der Kombüse rennen, aus Angst, es könnte ihn beißen.«

Brass sagte: »Was ist los mit Ca'tain Wong? Das ist die Frage, die keiner stellen will.«

»Ich weiß es nicht. Aber wenn Sie mir alles sagen, was Sie wissen, habe ich sehr viel bessere Chancen, etwas zu unternehmen.«

»Das andere, was keiner sagen will«, fuhr Brass fort, »ist, dass *einer* von uns überhaupt nicht will, dass Sie etwas unternehmen. Aber wir wissen nicht, wer.«

Wieder hatte er die anderen zum Schweigen gebracht.

»An Bord des Schiffs war ein S'ion. Wir alle wussten davon. Er oder sie hat zweimal versucht, das Schiff zu zerstören. Ich glaube, diese 'erson ist für das verantwortlich, was Ca'tain Wong und dem Schlächter widerfahren ist.«

»Wir alle glauben das«, sagte der Patron.

»Ist es das, was ihr dem General nicht sagen wolltet?«

Brass nickte.

»Erzähl ihm von den Schaltkreisen und der vorgetäuschten Startfreigabe, bevor wir bei Tarik gelandet sind«, sagte Ron.

Brass erzählte.

»Wäre der Schlächter nicht gewesen«, wieder klickte das Diskorporafon, »dann wären wir mitten in der Cygnus-Nova in den Normalraum eingetreten. Der Schlächter hat Tarik davon überzeugt, uns aus dem Strom zu fischen und an Bord zu nehmen.«

»Also.« Dr. T'mwarba ließ den Blick in die Runde schweifen. »Einer von Ihnen ist ein Spion.«

»Es könnte auch eins von den Kids sein«, sagte der Patron. »Es muss sich nicht um eine Person hier an diesem Tisch handeln.«

»Wenn das jedoch der Fall ist«, sagte Dr. T'mwarba, »dann spreche ich jetzt mit allen anderen. General Forester konnte nichts aus euch rausbekommen. Irgendjemand muss Rydra helfen. So einfach ist das.«

Brass brach die sich dehnende Stille. »Ich hatte gerade erst ein Schiff an die Invasoren verloren, Doc; einen ganzen Tru" Kinder, mehr als die Hälfte der Offiziere. Obwohl ich nach Ansicht jedes Trans'ortca'tains gut ringen kann und ein guter 'ilot bin, hat mich diese Begegnung mit den Invasoren außer Gefecht gesetzt. Ca'tain Wong ist nicht von unserer Welt. Aber von dort, wo sie herkommt, hat sie ein Wertesystem mitgebracht, das sagt: ›Du leistest gute Arbeit, und ich will dich anheuern.‹ Dafür bin ich dankbar.«

»Sie weiß über echt viele Dinge Bescheid«, sagte Calli. »Das ist der wildeste Trip, den ich je mitgemacht habe. Welten. Das ist es, Doc. Sie saust quer durch ganze Welten hindurch und nimmt einen gerne mit. Wann hat mich zum letzten Mal jemand zu einem Abendessen und einer Spionagemission bei einem Baron eingeladen? Und am nächsten Tag esse ich dann mit Piraten. Und jetzt bin ich hier. Klar will ich helfen.«

»Calli ist zu sehr mit seinem Magen beschäftigt«, warf Ron ein. »Die Sache ist die, Doc, sie bringt einen zum Nachdenken. Sie hat mich dazu gebracht, über Mollya und Calli nachzudenken. Wussten Sie, dass sie mit Muels Aranlyde getripelt war, dem Kerl, der *Imperiumsstern* geschrieben hat? Aber das müssen Sie wohl wissen, wenn Sie ihr Arzt sind. Egal, jedenfalls fängst du an zu denken, dass es die Leute, die auf anderen Welten leben – wie Calli sagt –, wo die Leute Bücher schreiben oder Waffen entwickeln, wirklich gibt. Wenn du an sie glaubst, bist du vielleicht eher bereit, auch an dich selbst zu glauben. Und wenn jemand, der das kann, Hilfe braucht, helfen wir.«

»Doktor«, sagte Mollya, »ich war tot. Sie hat mich wieder lebendig gemacht. Was kann ich tun?«

»Sie können mir alles erzählen, was Sie« – er beugte sich über den Tisch und verschränkte die Finger – »über den Schlächter wissen.«

»Den Schlächter?«, fragte Brass. Die anderen waren überrascht. »Was ist mit ihm? Wir wissen nichts, außer dass der Ca'tain und er sich ziemlich nahegekommen sind.«

»Sie waren drei Wochen lang mit ihm zusammen auf einem Schiff. Erzählen Sie mir von allem, bei dem Sie ihn beobachtet haben.«

Sie sahen einander an, stellten wortlos Fragen.

»Gab es irgendwelche Hinweise darauf, woher er stammt?«

»Titin«, sagte Calli. »Das Zeichen auf seinem Arm.«

»Vor Titin, mindestens fünf Jahre vorher. Das Problem ist, dass der Schlächter es selbst nicht weiß.«

Jetzt wirkten sie noch verwirrter.

Dann sagte Brass: »Seine Sprache. Ca'tain meinte, dass seine urs'rüngliche Sprache eine ist, in der es kein Wort für ›ich‹ gibt.«

Dr. T'mwarbas Stirn legte sich in noch tiefere Falten, als das Diskorporafon erneut klickte. »Sie hat ihm beigebracht, wie man *ich* und *du* sagt. Sie sind abends über den Friedhof spaziert, und wir schwebten über ihnen, während sie voneinander gelernt haben, wer sie waren.«

»Dieses ›ich‹«, sagte T'mwarba, »das ist eine Sache, der wir nachgehen können.« Er lehnte sich zurück. »Es ist seltsam. Ich denke mal, ich weiß alles über Rydra, was es über sie zu wissen gibt. Und jetzt weiß ich genauso wenig über –«

Das Diskorporafon klickte ein drittes Mal. »Sie wissen nichts von dem Beo.«

T'mwarba war überrascht. »Natürlich weiß ich davon. Ich war dabei.«

Die körperlosen Besatzungsmitglieder lachten leise. »Aber sie hat Ihnen nie erzählt, warum sie solche Angst hatte.«

»Es war ein hysterischer Anfall, verursacht durch ihr früheres Leiden …«

Erneut ertönte geisterhaftes Gelächter. »Der Wurm, Dr. T'mwarba. Sie hatte überhaupt keine Angst vor dem Vogel. Sie hatte Angst vor dem telepathischen Abbild eines riesigen Wurms, der auf sie zukroch, des Wurms, den der Vogel sich ausmalte.«

»Das hat sie Ihnen erzählt …?« Und mir hat sie es nie erzählt, lautete das Ende des Satzes, den er leicht empört begonnen und verblüfft abgebrochen hatte.

»Welten«, wiederholte der Geist. »Manchmal existieren Welten, die du unmittelbar vor Augen hast, und du siehst sie nicht. Dieses Zimmer könnte voller Phantome sein – und du weißt es nicht. Selbst der Rest der Crew kann sich nicht sicher sein, was wir in ebendiesem Moment sagen. Aber Captain Wong hat nie ein Diskorporafon verwendet. Sie hat einen Weg gefunden, ohne eines mit uns zu sprechen. Sie hat Welten durchstreift und ist Teil von ihnen geworden – das ist das Entscheidende –, sodass beide Seiten daran gewachsen sind.«

»Dann muss jemand herausfinden, woher in der Welt, Ihrer oder meiner oder Rydras, der Schlächter kommt.« Eine Erinnerung nahm Gestalt an wie eine sich schließende Kadenz, und er lachte. Die anderen sahen ihn verwirrt an. »Ein Wurm.

Irgendwo in Eden gibt es nun einen Wurm, einen Wurm ... Das war eines ihrer frühesten Gedichte, und ich bin nie darauf gekommen.«

4

»Soll ich mich jetzt freuen?«, wollte Dr. T'mwarba wissen.

»Sie sollen Interesse zeigen«, sagte General Forester.

»Sie haben sich eine hyperstatische Raumkarte angeschaut und festgestellt, dass die Sabotageversuche im Laufe der letzten anderthalb Jahre zwar im Normalraum über eine ganze Galaxis verteilt sind, im Hyperstaseraum aber alle vom Spicelli-Bruch aus gut erreichbar waren. Und Sie haben herausgefunden, dass es während der Zeit, als der Schlächter in Titin war, überhaupt keine ›Unfälle‹ gab. Mit anderen Worten – Sie haben herausgefunden, dass der Schlächter möglicherweise für die ganze Sache verantwortlich ist, einfach weil er sich in der Nähe befand. Nein, ich freue mich kein bisschen.«

»Warum nicht?«

»Weil er jemand Wichtiges ist.«

»Wichtig.«

»Ich weiß, dass er ... Rydra wichtig ist. Die Crew hat es mir erzählt.«

»Er?« Dann traf ihn die Erkenntnis. »*Er?* O nein. Jeder andere. Er ist die niederste Form von ... nicht das. Verrat, Sabotage, wer weiß wie viele Morde ... Ich meine, er ist –«

»Sie wissen nicht, was er ist. Und wenn er für die Babel-17-Attacken verantwortlich ist, dürfte er auf seine Art ebenso außergewöhnlich sein wie Rydra.« Der Arzt erhob sich von seiner Sitzblase. »Also, geben Sie mir die Gelegenheit, meine Idee auszuprobieren? Ich habe mir den ganzen Morgen lang Ihre angehört. Meine wird wahrscheinlich funktionieren.«

»Ich verstehe immer noch nicht, was Sie vorhaben.«

Dr. T'mwarba seufzte. »Erst einmal möchte ich Rydra und den Schlächter und uns in das am schwersten bewachte, tiefste, dunkelste, unzugänglichste Verlies bringen, das es im Verwaltungshauptquartier der Allianz gibt …«

»Aber wir haben kein Ver-«

»Erzählen Sie mir nichts«, sagte Dr. T'mwarba gleichmütig. »Sie führen einen Krieg, schon vergessen?«

Der General verzog das Gesicht. »Warum all diese Sicherheitsmaßnahmen?«

»Wegen des Unheils, das dieser Kerl schon angerichtet hat. Das, was ich vorhabe, wird ihm nicht gefallen. Ich wäre einfach glücklicher, wenn ich beispielsweise die gesamten Militärstreitkräfte der Allianz auf meiner Seite wüsste. Dann hätte ich das Gefühl, eine Chance zu haben.«

Rydra saß auf einer Seite der Zelle, der Schlächter auf der anderen, beide auf mit Kunststoff überzogenen Stühlen festgeschnallt, die direkt aus der Wand wuchsen. Dr. T'mwarba begutachtete die Geräte, die aus dem Raum gerollt wurden. »Keine Verliese und Folterkammern, was, General?« Er warf einen Blick auf einen eingetrockneten rotbraunen Fleck auf dem Steinboden und schüttelte den Kopf. »Ich wäre glücklicher, wenn man diesen Raum zuerst mit Säure schrubben und desinfizieren würde. Aber so auf die Schnelle …«

»Haben Sie alle nötige Ausrüstung hier, Doktor?«, fragte der General, ohne sich von dem Arzt provozieren zu lassen. »Wenn Sie sich umentscheiden, kann ich innerhalb von fünfzehn Minuten eine Horde Spezialisten von der Leine lassen.«

»Dafür ist hier zu wenig Platz«, sagte Dr. T'mwarba. »Ich habe neun Spezialisten gleich hier.« Er legte die Hand auf einen mittelgroßen Computer, der in der Ecke neben den übrigen Dingen stand. »Mir wäre es lieber, wenn Sie ebenfalls nicht hier wären. Aber da Sie wohl kaum gehen werden, schauen Sie einfach still zu.«

»Sie sagen«, bemerkte General Forester, »dass Sie auf größt-
mögliche Sicherheit Wert legen. Ich kann auch ein paar hundert-
dreißig Kilo schwere Aikido-Meister herbestellen.«

»Ich habe selbst einen schwarzen Gürtel in Aikido, General.
Ich glaube, wir beide werden genügen.«

Der General hob die Brauen. »Ich selbst mache Karate. Aikido
ist eine Kampfkunst, die ich nie wirklich verstanden habe. Und
Sie haben einen schwarzen Gürtel?«

Dr. T'mwarba justierte ein größeres Gerät und nickte. »Und
Rydra auch. Ich weiß nicht, wozu der Schlächter fähig ist, deshalb
möchte ich, dass alle gut festgeschnallt sind.«

»Na schön.« Der General berührte etwas an der Ecke des
Türpfostens. Langsam senkte die Metallplatte sich herab. »Wir
werden fünf Minuten lang hier drin sein.« Die Platte berührte
den Boden, und die Linie am unteren Rand der Tür verschwand.
»Wir sind jetzt hier drin eingeschweißt. Wir befinden uns im
Zentrum von zwölf Verteidigungswällen, die alle undurchdring-
lich sind. Niemand weiß, wo dieser Raum sich befindet, mich
eingeschlossen.«

»Nach den Labyrinthen, die wir durchquert haben, weiß ich
es bestimmt nicht«, sagte T'mwarba.

»Nur für den Fall, dass es jemandem gelungen ist, eine Karte
anzufertigen, wird unser Standort automatisch alle fünfzehn
Sekunden verlegt. Er kommt hier nicht raus.« Der General deutete auf den Schlächter.

»Mir geht es vor allem darum, dass niemand reinkommt.«
T'mwarba drückte auf einen Schalter.

»Gehen Sie das Ganze noch einmal mit mir durch.«

»Der Schlächter leidet unter Amnesie, behaupten die Ärzte auf
Titin. Das bedeutet, dass sein Bewusstsein sich auf die Bereiche
seines Gehirns beschränkt, zu denen im Jahr '61 oder früher
Synapsenverbindungen bestanden. Sein Bewusstsein ist praktisch
auf einen einzigen Abschnitt seiner Hirnrinde beschränkt. Der
hier …« Der Arzt nahm einen Metallhelm und setzte ihn dem

Schlächter auf den Kopf, wobei er einen Blick in Rydras Richtung warf. »… verursacht eine Reihe von ›Unannehmlichkeiten‹ in dem betreffenden Abschnitt, bis er sozusagen aus diesem Teil seines Gehirns vertrieben wird, hinein in den Rest.«

»Was, wenn es schlicht keine Verbindungen zwischen dem einen Teil des Kortex und dem anderen gibt?«

»Wenn es sich als unangenehm genug erweist, wird er neue erschaffen.«

»Bei dem Leben, das er geführt hat«, bemerkte der General, »frage ich mich, was unangenehm genug wäre, um ihn aus seinem Kopf zu vertreiben.«

»Onoff, Algol, Fortran«, sagte Dr. T'mwarba.

Der General schaute zu, wie der Arzt weitere Justierungen vornahm.

»Normalerweise würde das eine Schlangengrubensituation im Gehirn erzeugen. Bei einem Verstand, der das Wort ›ich‹ nicht kennt, oder zumindest noch nicht lange, wird eine auf Angst basierende Taktik allerdings keinen Erfolg haben.«

»Und was dann?«

»Algol, Onoff und Fortran, unterstützt von einem Barbier und dem Umstand, dass es Mittwoch ist.«

»Dr. T'mwarba, ich habe mir nicht die Mühe gemacht, mir Ihre psychische Einstufung mehr als oberflächlich anzusehen …«

»Ich weiß, was ich tue. Auch diese Programmiersprachen besitzen allesamt kein Wort für ›ich‹. Das verhindert Aussagen wie ›Ich kann das Problem nicht lösen.‹ Oder wie: ›Das interessiert mich nicht besonders.‹ Oder: ›Ich habe Besseres mit meiner Zeit anzufangen.‹ General, in einem kleinen Städtchen auf der spanischen Seite der Pyrenäen gibt es nur einen Barbier. Dieser Barbier rasiert jeden Mittwoch alle Männer der Stadt, die sich nicht selbst rasieren. Rasiert der Barbier sich selbst oder nicht?«

Der General runzelte die Stirn.

»Sie glauben mir nicht? Aber General, ich sage immer die

Wahrheit. Außer mittwochs; am Mittwoch ist jede meiner Aussagen gelogen.«

»Aber heute ist Mittwoch!«, rief der General aufgebracht.

»Wie praktisch. Na, na, General, halten Sie nicht die Luft an, Sie kriegen noch einen blauen Kopf.«

»Ich halte nicht die Luft an!«

»Das habe ich auch nicht gesagt. Aber antworten Sie einfach mit Ja oder Nein: Haben Sie aufgehört, Ihre Frau zu schlagen?«

»Verdammt noch mal, ich kann so eine Frage nicht …«

»Tja, während Sie über Ihre Frau nachdenken, können Sie sich entscheiden, ob Sie die Luft anhalten sollen, aber dabei sollten Sie nicht vergessen, dass es Mittwoch ist, und jetzt sagen Sie mir: Wer rasiert den Barbier?«

Die Verwirrung des Generals löste sich in Gelächter: »Paradoxa! Sie meinen, dass Sie ihm Paradoxa verabreichen wollen, mit denen er sich herumschlagen muss.«

»Wenn man das mit einem Computer macht, brennt er durch, falls man ihn nicht darauf programmiert hat, sich abzuschalten, sobald er es mit dergleichen zu tun bekommt.«

»Und wenn er beschließt, sich zu entkörperlichen?«

»Ich soll mich von so einer Kleinigkeit wie einer Entkörperlichung aufhalten lassen?« Er deutete auf ein anderes Gerät. »Dafür ist das da.«

»Nur noch eine Sache. Woher wissen Sie, mit was für Paradoxa Sie ihn füttern müssen? Mit Sicherheit würden die, die Sie mir erzählt haben, nicht –«

»Würden sie nicht. Außerdem gibt es sie nur auf Englisch und in einigen wenigen anderen analytisch schwerfälligen Sprachen. Paradoxa lassen sich auf linguistische Manifestationen der Sprache, in der man sie ausdrückt, herunterbrechen. Bei dem spanischen Barbier und beim Mittwoch sind es die Worte ›jeden‹ und ›alle‹, die widersprüchliche Bedeutungen enthalten. Die Konstruktion ›nicht bevor‹ besitzt eine ähnliche Ambiguität. Das Gleiche gilt für das Wort ›aufhören‹. Das Band, das Rydra mir geschickt hat, enthielt eine Grammatik und ein Wörterverzeichnis von Babel-17. Faszinierend. Es ist die analytisch exakteste Sprache, die man sich vorstellen kann. Aber das liegt daran, dass alles flexibel ist, und Konzepte treten in einer großen Anzahl kongruenter Sets auf, die von denselben Worten bestimmt werden. Letztendlich bedeutet das nur, dass man sich in ihr eine schwindelerregende Anzahl von Paradoxa ausdenken kann. Auf der zweiten Hälfte des Bandes hat Rydra einige besonders geniale aufgezeichnet. Wenn ein Verstand, der auf Babel-17 beschränkt ist, sich in ihnen verfinge, würde er durchbrennen oder kollabieren …«

»Oder ans andere Ende seines Gehirns fliehen. Ich verstehe. Tja, dann mal los. Fangen Sie an.«

»Das habe ich vor zwei Minuten.«

Der General betrachtete den Schlächter. »Ich sehe nichts.«

»Das dauert auch noch ein bisschen.« Er nahm eine weitere Justierung vor. »Das paradoxe System, das ich für ihn vorbereitet habe, muss sich erst durch den gesamten bewussten Teil seines Gehirns fressen. Das sind eine Menge Synapsen, die an- und ausgeschaltet werden müssen.«

Unvermittelt zogen sich die Lippen in dem Gesicht mit den erstarrten Muskeln von den Zähnen zurück.

»Los geht's«, sagte Dr. T'mwarba.

»Was passiert mit Miss Wong?«

Rydras Gesicht durchlief die gleichen Verzerrungen.

»Ich hatte gehofft, dass das nicht geschehen würde.« Dr. T'mwarba seufzte. »Aber ich hatte es vermutet. Sie sind eine telepathische Einheit.«

Ein Krachen vom Sitz des Schlächters. Der Stirnriemen war etwas locker, und nun knallte sein Hinterkopf gegen die Rückenlehne.

Rydra stieß einen Laut aus, der zu einem Wehklagen aus voller Kehle wurde, das plötzlich erstickt abriss. Erschrocken blinzelte sie zweimal und rief: »Ach Mocky, das tut weh!«

Einer der Armgurte am Stuhl des Schlächters riss, und seine Faust schoss in die Höhe.

Dann sprang ein Licht neben Dr. T'mwarbas Daumen von weiß auf bernsteinfarben um, und der Daumen drückte auf den Schalter. Etwas geschah im Körper des Schlächters; er entspannte sich.

General Forester zuckte zusammen. »Er hat sich entkör-«

Aber der Schlächter hechelte.

»Lass mich hier raus, Mocky«, flüsterte Rydra.

Dr. T'mwarba wischte mit der Hand über einen Mikroschalter, und die Bänder, die sie an Stirn, Unterschenkeln und Armen festhielten, lösten sich mit leisem Knall. Sie stürzte quer durch die Zelle zu dem Schlächter.

»Ihn auch?«

Sie nickte.

Er legte den zweiten Mikroschalter um, und der Schlächter fiel nach vorn in ihre Arme. Sein Gewicht ließ sie zu Boden sinken, und sie begann noch im selben Moment, mit den Knöcheln die verhärteten Muskeln in seinem Rücken zu bearbeiten.

General Forester hielt eine Vibrapistole auf sie gerichtet. »Also, wer zum Teufel ist das, und wo kommt er her?«, fragte er.

Der Schlächter brach beinahe erneut zusammen, aber dann klatschte er die Hände auf den Boden und stemmte sich hoch. »Ny...«, fing er an. »Ich bin … Nyles Ver Dorco.« Seine Stimme hatte ihren knirschenden Mineralcharakter verloren. Die Tonlage war mindestens eine Vierteloktave höher, und seine Worte waren von einer leichten aristokratischen Affektiertheit gefärbt. »Armsedge. Ich wurde auf Armsedge geboren. Und ich … habe meinen Vater getötet.«

Die Türplatte hob sich und verschwand in der Wand. Rauch und der Geruch heißen Metalls strömten herein. »Was zum Teufel ist das für ein Gestank?«, fragte General Forester. »Das darf nicht passieren.«

»Ich würde annehmen«, sagte Dr. T'mwarba, »dass das erste halbe Dutzend Verteidigungswälle um dieses sichere Gelass durchbrochen wurde. Wenn es ein paar Minuten länger gedauert hätte, wären wir aller Wahrscheinlichkeit nach nicht hier.«

Rasche Schritte. Ein rußverschmierter Sternenfahrer taumelte durch die Tür. »General Forester, alles in Ordnung? Die Außenmauer ist explodiert, und irgendwie wurden die Funkschlösser an den Doppeltoren kurzgeschlossen. Etwas hat sich halb durch die Keramikwände geschnitten. Sieht nach Lasern aus oder etwas in der Art.«

Der General wurde sehr blass. »Was hat versucht, hier reinzukommen?«

Dr. T'mwarba sah Rydra an.

Der Schlächter kam auf die Beine und hielt sich dabei an ihrer Schulter fest. »Ein paar von den genialeren Modellen meines Vaters, Verwandte ersten Grades von TW-55. Es gibt etwa sechs von ihnen in unauffälligen, aber wirkungsvollen Positionen beim Personal hier im Verwaltungshauptquartier der Allianz. Aber um die müssen Sie sich keine Sorgen mehr machen.«

»Dann wäre ich sehr dankbar«, sagte General Forester gelassen, »wenn Sie alle so schnell wie möglich nach oben in mein Büro mitkämen und mir erklären würden, was hier vorgeht.«

»Nein. Mein Vater war kein Verräter, General. Er wollte nur den denkbar besten Geheimagenten aus mir machen. Aber nicht das Werkzeug ist die Waffe; sondern das Wissen darum, wie man es einsetzt. Und die Invasoren hatten es, und dieses Wissen ist Babel-17.«

»Na schön. Vielleicht sind Sie Nyles Ver Dorco. Aber das macht einige Dinge, von denen ich vor einer Stunde dachte, ich hätte sie verstanden, nur noch komplizierter.«

»Ich will nicht, dass er zu viel redet«, sagte Dr. T'mwarba. »Die Belastungen, die sein Nervensystem gerade durchgemacht hat …«

»Mir geht es gut, Doktor. Ich besitze einen vollständigen Zweitsatz. Meine Reflexe liegen deutlich über dem Normalniveau, und ich habe die Kontrolle über mein gesamtes vegetatives System, bis hin zur Geschwindigkeit, mit der meine Zehennägel wachsen. Mein Vater war sehr gründlich.«

General Forester schwang seinen Stiefelabsatz gegen die Vorderseite seines Schreibtischs. »Lassen Sie ihn lieber weiterreden. Wenn ich diese ganze Sache nämlich in fünf Minuten nicht verstehe, dann sperre ich Sie alle ein.«

»Mein Vater hatte gerade seine Arbeit an maßgeschneiderten Spionen begonnen, als ihm die Idee kam. Er ließ den vollkommensten Menschen, den er sich vorstellen konnte, aus mir machen. Dann schickte er mich zu den Invasoren, in der Hoffnung, dass ich so viel Verwirrung wie möglich unter ihnen stiften würde. Und ich habe auch eine Menge Schaden angerichtet, bevor sie mich gefangen nahmen. Was Dad außerdem begriff, war, dass er mit den neuen Spionen rasche Fortschritte machen und sie mich schließlich weit übertreffen würden – was sich als richtig erwies. Einem TW-55 könnte ich beispielsweise nicht das Wasser reichen. Aber aus – wohl aus Familienstolz wollte er, dass die Verfügungsgewalt über die Operation in der Familie blieb. Jeder Spion von Armsedge kann Funkbefehle über einen vorher festgelegten Code erhalten. Unter meiner Medulla ist ein Hyperstase-Sender eingesetzt, der größtenteils aus Elektroplastiplasmen besteht. Ganz egal wie komplexiert die zukünftigen Spione werden würden, ich hatte nach wie vor den Oberbefehl über die gesamte Flotte. Im Lauf der letzten Jahre wurden mehrere Tausend von ihnen auf die Invasoren losgelassen. Bis zum Zeitpunkt meiner Gefangennahme haben wir eine sehr effektive Streitmacht dargestellt.«

»Warum wurden Sie nicht getötet?«, fragte der General. »Oder haben sie alles herausgefunden und diese gesamte Armee von Spionen umgedreht?«

»Sie haben herausgefunden, dass ich eine Waffe der Allianz war. Aber unter gewissen Umständen zerstört sich der Hyperstase-Sender selbst und wird zusammen mit meinen körperlichen

Abfallstoffen ausgeschieden. Ich brauche etwa drei Wochen, um mir einen neuen wachsen zu lassen. Deshalb haben sie nie in Erfahrung gebracht, dass ich die anderen befehligte. Aber sie hatten sich gerade ihre eigene Geheimwaffe einfallen lassen, Babel-17. Sie haben mir eine ordentliche Amnesie verpasst, mir keine Kommunikationsmöglichkeit außer Babel-17 gelassen und mich dann von Nueva-nueva York zurück auf das Territorium der Allianz geschickt. Ich wurde nicht angewiesen, euch zu sabotieren. Die Fähigkeiten, über die ich verfügte, der Kontakt zu anderen Spionen, all das dämmerte mir auf sehr schmerzhafte und langsame Weise. Und daraus erwuchs dann einfach mein ganzes Leben als Saboteur, der sich als Krimineller tarnte. Wie oder warum, weiß ich immer noch nicht.«

»Ich glaube, das kann ich erklären, General«, sagte Rydra. »Sie können einen Computer darauf programmieren, Fehler zu machen, und zwar nicht indem sie irgendwelche Drähte kreuzen, sondern indem Sie die ›Sprache‹ manipulieren, in der Sie ihm zu ›denken‹ beibringen. Das Fehlen eines ›Ichs‹ verhindert jeden selbstkritischen Prozess. Genau genommen beseitigt es jedes Bewusstsein für den symbolischen Prozess – was es uns ermöglicht, zwischen der Wirklichkeit und unserer sprachlichen Darstellung der Wirklichkeit zu unterscheiden.«

»Noch mal, bitte.«

»Schimpansen«, unterbrach Dr. T'mwarba, »verfügen durchaus über genug Koordinationsfähigkeit, um Auto zu fahren, und sie sind schlau genug, um rote von grünen Ampeln zu unterscheiden. Aber man kann sie trotzdem nicht auf den Verkehr loslassen, wenn sie beides gelernt haben, denn wenn die Ampel grün wird, fahren sie auch durch eine Ziegelsteinmauer, die sich direkt vor ihnen befindet, und wenn die Ampel rot wird, halten sie mitten auf der Kreuzung, selbst wenn ein Laster auf sie zurast. Ihnen fehlt der symbolische Prozess. Für sie *ist* Rot Anhalten, und Grün *ist* Fahren.«

»Jedenfalls«, fuhr Rydra fort, »enthält Babel-17 als Sprache ein vorgefertigtes Programm, das aus dem Schlächter einen Kriminellen und Saboteur gemacht hat. Wenn du jemanden ohne Gedächtnis in einem fremden Land freilässt und ihm nur die Worte für Werkzeuge und Maschinenteile mitgibst, solltest du dich nicht wundern, wenn er am Ende Mechaniker wird. Durch die Manipulation seines Vokabulars kannst du genauso leicht einen Seefahrer oder einen Künstler aus ihm machen. Darüber hinaus ist Babel-17 eine so exakte analytische Sprache, dass du dir praktisch sicher sein kannst, mit ihr jede Situation, die du betrachtest, auf einer technischen Ebene zu meistern. Und das Fehlen eines ›Ichs‹ verschleiert die Tatsache, dass das zwar eine höchst zweckmäßige Art und Weise ist, die Dinge zu betrachten, jedoch nicht die einzige.«

»Aber Sie meinten, dass diese Sprache sogar Sie veranlassen könnte, sich gegen die Allianz zu wenden?«, fragte der General.

»Tja«, sagte Rydra, »zuerst einmal bedeutet das Babel-17-Wort für Allianz wörtlich ins Englische übersetzt: jemand, der einen anderen militärisch überfallen hat. Und dann geht es weiter. Da sind alle möglichen teuflischen kleinen Dinge einprogrammiert. Wenn man auf Babel-17 denkt, ist es absolut folgerichtig, sein eigenes Schiff zerstören zu wollen und den entsprechenden Versuch anschließend mit Selbsthypnose zu verdrängen, damit man nicht herausfindet, was man tut, und sich selbst daran hindert.«

»Da haben wir unseren Spion …!«, unterbrach Dr. T'mwarba.

Rydra nickte. »Babel-17 ›programmiert‹ eine in sich geschlossene, schizoide Persönlichkeit in den Verstand derjenigen Person, die sie lernt, und verstärkt sie durch Selbsthypnose – was nur vernünftig erscheint, weil alles andere in der Sprache ›richtig‹ ist und jede andere Sprache im Vergleich schrecklich unbeholfen wirkt. Diese ›Persönlichkeit‹ hat das generelle Bedürfnis, die Allianz um jeden Preis zu zerstören und sich gleichzeitig vor dem Rest des Bewusstseins zu verbergen, bis sie stark genug ist, um es zu übernehmen. Das ist mit uns geschehen. Ohne die Erfahrungen des Schlächters vor seiner Gefangennahme waren wir nicht stark genug, um vollständig die Kontrolle zu bewahren, obwohl wir sie davon abhalten konnten, irgendetwas Zerstörerisches zu tun.«

»Warum beherrschen sie euch nicht vollständig?«, fragte Dr. T'mwarba.

»Sie haben nicht mit meinem ›Talent‹ gerechnet, Mocky«, sagte Rydra. »Ich habe es mit Babel-17 analysiert, und es ist ganz einfach. Das menschliche Nervensystem sendet Funksignale aus. Aber du bräuchtest eine Antenne mit einer Oberfläche von mehreren Tausend Kilometern, um etwas so klar zu empfangen, damit mehr zu verstehen wäre als Rauschen. Genau genommen verfügt nur ein anderes menschliches Nervensystem über eine solche Oberfläche. Bis zu einem gewissen Grad findet das bei jedem Menschen statt. Ein paar Leute wie ich haben es nur besser unter Kontrolle. Die schizoiden Persönlichkeiten sind nicht besonders stark, und ich habe auch eine gewisse Kontrolle über die von mir ausgesandten Signale. Ich habe einfach alles mit Störsignalen überlagert.«

»Und was soll ich mit diesen schizoiden Spionageagenten anfangen, die Sie beide in Ihren Köpfen haben? Soll ich bei Ihnen Lobotomien durchführen lassen?«

»Nein«, sagte Rydra. »Man repariert einen Computer nicht, indem man die Hälfte der Drähte rausreißt. Man korrigiert die Sprache, fügt die fehlenden Elemente ein und kompensiert Ambiguitäten.«

»Die Hauptbestandteile haben wir bereits in Tariks Friedhof eingefügt«, sagte der Schlächter. »Und wir sind schon dabei, uns den Rest vorzunehmen.«

Der General erhob sich langsam. »Das reicht mir nicht.« Er schüttelte den Kopf. »T'mwarba, wo ist das Tonband?«

»Hier in meiner Tasche, seit heute Nachmittag«, sagte Dr. T'mwarba und zog die Spule hervor.

»Ich bringe das gleich runter in die kryptografische Abteilung, und dann fangen wir noch mal von vorne an.« Er ging zur Tür. »Ach ja, und ich schließe Sie hier ein.« Er ging hinaus, und die drei sahen einander an.

5

»… ja, natürlich hätte ich wissen müssen, dass jemand, der halb zu unserem Hochsicherheitsraum durchdringen und unsere kriegswichtigen Unternehmungen im gesamten galaktischen Arm sabotieren kann, auch aus meinem abgeschlossenen Büro entkommen würde! … Ich bin *kein* Schwachkopf, aber ich dachte – ich weiß, dass es Ihnen egal ist, was ich denke, aber sie – nein, ich bin nicht auf die Idee gekommen, dass sie ein Raumschiff stehlen würden. Nun ja, ich – nein. Natürlich bin ich nicht davon ausgegangen – ja, es war eines unserer größten Schlachtschiffe. Aber sie haben eine – nein, sie werden keinen Angriff auf – das kann ich nicht wissen, aber sie haben eine Nachricht hinterlassen, in der es heißt – ja, auf meinem Schreibtisch, einen Zettel … ja, natürlich lese ich Ihnen vor, was darauf steht. Das versuche ich ja schon die ganze …«

6

Rydra betrat die geräumige Kabine an Bord des Schlachtschiffs *Chronos*. Ratt ritt bei ihr huckepack. Als sie ihn auf den Boden runterließ, blickte der Schlächter von der Steuerkonsole auf. »Wie läuft es bei denen dort unten?«

»Hat irgendjemand ernsthafte Schwierigkeiten mit der neuen Steuerung?«, fragte Rydra.

Der Junge aus dem Trupp zog an seinem Ohr. »Ich weiß nicht, Captain. Das ist ein verdammt großes Schiff, das wir da am Laufen halten müssen.«

»Wir müssen nur zurück in den Bruch und dieses Schiff Tarik und den anderen auf Jebel übergeben. Brass sagt, er kann uns dorthin bringen, wenn ihr Kids dafür sorgt, dass alles reibungslos funktioniert.«

»Das versuchen wir ja. Aber es kommen so viele Befehle von überall gleichzeitig rein. Ich sollte jetzt da unten sein.«

»Du kannst gleich runtergehen«, sagte Rydra. »Was hältst du davon, wenn ich dich zum Ehren-Quipucamayocuna ernenne?«

»Zu was?«

»Das ist der, der alle Befehle, die reinkommen, liest, interpretiert und weitergibt. Deine Urgroßeltern waren doch Indianer, oder?«

»Ja. Seminolen.«

Rydra zuckte mit den Schultern. »Quipucamayocuna stammt aus der Maya-Sprache. Kommt aufs Gleiche raus. Die haben Befehle weitergegeben, indem sie Knoten in Seile gemacht haben; wir verwenden Lochkarten. Troll dich – und sorgt dafür, dass wir in der Luft bleiben.«

Ratt legte die Hand an die Stirn und trollte sich.

»Was glaubst du, was der General sich für einen Reim auf deine Nachricht gemacht hat?«, fragte der Schlächter.

»Eigentlich spielt das keine Rolle. Er wird sie an alle hohen Funktionäre weitergeben; und sie werden darüber brüten, sodass die Möglichkeit sich ihnen semantisch einprägt, womit wir schon ein ganzes Stück weiter wären. Und wir haben ein korrigiertes Babel-17 – vielleicht sollte ich es Babel-18 nennen – und damit das denkbar beste Werkzeug, um aus der Möglichkeit eine Wahrheit zu machen.«

»Und dazu kommt meine Batterie von Gehilfen«, sagte der Schlächter. »Ich denke, sechs Monate sollten genügen. Du kannst von Glück reden, dass diese Übelkeitsanfälle letztendlich doch nicht von der Beschleunigung deines Metabolismus herrührten. Das klang für mich etwas seltsam. Wenn das der Fall gewesen wäre, hättest du jedes Mal zusammenbrechen müssen, bevor du wieder aus Babel-17 aufgetaucht bist.«

»Das war die schizoide Konfiguration, die versucht hat, sich durchzusetzen. Tja, sobald wir bei Tarik fertig sind, müssen wir eine Nachricht auf dem Schreibtisch des Invasorenbefehlshabers Meihlow auf Nueva-nueva York hinterlassen.«

»*Dieser Krieg wird innerhalb von sechs Monaten sein Ende finden*«, zitierte sie. »Dieser Satz ist das beste Stück Prosa, das ich je geschrieben habe. Aber jetzt müssen wir uns an die Arbeit machen.«

»Wir und niemand sonst haben die nötigen Werkzeuge, um das zu erreichen«, sagte der Schlächter. Er rutschte ein Stück beiseite, um ihr Platz zu machen. »Und mit den richtigen Werkzeugen sollte es nicht allzu schwierig sein. Was machen wir mit unserer Freizeit?«

»Ich werde ein Gedicht schreiben, denke ich. Aber vielleicht wird es auch ein Roman. Ich habe eine Menge zu erzählen.«

»Aber ich bin immer noch ein Verbrecher. Böse Taten mit guten aufzuwiegen ist ein linguistischer Trugschluss, der schon mehr als ein Mal Leute in Schwierigkeiten gebracht hat. Insbesondere wenn die gute Tat erst noch bevorsteht. Ich bin noch immer für eine Menge Morde verantwortlich. Und um diesen Krieg zu beenden, muss ich vielleicht Gebrauch von Dads Spionen machen und eine ganze Reihe weiterer … Fehler begehen. Ich werde mich einfach darum bemühen, dass es nicht so viele sind.«

»Der ganze Mechanismus von Schuld als Abschreckung, was dann zu richtigem Handeln führt, ist ebenfalls ein linguistischer Trugschluss. Wenn es dir zu schaffen macht, geh zurück, lass dich vor Gericht stellen, freisprechen und kümmere dich anschließend wieder um deine Angelegenheiten. Lass mich für eine Weile deine Angelegenheit sein.«

»Klar. Aber wer sagt, dass ich bei dem Verfahren freigesprochen werde?«

Rydra fing an zu lachen. Sie stellte sich vor ihn, nahm seine Hände und legte ihr Gesicht hinein, wobei sie immer noch lachte. »Aber ich werde dich verteidigen! Und selbst ohne Babel-17 solltest du inzwischen wissen, dass ich mich aus allem rausreden kann.«

New York,
Dezember 1964 – September 1965

Bitte beachten Sie auch die folgenden Seiten …

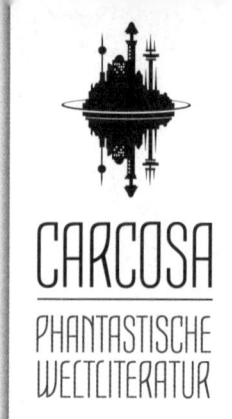

CARCOSA

PHANTASTISCHE
WELTLITERATUR

Deutsche Erstausgabe
[*Always Coming Home*
(1985)]
übersetzt von
Matthias Fersterer,
Karen Nölle &
Helmut W. Pesch
Hardcover · 859 Seiten

Das Meisterwerk der Autorin von *Freie Geister* und *Erdsee* erstmals auf Deutsch – eine Archäologie unserer Zukunft, dramatisch erzählt als Mythos und Historie, Dichtung, Schauspiel und Erzählung. Mit zahlreichen Landkarten und Illustrationen.

CARCOSA

PHANTASTISCHE
WELTLITERATUR

LEIGH
BRACKETT

DAS LANGE
MORGEN

ROMAN

Neuübersetzung
[*The Long Tomorrow*
(1955)]
Deutsch von
Hannes Riffel
Klappenbroschur
284 Seiten

In einer Welt nach dem Atomkrieg suchen die beiden Vettern Len und Esau Colter nach der geheimnisvollen Stadt ›Bartorstown‹, dem letzten Hort der Hochtechnologie. Der bedeutendste Roman einer Star-Autorin der 1950er Jahre, erstmals vollständig übersetzt.

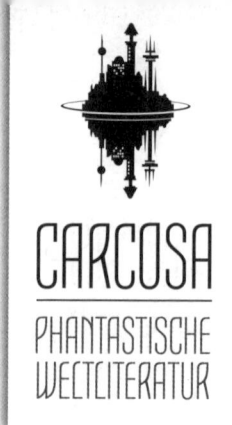

CARCOSA

PHANTASTISCHE WELTLITERATUR

Neuübersetzung
[*The Fifth Head
of Cerberus* (1972)]
Deutsch von
Hannes Riffel
Klappenbroschur
296 Seiten

GENE
WOLFE

DER FÜNFTE KOPF
DES ZERBERUS

NOVELLEN

Vollständige Neuübersetzung des maßgeblichen Science-Fiction-Romans über Kolonisation und kulturelle Aneignung – und gleichzeitig die ideale Einstiegsdroge in das Werk eines Autors, der in der ganzen englischsprachigen Literatur nicht seinesgleichen hat.

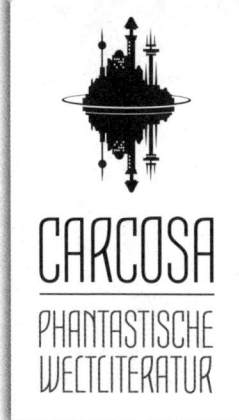

Originalausgabe

Herausgegeben von

Hannes Riffel

Klappenbroschur

278 Seiten

Die erste Folge unseres Verlagsalmanachs; mit phantastischen Erzählungen von Ursula K. Le Guin und Samuel R. Delany sowie Essays zur Phantastik u. a. von Dietmar Dath, Christopher Ecker, Julie Phillips und Clemens J. Setz.

CARCOSA

ist ein auf phantastische Literatur spezialisierter Verlag, der vor allem Übersetzungen aus dem Englischen wie auch aus anderen Sprachen publiziert. Unser Schwerpunkt liegt auf anspruchsvollen, progressiven Büchern, die uns für die Gegenwart bedeutsam erscheinen.

Bitte bestellen Sie im Buchhandel vor Ort oder direkt bei uns – in beiden Fällen unterstützen Sie einen unabhängigen Verlag. Eine Übersicht aller erhältlichen Bücher finden Sie auf

www.carcosa-verlag.de